午夜清风/著

王小猛求房记

WANGXIAOMENG QIUFANGJI

重庆出版集团 重庆出版社

图书在版编目(CIP)数据

王小猛求房记/午夜清风著.—重庆:重庆出版社,
2011.8
ISBN 978-7-229-03985-1

Ⅰ.①王… Ⅱ.①午… Ⅲ.①长篇小说—中国—
当代 Ⅳ.①I247.5

中国版本图书馆 CIP 数据核字(2011)第 074381 号

王小猛求房记

WANGXIAOMENG QIUFANGJI

午夜清风 著

出 版 人:罗小卫
责任编辑:陶志宏 袁 宁
责任校对:姜 玥
装帧设计:重庆出版集团艺术设计有限公司·王芳甜

重庆出版集团
重庆出版社 出版

重庆长江二路 205 号 邮政编码:400016 http://www.cqph.com
重庆出版集团艺术设计有限公司制版
重庆华林天美印务有限公司印刷
重庆出版集团图书发行有限公司发行
E-MAIL:fxchu@cqph.com 邮购电话:023-68809452
全国新华书店经销

开本:889mm×1 194mm 1/32 印张:8 字数:212 千
2011 年 8 月第 1 版 2011 年 8 月第 1 次印刷
ISBN 978-7-229-03985-1
定价:22.00 元

如有印装质量问题,请向本集团图书发行有限公司调换:023-68706683

版权所有 侵权必究

目 录
CONTENTS

第一章
没房，怎么做

现实就像宋祖德的嘴，你永远都不知道下一个倒霉的会是谁。当现实心怀歹毒地将一切都搞成了黑色幽默后，王小猛不得不顺水推舟把自己变成了一个受过高等教育的流氓。

"房子不光解决住的问题，更是将来你们夫妻生活质量的基础保障！"自从那天售楼小姐对他说过这句话后，王小猛就暗暗发誓，如果自己将来有个儿子，他教儿子的第一个道理就是：别喊我爸爸，睁开眼睛就先去给老子和泥巴，等和的泥巴块子够垒套房子了，你再来吃奶活下来成为我儿子喊我爸爸。

用王小猛自己的话说："要是当初我知道苦熬十几年寒窗就是为了还在奋斗着的一套经济适用房，那我早就该在十几年前退了学去搞泥巴玩，那现在至少都能垒几套别墅了。"

其实在不久前，王小猛亲眼看着和他同一个办公室的同事杨大伟在其岳母大人以退婚为胁迫的形势下，不得不和中国银行签下了一纸长达30年的卖身协议。随着杨大伟饱含热泪挥笔在那一张沾有血红色指印的白纸上，签下自己并不好看的名字升级为房奴的时候，王小猛还在一旁打趣地说过："你买房子就是为了你的婚姻，但你知不知道，婚姻就是爱情的坟墓?所以你现在买房就是在自掘坟墓,剩下的就是等着埋葬爱情。"

那一刻,王小猛在嘲笑杨大伟的同时还在梦想着自己有一天可以整顿整个房产界。当杨大伟一边噙住即将流出眼眶的辛酸泪水,一边用手纸擦着已经浸入手指上的那一抹血红色印泥的时候,王小猛还脊背靠着中国银行的服务台,在脑海里勾画了无数个因为老北京城隍老庙墙脚下那块地皮和任志强同台竞标的场景。但是谁知道才短短的几个月,他的命运就被一套还不到40平方米的房子给彻底颠覆了。

他曾经以为成功地完成大学学业步入这个繁华的都市后,他已经手握两张王牌:爱情和事业。剩下的就只是等着一趟通往幸福的航班开来后直接坐上去,然后飞遍祖国的大江南北。

直到某一个下午,王小猛才被告知,飞往爱情和事业的航班都被取消了,停航的原因很简单,就因为没有房子这张通行证。

那天本该一切正常,王小猛即将迎来他记者生涯中的第一个直播采访:一起交通肇事案的庭审。这次采访,王小猛主要承担节目中事故现场回放的场景外拍解说工作。

离采访开始还有一分钟,王小猛特意躲开负责摄像的张哥给他老妈拨了个电话:"妈,你开电视机了没有,对,中央台。马上开始了,你通知亲戚朋友没有……尤其要通知邻居家的刘大爷,小时候他就一直说要盼着我能有一天上电视给咱村里争光呢……"

"怪不得老大派我们来报道事故现场,原来是有渊源的。早知道是这里我就不来了。"摄像一边唠叨着一边催促王小猛说,"节目播出时间到了,快,要开机了。"

"妈,你就放心好了,茜茜她挺好的,过年我会带着她一起回来的。好了，妈，节目要开始了，我先挂了。"听见摄像师张哥喊自己，王小猛赶紧挂了电话。回到摄像机前，他还下意识地理了理头发，他要把最风光的一刻留给远在千里之外的乡邻们，虽说这是徒劳，因为大量的定型喷雾把他的真发都快变成了假发。

摄像机上的红灯亮了，仿佛全国观众期许的目光。

"观众朋友们：你们好，我是王小猛，现在由我为您现场播报……"

本来一切都该按部就班地进行，这套台词王小猛事先已经练习过成千上万遍，包括每一个眼神每一个动作，甚至连入镜和出镜的步伐都摆好了。

只是，突然有个熟悉的身影生硬地插入了他的眼中，林苒苒从汉江国际酒店中走出来，带着一脸幸福的微笑，倚在一个老男人的怀里不停地说着什么……

就因为这个，王小猛突然失语，然后一直盯着马路对面看了很久，以至于摄像以为这是一个设计，赶紧转身将镜头对准了自己的身后。

于是全国观众看到了这样的一幕：一男一女有说有笑地从一家名为汉江国际的四星级酒店里走出来，女的搂着男人的腰，男的替女孩拿着包。

他们还听见了王小猛被导播掐掉一半的叫喊："林苒苒，你这个王八……"本来"蛋"字是王小猛喊得最重的一个，可在进入电视机观众耳朵前就被导播掐了。画面被粗暴地切回演播室：毫无准备的主持人手握话筒呆在镜头前看着专家，专家还在忙不迭地抠耳朵。

但是，林苒苒什么都没听见，她搂着那个老男人的腰上了他的车，扬长而去。

随着车子飞驰而去时掀起的那一抹尘土，王小猛条件反射地向着轿车的屁股丢出了他手中捏得快要碎了的话筒。

其实他丢出去的时候妄图它能突然发挥手雷般的威力。但显然一个破话筒无法光荣完成王小猛赋予它的神圣使命。尽管它有着一个手雷的价格，却并没有手雷的杀伤力，再加上王小猛一时激动，竟然甩错了方向。

那话筒砰的一声，越过十几米开外的人群，重重地摔在了广场的花岗岩地板上，还安慰他似地滚了几下后，方才裂成了几块。

现场的所有行人都呆住了，看着远处那个好似困兽的男人，各自呈现出某种诡异姿态，一个个仿佛化石。

"呸，开个破现代，还学别人包二奶！"王小猛愤恨地说着，眼却红了。

"小王，你没事儿吧。"摄像收起摄像机，走过来满脸疑惑地问王小猛。

王小猛一脸惨笑，说："没事儿！就是感觉一觉醒来，天都黑了。"

是的，现在是彻底没什么事了。他们恋爱六年，和所有爱情结束时上演的滥俗故事一样，临近结婚，王小猛发现没他什么事儿了，林苒苒，他的未婚妻跟别人玩去了。更糟糕的是，全国人民都见证了他被戴绿帽子，包括他妈和邻居家的刘大爷，还有多少朋友和同事看见就不得而知了。

果然，开机一秒钟后，王小猛的手机开始疯狂震动，瞬间25个未接来电的短信提示。

看着电话里那一个个熟悉的号码，他连自焚的心都有了。

摄像师张哥摇头叹气收器材准备班师回朝："小王，台里要裁员的事你听说了吧，我说咱们是不是得去找领导解释一下。"

王小猛当然明白他的意思："张哥，今天这事责任在我，我会跟领导说清楚的。"

摄像赶紧解释："哎，我不是那个意思。"

王小猛看着他，笑了。心想：别逗了，一个被窝里滚了三年的人都指望不了，难道我还指望一秃了顶的男同事吗？

回电视台的路上,王小猛终于忍不住愤怒给林苒苒发了个短信,习惯性地想按键关机,然后又觉得自己傻,即便是关了机又能怎么样,估计人家也不会知道。

不知从什么时候开始,王小猛突然感觉自己变得脆弱了,似乎这会儿一碰就会碎。

他忽然有点儿想哭,想找个地方躲起来,然后就他妈开天辟地地哭一场。

"张哥你能不能先带机器回台里,我有点事,等办完了晚点回来。"

王小猛心急火燎地想找林苒苒当面对质。尽管他看见了,也给全国人民制造了整个现场直播,但是他还是想听听林苒苒给他的解释。

这时张哥却面露难色:"小王,咱们还是一起回去吧。"临了还不忘补上一句,"小王啊,新闻费丢了就算了,但摔坏的话筒可不能算我的啊!"

就因为这句话,王小猛一直浸在眼球底下愤怒的泪水在三秒内就被硬生生地堵了回去。好多脏话涌上他的心头,在嘴里打了几个转儿,但他又咽了回去。

算了,关别人什么事儿呢? 还不是自己一直很傻很天真。

懂了,懂了,全懂了,根本就没有什么长相厮守,更没有什么糟糠之妻。

这个世界上的女人都学会了给你软软地插一刀,而男人看见你身上插了把刀觉得好看便拔下来削水果了。在现实面前,就是这样:背叛永远占领着绝对领导的地位,当无数和王小猛一样的傻子高呼着自己控制了生活,掌握了命运的时候,却没看到,生活在更高的苍穹上,露出讥笑面孔的人,就是一直口口声声说要和自己厮守一生的人。

这个后来王小猛总结了:除了自己的亲妈舍不得插你刀子,这世界上的其他女人,都是上帝派来专门在你身上练刀的。

想到这儿,王小猛也失去了原先打算和林莘莘对质的情绪。坐在回台里的车上,悲戚地设想着林莘莘背叛自己的各种理由。

赶到台里,王小猛前脚还没踏进办公室大门,就已经迎来了无数同事同情的目光。王小猛干脆转身去找编辑部主任,平时只用三十秒就能到达的地方,这会儿他感觉走了比三年还漫长。

终于,王小猛黑着脸推开了领导办公室的门。

"小王,你来得正好,我正想找你谈谈。"主任在办公桌后面正襟危坐。

"主任,今天的直播……"

"哦。直播,你不说我都忘了,今天第一次,怎么样,挺顺利的吧?"主任显然还不知道直播的事情。

"不太顺利。"王小猛吃力地说,"不过,我希望您不要因为这一次事故,就……"

主任那张老脸翻得比书页还快:"唉,你最近的工作表现,确实令人担忧。小王,你是怎么回事,我一直觉得你是块料……"

主任一边说一边在抽屉里翻着什么,这时他的电话突然响了:"小王,你坐会儿,我出去接个电话,回来再跟你说。"

主任拿着电话出去了,王小猛趁主任转身出门的空当偷偷瞄了一眼拉开的抽屉,里面是一叠信封,带有"王小猛"三个字的信封已经被拿出来放在了最上面。

一瞬间,他什么都懂了,如果没有猜错的话:信封里面应该是他三个月的工资,也就是所谓的遣散费。

"按最高规格来,这点资金还是有的……"主任一边讲着电话一边往办公室进来了。

主任看见王小猛在盯着自己看，愣了一下，随即想起是他让王小猛等在这里，于是放下电话，从抽屉里拿出那个信封，一脸惋惜地看着王小猛，然后说："……如果以后台里有需要的话会优先考虑你的。"

至于主任前面的那句话，我想谁都猜得出来。就这样，王小猛成为了经济危机中失业加失恋的又一个人，理由当然是那次重大的播出事故，但大家都明白，事实肯定不是那样。

据可靠八卦来源张哥透露，裁掉王小猛是早就定好的事，理由很简单，上头有人指定要主任这么干，而且只有这样王小猛才能安然地离开北京。

当然，这是不能写上台面的理由，但，领导想要辞退你，还需要什么台面上的理由吗？

现在又是市场经济，竞聘上岗，无须理由，只要一句你错了，你就得走人，管你吃过多少霜喝过多少风。

王小猛还依稀记得一年前办入职手续的时候拖拖拉拉了一个月，但这一次，人事办手续出奇地快。因为话筒摔坏了，遣散费也被留下了，不过王小猛也不在乎那点儿钱了，女人都跟着人跑了还在乎几块送葬钱？

他收拾好东西决绝地离开央视大楼，头也没回。

因为他怕，他怕自己会霎时崩溃，倒在楼里，成为各路人马茶余饭后八卦的谈资。

无论如何，他要保住自己仅剩的尊严，他要顶天立地地走出这里。

再见了 CCTV，再见了首都，再见了，梦想。

王小猛坐在出租车后座，一言不发，心几乎在滴血。司机师傅问他去哪里？王小猛说，随便！于是司机只能开着往前走一句话都不敢讲，只是不停地通过后视镜瞄他。

看司机不停地看,王小猛终于忍不住说:"师傅您别看了,不就是一刚失恋还没隔夜就又失业的男人吗?好好开您的车,不然车毁人亡咱俩都得变鬼,那时候您可别怪我。"

然而手机偏偏在此时此刻忽然响起了,是老朴。王小猛擦一把还没流出来的眼泪,深呼吸到肺都几乎爆掉,终于调整好心情,清了清嗓子很男人地接起电话来。

"爷啊,你怎么才接电话,恭喜你,你现在红透了,你那个采访视频在网上已经点击过万了!"

"有什么好恭喜的,红透了到头也就是个死,我被开了。"

"被开?开什么啊?"

"开除啊!还能开什么?"

"啊?真的?!这帮没良心的,你这么拼死拼活地干活,怎么能说开就开啊,他们也太无耻了吧!"

"他们早就想开我了,这只不过是个借口。我在一个大国企,又不是养老院,我犯到他们手里了,再说了他们接到任务,我必须离开电视台,所以就理所当然给飞了。"

"什么国企?给你北京户口了吗?他们凭什么开你啊?你们节目组哪个新进的一线记者有你强啊。都说要培养新人挖掘新人,你现在都能顶整边天了,还想你怎么着啊?拯救世界啊?"

此时王小猛不知道该怎么跟老朴解释,只得苦笑。

"算了!旧的不去新的不来,不要怕,北京不留爷,自有留爷处。万一没地方去来西安,兄弟我养你,反正现在养个老婆也是养,再多个兄弟不就添口碗?"

听着电话里老朴的安慰,王小猛持续苦笑,但心中还是有一丝温暖。

老朴连自己都养不活怎么养王小猛？每个月就拿两千的薪水，还供个老婆读博士，更重要的是还要还房贷，天知道他是怎么活下来的。

"算了吧，你不把自己抵押了还房贷就不错了。让你养，我还不如找块砖头把腿砸成三截，把最前面一截丢在北郊，然后就近跑到西郊再办个伤残低保。"

"嘿嘿，这倒是个好主意……还能开玩笑，我不担心你啦。"老朴沉默了一会儿，"不过，小猛啊，你跟林苒苒……是制造节目效果，还是在玩炒作？你们感情不是挺好的吗？你跟我说到底是怎么回事？别是你们台里故意搞的节目效果，别人在偷拍找乐子，你还在那儿郁闷啊！回头看看，你身后有没有摄像师？"

听完老朴的话王小猛深吸一口气，努力不让自己的眼泪流出来："我他妈炒作，我拿自己的老婆当枪使？是真的，我打了电话，她都关机了。老朴，我和她六年了，我失不起这个恋了，我心痛啊我。"

"兄弟，有我在，你什么都不用怕。依我看，如果真是那样了，对这样的女人这样的阶级敌人，你就应该坚决地离开，眼都不能眨。改天我给你介绍几个富姐，让她后悔去吧！"

"老朴，要是这事儿有那么简单就好了，六年了，我能有几个六年啊。我没信心没勇气再去认识新的女人，跟她们重新吃饭约会，磨合吵架，亲那个别人亲过无数遍的嘴唇，然后一边熟悉一边用下一个六年去检阅一个完全陌生的女人是不是够爱我，再试婚，看有没有堕过胎，还能不能怀孩子？然后再迎来一段鸡飞狗跳的婚姻。我怕我到死的那天，还是只有你老朴陪着我，到时候我烧成了骨灰，还得你老朴帮我抱着骨灰盒去丢进下水道里去！"

说到这里，王小猛的心就又开始疼。是啊，婚姻，这座美丽而伤感的坟墓,还没进到里面就已经把自己埋葬了。他跟林苒苒都是快要结婚的人了,更准确地说,他都快要成功地成为孩子爸爸了,可这一切一夜之间竟然已经成了童话故事。

"爷啊! 你别瞎说! 你都快把老子弄哭了!"老朴俨然已经被王小猛说得动了情。

王小猛心想,总不能因为自己情绪低落把这个爷们儿也给整伤心,他不能自私到拿自己的伤悲去影响兄弟的快乐,所以他决定赶紧打发掉老朴自己舔伤口。

"好啦,没事儿啦,你先忙吧,我回家洗澡睡一觉,估计就好了。"

"好吧……等我出差回去说。哥们儿,我求你,心情给我好起来! 像个爷们儿一点。"

挂掉老朴的电话,王小猛给他妈打了个电话,安慰她一切都是编导设计的节目效果,不用瞎操心。王小猛妈将信将疑,挂电话前,她欲言又止地叮嘱道:"小猛啊,别忙工作了,赶紧把结婚的事儿先办了吧。"

王小猛含糊地应付几句,就赶紧挂掉电话,心中满是焦灼。可无论下一秒发生什么,他都得笑着面对,这就是现实。

现实就像宋祖德的嘴,你永远都不知道下一个倒霉的会是谁。当现实心怀歹毒地将一切都搞成了黑色幽默后,王小猛不得不顺水推舟地把自己变成了一个受过高等教育的流氓。

等回家洗过澡,睡醒觉,已经是晚上8点。在床上辗转反侧的空当里,王小猛闻到和他一同租房的女孩于丹做饭的香味,尽管他已经一整天都没吃东西了,却一点儿都不觉得饿。

王小猛侧身摸出塞在裤兜里的手机,按开解锁键,他原本想看看有没有林苒苒的短信或者未接电话,可等屏幕闪亮的时候他才知道这明显是个美丽的幻想而已。林苒苒像消失了一样,电话短信一个都不曾有过。

　　这会儿躺在床上他几乎有些错觉,以为自己根本就没有看见今天上午的那一幕。

　　可等他摸了摸身边空着的大半个床,抓着那团昨晚亲热时还用过的卫生纸时,再次提醒自己这不是梦! 林苒苒确实不在,而这个时候自己唯一能做的也只有等待。

　　对这个时候的王小猛来说,等待已经变成了一种煎熬。他根本不在乎林苒苒回来后怎么解释,他在乎的是她为什么还不回来解释,难道说,是自己错了?

　　他心想:对不起,我王小猛十分 Sorry,不该这么不小心看见你跟别的男人开房,我该自挖双目以绝后患。

　　想到这里,怒火终于占据了王小猛睡醒后空虚的内心世界,咬了咬牙,想了想中国人口男女比例快要失调的残酷现实,他决定还是像所有戴了绿帽子后忍气吞声的男人一样,装坚强,去包容,去忍受。

　　再次拿起手机,王小猛小心翼翼地输入了林苒苒的电话号码,顺手按下了拨号键,因为他不知道她的电话有没有开机。

　　但是,奇迹出现了,电话通了,而且就在三秒钟内林苒苒已经接了!

　　那一瞬间,王小猛怂了:“喂,你在干吗? 还不回家?”

　　“哦,正准备告诉你,明天总部要来人检查,晚上部门加班!”

　　王小猛深吸一口气,尽量让自己显得平静,等怒火从肺里钻出来一路释放最后平静到嘴边之后,就变为怯弱,仿佛他自己做错了事情一般,特没种又特低智商地问了一句:“那个……我今天看见你和一个男人从酒店里走出来,是你吗?"

"有吗? 你看错了吧。我今天都没出办公室门啊!"林苒苒语调平静依然。

"不会吧,我没看错,那肯定是你,衣服都一样。"

"你看错了!"林苒苒加重了语气,还带了一丝不耐烦,这让王小猛本来装怂的心里突然又冒出了怒火。

"我怎么会看错? 我认识你六年,一个被窝里都滚了三年了,你死了埋到地下三年再挖出来我都不会认错。"

"那随便,你就当是吧。"

"你都懒得解释是吗?"

"我说了,你看错了。"林苒苒语气又变得心不在焉,电话那边传来嘈杂的声音,她接着说,"挂了吧! 我还忙着呢!"说完,就挂了电话。

这个时候,留在王小猛耳朵里的,除了"挂了吧,我还忙着呢"这句冷冰冰的话语就只剩下中国移动服务系统的忙音! 他彻底蔫了。她居然都不愿意跟自己解释了。

听筒里的嘟嘟声一遍又一遍地传来,王小猛长叹一口气,瘫在了客厅的沙发上。

看着王小猛烂菜一般散在沙发上,刚刚还一直在侧耳偷听的于丹大胆又同情地看着他,那同情里,带着愤怒,还有几分怜惜。她眼睛瞪得老大,仿佛红色娘子军消灭鬼子般义愤填膺。

"小猛哥,你太不争气了! 俗话说得好,战士的责任大,男人的尊严重。你看看你刚刚委曲求全的样子,我虽然哀你不幸,但是更加气你不争气。"

"我能怎么办呢? 大吵一架? 鱼死网破? 都现场直播给全国劳动人民了我还有什么尊严? 还叫什么叫? 有什么好叫的?"

"换我就这样，宁为玉碎不为瓦全！"

"你还年轻，你不懂！我们谈了六年了……"王小猛把给老朴在电话里说的话又一字不漏地重复了一遍给于丹，临了还加了一句"我妈还在家等着抱孙子呢！而且……事情还没搞清楚，她也不一定……"最后这句，王小猛声音心虚到自己都觉得听不见。

"直播我也看见了，这还有什么清楚不清楚的，一男一女，难道去星级酒店看星星吗？婚前就这样，婚后怎么办？我告诉你，对于这种女人，你就不能姑息纵容！"于丹一脸正气凛然，王小猛仿佛看见她眼中冒出闪烁的光芒，背后升起灿烂的红日。他心想，也许于丹说得对，作为男人，是得活得有尊严。

于丹刚想张嘴说点儿什么，门铃适时地响起。于丹起身去开门，进来的却是一个陌生的男人。

"胡子！"王小猛站在饮水机边刚端起一天来的第一杯水，差点没呛死。

但是，下一秒他就后悔水为什么没真的呛死自己。

"我正好来北京谈项目上的事情，顺道来看看你。"胡子一脸同情地看着王小猛，"今天我也看电视了，所以过来跟你聊聊……"

一看有外人来，于丹知趣地卷起瑜伽垫子进了自己的房间。于丹的房门关上后，胡子立马脱下了他的爷们儿的面具，露出了怂样男人的本来面目。王小猛知道胡子肯定又要通过哭诉自己的不幸来告诫他要加倍珍惜自己的幸福了。

出于礼貌和同病相怜的双重关系，胡子一上来还是故作贴心地问："你现在心里肯定特乱吧？"

"啊？乱什么？"为了证明自己还是个男人，王小猛故意装傻。

"啊什么啊！我都看见了，还能再清楚点儿吗？她外面有人了是吧？"

"也不一定……"

"那就是有了！我就知道肯定得有这一天！"胡子特别地激愤，为他的未卜先知，"兄弟啊，不是哥说你，林苒苒这个事儿，你是要负责任的！而且是完全的责任。"

"我负责任？我有什么责任可负？"胡子的这话搞得王小猛有点儿恼火，难道自己戴了绿帽子还得承认是自己染的色？

"你还是死不悔改，没意识到自己哪里错了。我都告诉你多少次了？让你赶紧贷款买房买房，买了房就结婚，可你就是不听，现在知道了吧？"

"房……房……你们就知道房，俗不俗啊？别动不动就把一切都跟房扯上。"

"你这么说就是还没觉醒了？"胡子越说越来劲，"你想过没有，没房怎么结婚？不结婚怎么有保障？再说了，如果不买房结婚，你们怎么过和谐的夫妻生活？"

"这和那个有关系吗？……房……婚姻……夫妻生活……有吗？"

胡子冷笑一声："哪个女人结婚不想要一个家，六六大姐的《蜗居》你没看过啊？女人有了自己的家才叫嫁，懂吗？"

王小猛沉默不语。

"知错了吧你！意识到自己错误了吧！"胡子一脸教导成功的满足感，"这年头，一个男人要是没房子，终究有一天就又成了第二个我了。比起我来说你是幸运的。况且，人家只是出去玩玩，还没带家里来，你还想怎么着啊？人家林苒苒各方面都不错，多少小伙子都虎视眈眈的啊！女人嘛，玩是玩，但家还是家。她肯定还是爱你的，要不早和你闹起来了，还能等到你这样？你就睁一眼闭一眼算了，你都扔过30长40的人了呀，车子没车子，房子没房子,有个女人跟着就不错了,哪怕一三五轮值,你还要折腾啥啊?你有啥资本啊?不就是和我一样顶着一名牌大学的帽子出来混的穷鬼吗?你要是不听我的话,我的今天就会是你的明天。"

胡子一边说着一边有意无意地从王小猛的头扫视到脚底,然后不自信地转身在镜子里看看自己,下意识地挺胸收腹,磕磕巴巴地说:"小猛啊,去道个歉,只要今后她还是你的女人!"

"道歉?我他妈没喝假酒!"王小猛没糊涂,心想,出轨的是她,我道的哪门子的歉啊?

"这你就不懂了吧!你要利用女人的愧疚感!一装二忍三宽容,让她自己良心发现。"

听胡子说完这个欲擒故纵的"计谋",不知为何,王小猛竟然对他产生了一丝敬佩,这生活的智慧,也太高档了吧。看来现实真的能让人改变,变得面目全非,甚至连灵魂都可以不在。想想当年的胡子也是个痴情的种子,结果遭遇一场背叛的大雨之后,还不是一样给淹死了?看来人的价值观坚持再久,在现实面前还是会被击得粉碎。王小猛一直坚守的思想堡垒也开始被胡子的这一席肺腑之言慢慢撕裂出一个缺口,他在想,是不是真的是自己错了。

突然,楼下响起了汽车喇叭声,胡子像踩了电门一样跳起来,好像他不是过来看王小猛,而是为了过来刺激他一下的:"我家的'老大妈'来接我了。听哥一句,不惜一切代价抓住她,至少比我成天躺在这个老太婆怀里强。"

说罢,胡子风一样地离去了,连个道别的时间都没有留给王小猛。

胡子下楼,王小猛也跟在后面跑下来送他,可没赶上趟。

看着胡子离去的背影,王小猛彻底地纠结了。分吧,他去哪儿找一个谁再重新开始呢？况且，重新开始也并不代表就一定能完美结局。不分吧，明知是个火坑，自己还要跳下去吗？何况他现在很可能会面对林苒苒的冷暴力"逼迫分手"，到时候连最后的尊严都没了。

王小猛像站在十字路口迷了途的孤儿，只不过，往前走是刀山火海，往后退是火海刀山。

上帝关上了他所有的门，给他留下一扇 27 楼的窗，跳还是不跳？

王小猛瘫坐在广场的大理石地面上，看完霓虹下的车水马龙和匆匆行人，他又抬头望了望天上寂寥的几颗星。王小猛心想，上帝创造了男人是为了使他孤独，难道创造女人是为了让他更孤独吗？

王小猛的脑海里，又飘出了那句"没有自己的房，这样做很不得劲儿，每次我都不敢大声地叫，怕隔壁的于丹听见"。这是林苒苒每次完事后总要跟他重复的话。

现在王小猛终于明白了，原来那天售楼小姐说的话是对的，没有房，你怎么做？既没安全感又没质量，婚姻生活根本就没有保障。

第二章
生活压倒前依然坚强

我要在北京闯下去，不能回家，免得被家乡人瞧不起。当王小猛小心翼翼地撕下一年前贴在床头上这张用铅笔字表决心的小纸条后，心还是疼了。王小猛知道自己是一个有理想的人，可是他现在才发现原来理想在这个名字叫北京的地方毫无用武之地！

晚上 11 点 25 分，看着都市里每一个角落下隐隐约约闪烁的霓虹，恍恍惚惚间王小猛意识到自己依然站在大街上。望着胡子离去的方向思索了良久，王小猛这才猛地回过神来想起胡子可能早已躺在那个老女人怀里疲惫地睡着了，于是他才拖着麻木的心回到了住的地方。

进门的时候，王小猛看见自己卧室的灯亮着。他知道，肯定是林莳莳回来了。

接下来的一切都跟王小猛事先预想的一样，林莳莳给王小猛是按着套路出牌的。她坐在床上冷冷地看着王小猛进门，换衣服，洗澡，上床。在此刻的林莳莳眼中，王小猛顶多也是飘过她眼前的一缕清风，这在以前是从来没有过的，所以王小猛很难接受。

"林莳莳，你究竟想干什么？你跟别的男人上床，错的是我吗？"王小猛终于爆发了，他第一次破天荒地大声吼了林莳莳。当然，这也正好中了林苒苒早已为他部署好的牌路。

从沉默到爆发,从硝烟弥漫到战事平息,整个过程只用了短短的25分钟。就这样,在平日里他们争分夺秒用于缠绵的黄金时段,王小猛和林苒苒吵完了恋爱加同居生涯中的最后一架。大约5分钟后——也就是北京时间0点5分,林苒苒单方面宣布跟王小猛分手。林苒苒郑重宣布了这个决定后,在王小猛的世界里剩下的只有神情沮丧。因为双方的交火已经成为既定的事实,而且王小猛单方面判断,这次战事对感情的摧毁指数已经破了历史新高,谈判和局已经无望。看着林苒苒木讷的神情,王小猛无计可施,最终只得选择一头扑向枕头,试图以睡眠抵抗所有的不快。但现实生活往往会与理想背道而驰,尤其是在弱者面前,当你想着要躺下一觉睡到天亮的时候,睁开眼睛后总会发现天是黑的。这一次对于王小猛来说就是这样,他本想一觉下去天昏地暗的,可是辗转反侧中,他真真切切地感觉到有一阵泪珠侵袭心田,坠地有声,仿佛暴雨打碎玻璃窗。

林苒苒宣布了分手决定后并没有立即撤离战场,她选择了以冷战来逼退王小猛,更糟糕的是她第一次和衣躺在了王小猛身旁,而且在不到一米宽的床中间与王小猛的身体保留了足有半米宽的距离。这一夜,王小猛生平第一次深深地尝到了同床异梦的滋味。

第二天早上,林苒苒拖着那个熟悉的红色行李箱登上了出租车,从王小猛的生活中彻底消失。

上车前,他们还象征性地拥了最后一抱,不过这个拥抱是王小猛主动提出的。临分开前,王小猛在林苒苒耳边说了最后一句情话:"你不爱我了,但我还爱你。"王小猛本来还想说:我会一直等你,我也会很快奋斗一套属于自己的房子,如果有一天你累了就再回来。但林苒苒的决绝令他绝望,他本来要跑出嘴的话语又活生生被逼着吞了回去。王小猛心想,看来自己和林苒苒之间早就不是爱与不爱的问题了。

林苒苒走了,留给王小猛的只有透过车窗玻璃还能努力看见的一点侧面的轮廓。

盯着出租车离去时屁股上喷出的那一缕青烟,王小猛的泪腺忽然有种莫名的冲动,为了抑制这种冲动,他赶紧转身。但没走几步,他还是贱贱地哭了,像个委屈的孩子一样,泪流满面。

"他妈的,不就一套房吗?"嘴里虽这么说,但王小猛心里清楚这句话的分量。此时他唯一能做的就是对着脚下的柏油路一边踩一边乱吼。看着一小伙子大清早泪流满面地站在马路上嘴里喊着房子,路边上捡垃圾的大妈不解地看了他一眼,眼神就像看一个盛满尿的矿泉水瓶子。

王小猛在马路上发泄累了,再次回到和林苒苒租住的 25 平方米的小房子。进去的时候,于丹不在屋,王小猛心想,她八成是找到新的工作了。王小猛一脸颓废地栽到床上,用了一个上午的时间来消化和林苒苒分手的事实。

当然王小猛和其他失恋的笨蛋不同,他不用再对为何分手而百思不得其解。原因很简单,那男人尽管老了点丑了点但有房子有车,而他什么也没有。再者,他从 2006 年 6 月毕业以后已经换了六份工作,虽然每换一个工作都会比前一个工作多出 50 元到 100 元不等的收入,但除了每月支付的房租他看得见之外,并没有在他们的固定积蓄上出现任何突破。每年年底除了勉强能留够两个人回家的往返路费还是在零积蓄的纪录上徘徊。本来去年进了央视实习之后,他是下定了决心要留下来的,可是偏偏有心种花花不成。

王小猛心想,当初是自己要坚持留在北京的,总觉得北京是大城市,平台多发展好,但现在看来这儿有多少是真正属于自己的呢?这些年,身在这里，唯一感觉自己存在的就是在生活下面早出晚归，像一只茫然无措的蚂蚁……和别人一样的不过仍旧是顶着天立着地罢了，可无力改变生活，只有努力生存。到头来，是自己用有力的实际行动，让林莘莘对他彻底失望了。是自己打破了她想要靠他们两个人的努力尽快在北京立足的美好理想，他让她对"我会让你幸福"这六个字的看不到兑现期限的承诺失望了。

过去的这些年，大多数时间是乖巧的林莘莘用她每月不到 2000 块的薪水缴着水电费，甚至补贴着柴米油盐以及他俩从地摊买来的廉价衣服开销。换句话说，尤其是房租涨了的这一年，是林莘莘养着他这个名牌大学毕业高智商而低收入的"废物"。

想到这，王小猛忍不住哈哈大笑起来。

接着，他感觉头疼欲裂。

好久后，他对自己说：你得找份新工作好好干了，今后可没人养你了。

说完，王小猛第一次产生了嗜睡如命的感觉，可能是这些年一直奔跑在极度绷紧的生存线上，一旦停下来，身体和精神就会同时出现故障。

他昏睡了过去。

这一次，王小猛昏睡了三天。这三天里，他再也没听见隔壁的于丹每天下班回家喊他王哥。第三天下午醒来躺在床上看着门口的垃圾桶，王小猛真真切切感受到了昏睡的滋味。从丢在垃圾桶里的塑料袋判断，这三天时间里他吃过三包或者四包方便面。之所以说是三包或者四包，是因为他不肯定有一个袋子是不是林莘莘回来那晚上吃过的。可他准确地记得自己应该去过六趟厕所。除此之外，他的主要人类活动就是做梦。

他做了很多梦，错综复杂，纠结混乱。如果说梦是另一种现实的话，那就相当于他在另外一个世界里生活了三天。这个科学的推断，抵消了他的不少空虚。

醒来后，他像整理钱包一样整理了他的这些梦，大多数梦都是模糊的，真正有画面感且分辨率在 200 万像素以上且符合逻辑并富含寓意的只有一个。

那是一个漆黑的时空，不知何时不知何地，他感觉自己在持续地坠落，貌似自由落体。而在他头顶三寸的地方，有一团燃烧着的不明物质在压迫着他，它同他一起坠落，却离他越来越近。他能感受到的不是火的灼烧，而是那团不明物质很重很重。他感受得非常真切，它就像压住齐天大圣的那座五指山，让他无处可逃，让他彻底绝望。每次在快要窒息的时候他都能醒来，醒来后他就理所当然地去上厕所。

王小猛对这个梦记得非常清晰，主要是因为他总是能在那团物质就要压住自己的时候，及时地惊醒。而且不止一次。当然，每次惊醒后不到一分钟，他又会昏睡过去，嘴里嘟囔着："去你妈的，不就一套房子吗。"

当然，王小猛也梦到了林苒苒。她还是那样喜欢笑，喜欢调皮地摸他的脸；喜欢在大冬天里啃冰冷的甘蔗，一脸满足；喜欢在刚吃完饭并大叫"谁让你做的饭这么好吃，撑死我了"，可随即又会把一堆零食填在嘴里；喜欢在睡觉的时候把两条腿横在他的肚子上，直到他不断抗议，她才会不情愿地将它们拿下来……从衣着判断，那是他们的大学时光，但他又不敢确定，因为她的脸一直在晃动，仿佛幻影，王小猛甚至不敢肯定那就是林苒苒。

王小猛突然想给林苒苒打个电话，但在按下通话键的一刹那，他又反悔了。因为他知道她已经不属于他了。他丢了手机，看着灰暗的水泥地，一边发呆，一边盘算着接下来自己该做什么。好久之后，当又一次嗜睡的感觉快要来袭的时候，王小猛做了又一个人生的重大决定：起床先吃碗炒饭,然后去网吧投简历。

自从王小猛毕业留在北京,在这样粗砺的一个城市里漂泊了数载,生活的压力在他稚嫩的脸上已经留下了风尘仆仆的痕迹,尽管让他少了做学生时的轻狂与朝气,但依然看不到一丝定居者的气定神闲。可王小猛此时此刻还坚定地认为,在被生活的重担压倒之前,他想要的不过是一块属于自己的立足之地而已。这个想法并不过分,他应该坚持。

然而就在王小猛从床上爬下来扶着桌子腿儿穿鞋子的空当里,脑海里猛然间闪现出了那天在小月河看到的一幕,这个画面直接导致王小猛系鞋带的手痉挛,瞬间僵在了半空中收不回去。

在北京有一个地方,名叫小月河。去过小月河的人应该知道,它跟著名的奥运村只隔着一条高速公路。这个地方,就是无数追梦的外地孩子梦开始的地方。这里每到夜幕落下就有数不清的一边唱歌一边卖东西的贫嘴男人,还有隔三差五跳河自杀的小姑娘……但是没去过小月河的人并不知道,离奥运村就两站地不到,还有这样的地方。

在小月河,每天都有人嚣张地开着破夏利在里面横冲直撞,跟所有的保安打招呼,恐吓挡路的学生。这里的住户一般都出租床位给学生或者刚毕业才开始找工作却已经不能再叫学生的人,一般一个床位一个月两百元,可以随便用水电。就像旅馆,每次搬走一个人,很快就有人搬进来。工作的第一年,王小猛就在这里住。王小猛租住的那间房住了六个人,但他从来不知道他的室友长什么样,因为他们起得很早,回来得很晚。他们住的房子的外墙上,从上到下,从前到后都贴满了促销,甚至公关的招聘启事,但每天还是有很多人为找不到工作愁容满面。

小月河有很多学生晚上都在外面练摊,有的卖衣服,有的卖头花,有的卖丝袜之类的小东西。这让王小猛很佩服。因为他觉得学生就得早点自立,不能老靠着父母养活。在这些买卖的人当中,令王小猛印象最深的就是高个子贫嘴男,他卖鸡蛋卷,每次都要和顾客贫嘴,尤其遇上美女,他总要把人家周身上下全贫一番,连人家文胸几码都要贫,所以很多次被打。但是他的生意一直最好,据说一天要卖几千块钱,顾客还要排队。他被城管赶走以后,王小猛发现过他的鸡蛋卷设备在另外一个人手里,那人也在摆摊,但是没有人买。王小猛去买过一次,味道和以前那高个子贫嘴男卖的似乎有点不同,但说不出来是哪里不同。王小猛心想,也许就是少了那个贫嘴的过程少了口水味。还有一个卖水果的胖阿姨,记性非常好,王小猛带着林苒苒买过一次哈密瓜,一个星期后她竟然还记得他。

那个小妹妹自杀,正是王小猛住进小月河的第一天晚上回家时遇到的,所以他不知道在这个地方小妹妹跳河是习以为常的事情。他一看有人哭哭泣泣跳进河里了,刚开始还摘眼镜脱衣服准备下河去捞,猛又想起自己来自大西北根本不会游泳,于是喊人救命,可周围的人早就对这种哭哭闹闹的小情侣大呼小叫麻木了,根本没人理睬。王小猛见实在不行了,赶紧打电话,拨了110,再拨120,结果还是晚了。

等到警察来的时候,那女的已经沉底了。先来的几个警察在河里四处打捞,后面又来了几个警察在呵斥围观的学生。王小猛远远地看着,一个男孩子被抬上了救护车。王小猛正纳闷,他明明看见跳下去的是个女的,怎么捞上来变男的了?这时他听见旁边有人说,女孩赌气跳下去了,男孩子去捞,没有捞到,自己也差点淹死。王小猛这才明白过来,心想幸亏自己没一头扑下去,要不这会儿指定捞上来的就是自己。直到大家伙儿慢慢散去后,王小猛才弄清楚,原来那女的和那男的是一对刚毕业的学生小情侣,因为生活费问题吵架,结果女的一赌气就造成了苦果。

第二天,王小猛下班回家的时候在路上听说女孩的父母已经把遗体运走了,男孩子活了下来。

在王小猛的印象中,小月河最大的特色除了经常有人往里面跳就是泥很厚,还有就是住在小月河的人,他们很明显都是外地人,操着各种不同的口音。王小猛住在那里的那一年,他看到过他们搬来时的样子,父母随行,大包小包,叮嘱再三;也看到过他们搬走时的样子,拖着旅行箱,慢慢地往外走,一声不吭。

很多人从这里开始,加入到北漂的行列中,拿着暂住证,在滚滚车流中消失了。也有很多人,感受过北京的繁华和喧闹后,又离开了北京。还有很多人无法留下,但舍不下这繁华,于是做了不理智的事情。

两个月前王小猛领着林苒苒去过小月河,他还站在那天那个女孩子跳河的地方深情地对林苒苒说:"苒苒,看一眼这里吧,我们再也不回来了。这里,是百万北漂的缩影,今天我们是来向这个地方道别的,也是来庆祝的。我们既然能从这里走出去,我们就要在北京立足,成为真正的北京人。"

王小猛想到这,眼前又浮现出了那天在汉江国际酒店看见林苒苒倚在那个老男人怀里的那一幕,于是他的心开始隐隐约约作痛。现在看来,世事真的是难料,本以为逃离了小月河,他的命运就会从此改变,没想到几天前还站在全国人民面前对着镜头风光的自己,一夜之间就又蜷缩在民房里舔舐滴血的伤口。

我要在北京闯下去,不能回家,免得被家乡人瞧不起。当王小猛小心翼翼地撕下一年前贴在床头上这张用铅笔字表决心的小纸条后,心还是疼了。王小猛知道自己是一个有理想的人,可是现在发现原来理想在这个名字叫北京的地方毫无用武之地!

在哀怨和困惑中纠结了大半个早晨之后,王小猛决定先撕碎这个罪魁祸首,然后弄碗炒饭填饱肚子,再花一块五毛钱去楼下的网吧投简历。

当王小猛交完钱从前台走过的时候,他发现网吧和自己想象的一样乌烟瘴气,里面坐满了为 CS 和魔兽事业而执著奋斗着的有志无为青年。他们一个个被污浊的烟雾环绕着,嘴里唧唧喳喳为砍杀鼓着劲儿的同时还不忘吐着劣质烟卷释放出来的残缺烟圈。烟草和方便面混合的气味,让王小猛差点窒息,但缓过神来的那一刻他又倍感亲切,因为这让他不得不触景生情硬把记忆倒回到六年前。那天也正是在类似场景的一个网吧里,他遇见了在一个角落的机子上查论文资料被烟熏得满脸泪水的林苒苒。其实也就是那天的偶遇,才造就了今天王小猛失魂落魄地走进这个网吧感受烟熏火燎的滋味。

“坐 A 区 24 号!”一个好听的声音把王小猛拉回了现实。

王小猛按着那个漂亮的美女网管报的号找到了自己的座位。开机,然后直接冲进中华英才网,找到“编辑”和“记者”一栏,开始不停地选择那些他自己看来最不起眼的小公司。王小猛用了差不多和林苒苒最后一次吵架花费一样长的工夫罗列了一堆文化招聘公司的邮箱地址,然后才打开邮箱,将一年前存在里面的简历翻出来群发了出去。

整个过程一气呵成,这个举动充分证明王小猛是个熟练的求职新青年。

就在王小猛退出邮箱,即将关闭中华英才网的时候,不知为什么他又鬼使神差地盯上了“机械”一栏,他十分想进去看看有没有招聘“机械设计制造及其自动化”的,因为这才是他真正的专业。可在他刚浏览了几个公司后还是反悔了,赶紧关了这个网页。瞧,王小猛最大的特点就是喜欢在这种命运转折的关键时候反悔。

　　说到王小猛的伟大的专业,那个名字叫做"机械设计制造及其自动化"的专业,确实还曾流传着一段不成记载的趣闻。

　　当初,据说在王小猛像个菜鸟一样挎着大包小包进入大学报到的第一天,还曾满脸天真地问过接待自己的一个师兄:"什么是机械设计制造及其自动化? 我们毕业后是干吗的?"

　　那个师兄没有直接回答他,而是反问了一句:"你报这个专业的时候没有事先弄清楚啊?"

　　这时王小猛害怕别人误会自己是顶替的,于是就惶恐地回答:"我胡乱报的。"

　　那师兄一听,十分意外:"这种事情也是能胡乱报的?"

　　王小猛说:"嗯。当时我闭着眼拿着笔在一本印着一堆专业的小册子上游走,然后感觉差不多的时候就停了下来,睁开眼,笔下正是'机械设计制造及其自动化'这几个字,于是我就填了它。"

　　"啊?"那师兄更是被惊着了,继而语重心长地说,"这关系你的前途和命运啊,哪能这么儿戏啊?"

　　看把师兄惊着了,王小猛也只好如实交代:"其实我喜欢中文系,可家里老爸自小教育我说学文科没前途,将来就业前景也不好,所以学理科也是赶市场需求学的。"

　　师兄说:"哦,原来是这样。其实你的专业不错的,在机械工程学院是数一数二的专业,毕业了主要研究自动控制什么的,属于高科技。"

　　王小猛一听到"自动控制",心里乐开了花。赶紧说:"自动控制我知道,高精尖的玩意儿啊。"

　　可不到一个月,王小猛的高科技梦就彻底破灭了。因为王小猛的一个同院的老乡告诉他,自动化控制属于高科技没错,但那是博士后研究的玩意儿,至于他们本科毕业生能做的,基本就在电灯按钮、车床控制、电梯停顿这几个地方了。

很不幸,当时心高气傲的王小猛显然不愿意一辈子与电灯按钮打交道。在几次申请调系,当然是调往中文系,被拒后,他就暗自发狠,自学成才。在看完徐志摩的《再别康桥》和陈忠实的《白鹿原》后,总觉得自己的文学修养有了大幅提升,于是他每次看到中文系的哥们儿都想拉过来比试比试。

后来,还真有了一次比试的机会:在一次诗歌散文大赛中,王小猛凭借一首题目为《别不掉的人生》的散文诗打败了所有中文系的哥们儿,获得了第一名。从此以后,他操纵文字的心急剧膨胀,一心朝着文学的道儿一路狂奔。一个月后不小心又在几份青春报纸杂志上发表了几篇替别人写的用来追女孩子的情书,这更加坚定了王小猛跻身文学创作者行列的信念。就这么一路马不停蹄地跑下来,他彻底"堕落"成了一名自以为是的文学青年。

王小猛从此一发不可收拾,挤走了人家汉语言文学院的孩子,抢了人家文学社社长的位子干了一年不说,还在新生社员大会上拿着陈忠实的《白鹿原》一口气给那些小女生们上了两个小时的关于人性的鉴赏课,搞得后来那些个小女生对王小猛崇拜得都忘记了他本人是学机械的,到毕业都一直把他当中文系的看。就这还没满足王小猛的文学欲,他还在不到两年时间里一口气创办了学校的校刊和机械工程学院的院刊和几份文学刊物。王小猛这一路文学下来差点没把人家文学院的孩子憋屈死。据说为此有个文学院的家伙还跑到他们院长那儿建言献策,让他们院长动动关系找个借口把王小猛给开了,免得他经常大处小处打压得文学院的孩子没出头之日。不知道是那个院长没采纳那孩子的意见还是关系没做通,反正王小猛被开这事后来就不了了之了。

　　毕业后，王小猛如愿找到了一份"编辑"工作，并且他也曾经为此而兴奋过。但上班后他才发现，那家公司是专门做图书馆装备书的，所谓的编辑，不过是从网上搜集一些资料，复制粘贴，整合成一本所谓的"书"，资料内容基本原封不动，甚至连错别字和标点都未改过来，因为公司要求的速度是一天最少10万字。说白了，听着叫编辑其实就是剽窃。王小猛是个心怀文学梦想的傻青年啊，哪能做这种为了金钱而无耻的事，于是，不到两个月就辞职了。

　　虽说这两个月的经历让王小猛对"编辑"一词心灰意懒，另眼相看，但他又实在不知道自己能做什么，自后还是选择了一路"编辑"下去，从一个公司流窜到另一个公司，做着"伪编辑"的工作。

　　看见没，这就是王小猛，一个文学青年加央视招牌实习记者的奋斗历程。

　　想到这些，王小猛又开始反悔了。他心想，如果自己从一开始就本本分分地做好跟机械设计打交道的准备，然后像他的大部分同学那样找一个像"东风"那样的国企安身立命，是不是现在就不会这么狼狈和痛苦呢？

　　正当王小猛纠结得不能自拔之时，手不小心一抖又点开了中华英才网，而且还直接进了"机械"一栏，他索性一不做二不休地给一家机械公司发出了自己的求职简历，发出后连那家公司的名字都没看就又关了网页。因为他觉得自己虽然是学机械的，但毕业几年就没干过机械的活，肯定投也等于白投，所以投给哪家公司都一个结果，看不看都一样。

　　王小猛正为这份邮件发出而后悔的时候，他的手机突然响了。

　　"猛男，在哪儿呢？"电话是大歪打来的，他是王小猛的哥们儿，这家伙的声音里永远带着一股赶着投胎的急躁劲。

"网吧投简历呢。"王小猛强打精神说道。

"我靠,哥哥你又辞了? 恭喜啊恭喜,呵呵。"显然他还不知道王小猛制造直播的事情。

王小猛受到了大歪情绪的感染,瞬间不再纠结,道:"什么叫又辞了? 其实这并不值得恭喜,真正值得恭喜的是林苒苒跟我分了,哈哈。"

电话那头的大歪好像愣了一下,但瞬间就恢复了他的常态:"那就是双喜临门啦,你得请我喝酒。"

"择日不如撞日,那就今天晚上吧。你过来,再叫上老大和骡子。"

"得啦。其实我也有个好消息忘了告诉你,我也辞职了。"

听到这里,王小猛内心一阵酸楚,口里却应着:"那同喜了。晚上见。"

王小猛住的地方叫五里店,是丰台区的一个城乡结合部,靠近五环,离那座长着一堆狮子头的卢沟桥不到两站的路程,这也是王小猛离开小月河后在北京流窜过的第三个地方。

大歪住通州,跟别人合租一两居室。老大和骡子就住小月河,根据骡子曾经提供的信息,王小猛给出的准确判断就是他们两个八成就住在自己曾经住过的那套房子的隔壁,一人一个床位,一个月250元。他俩的口头禅是:"哥租的不是房子,是床位。"因为王小猛是过来人,所以他一直觉得这句话概括得挺准确的。

他们都是王小猛在大学学生会结交的死党,也是他在这座城市里最好的哥们儿。

下午6点多,大歪首先走进王小猛的小屋。每次来,他的第一句话总是:"哥哥,你能得离我近点吗?"这次也不例外。

王小猛总是教育他:"苦不苦,想想长征两万五,累不累,想想革命老前辈。不就先转两趟地铁再转两趟公交吗？等哥有钱了,在八宝山盖一别墅,最敞亮的那间给你留着。"

而大歪总是一如既往地回答:"去你大爷的!"

又过了半个多小时,老大和骡子也拍马赶到。他们找了家兰州拉面,要了两箱燕京开始死磕。

就酒量来说,如果准确排序的话,他们四个人的排列顺序应该是:骡子、大歪、老大、王小猛。除了骡子,其他三人相差不大,五瓶肯定全倒。而骡子是海量,一般喝到五瓶才刚进入状态,这个时候他喜欢说的一句话是:"妈妈的,我这叫干啥",等到十瓶的时候,才算微醉。要想让他承认不行了,那基本得十五瓶以上。骡子有个嗜好,喝大了的时候不说喝大了,而是说"喝长了,喝长了",而且手还老在自己的大腿根附近摸来摸去,后来,他们就给他起了个外号:骡鞭。再后来,觉得此称号不雅,就改叫骡子了。

以前喝酒的时候,他们的话题一般有两个,女人和理想。现在一般说的都是工作,因为女人已经离他们的生活越来越远了。

大歪是做软件的,他最初的理想是做中国的比尔·盖茨,后来觉着这个理想太浩瀚于是修正成了做比尔·盖茨的员工。再后来在现实的压迫下又一降再降,直到被逼退到人类的底线,做一个员工,不是比尔·盖茨的都行,找一份糊口的工作就成。骡子是做销售的,这家伙一直没什么理想,但他是有信仰的,他的信仰就是钱或者是权。老大是他们四个中间最积极向上的,虽然他也是学机械设计的,但是他不甘心一辈子制造产品,他想做一辈子学问。

老大一边在公司做着技术设计,一边在准备着考研,大概由于两线作战比较累,所以看起来很憔悴。他们都劝他悠着点,不要老是马不停蹄。

骡子原来也有考研的打算,但听到老大要考研的消息后,毅然放弃,至于理由,用他的话说就是:"通过这几年实践的总结,我得出一个真理,只有与老大保持相反的方向,才能看到胜利的曙光。"

在骡子说出这句话的时候,大伙儿都被逗得喷了一桌子。

没等他们笑完,骡子又庄严地宣布:"明年考公务员。"

王小猛对此首先表示了赞成,理由是:"不当公务员,骡子这酒缸还真浪费了。再说了,在如今这年月,要出头,三条路。要么就一生下来抱着书啃,长大直奔清华北大,然后在外企工作,出国留学拿绿卡国外定居;要么就跳舞唱歌,不惜一切代价成名,然后走向国际,在国外弄个户籍;要么就考公务员当官。对于骡子来说,只能选择后者。"

大歪也表示同意王小猛的意见。

对于王小猛的看法,只有老大笑而不语。

等喝到差不多的时候,老大忽然提起林苒苒的事,其实他这样做的目的是想要强行对王小猛进行安慰。这时王小猛却呵呵一笑,而骡子则大喝一声:"去你妈妈的,安慰个屁,就猛男那样儿,我要是林苒苒早就把他蹬了,还能等到今天?"

听完骡子的话,王小猛忙说:"是是是,所以我直到现在还对林苒苒的宽容心怀感激呢!"说完,他跟自己干了一杯。

大歪在一边坏笑,朝老大使眼色:"就得这样,咱们得趁着这时候使劲往猛男伤口上撒盐,何其快哉啊。凭什么他最后一个分手啊?咱们都没有姑娘很久了啊。"

听完他俩的话,王小猛顿时觉得神清气爽,催促他们一块举杯,一饮而尽。然后一块儿大喊:"咱们终于凑齐四条光棍了。"

他们喊完后,意外发现从不远处的一张桌子旁边,传来两位姑娘善意的窃笑。

　　等王小猛抓过放在手边的最后一瓶燕京给四个杯子分完再次回头的时候,刚才坐在邻桌窃笑的那两位姑娘早已不知去向。这时王小猛迷迷糊糊中突然想起来当中有一位姑娘的眼神似乎很像一个人,可一想到这里他立马打了一个哆嗦,苦笑了一下,心想,一定是自己喝出幻觉来了。

　　这一天,是著名的五一国际劳动节,可他们四个没有一个想起来是属于自己的节日,更没有一个人有能力行使自己的权益。白天的时候,除了王小猛,其他三人还都在无偿地为老板加班。

第三章

所谓的爱情只是一个屁

如果，爱情只是一个屁，放了，也就算了。

这次兄弟聚会，无疑给情绪处于低潮，人生处于落寞期的王小猛打了一剂强心针，让他再次看到京城的曙光。尤其那晚上醉眼蒙眬中看见了那两个朝他们张望的女人后，他不再为男女比例失调而恐慌，他又有了在北京留下去的信心。

转眼，五一长假结束了。

老大和骡子继续上他们的班，王小猛和大歪已经成了待业青年，早晨可以睡到 12 点。吃过午饭后，再一起到网吧投简历。

一周过去了，王小猛投出的简历如石沉大海，眼看着兜里的人民币寥寥无几了，可工作还是没着落。房东太太绕着弯都给他暗示过好几回钱的事儿了，可是王小猛硬是装作没听懂。房东太太的原话是说房租年后要涨价，规劝王小猛要提早预交下年的房租。其实王小猛心里清楚，那只是借口，恐怕真正急着要他交的应该还是上个月欠下的 100 元水电费。王小猛知道，照这样欠着水电费不还，即使他预交得再及时老太太也不见得再租给自己了，所以索性装回傻子。

要说在找工作上，大歪这次可是比王小猛幸运多了，他已经不为下个

033

月的房租着急,还又一次拥有了一份不错的工作。他趁房租没涨之前就已经预交了一年的房租,而且他的一位前同事在中关村的一家小公司当了部门主管后,在得知大歪辞职的情况下,第一时间开着单位的公车把他接收了过去。而王小猛的前同事们,因为都知道王小猛跳槽的频率太高,再加上平日里他又不喜欢和那些个他认为的鸟人说话,所以大家基本上对王小猛的认识仅仅局限在名字上,有的估计连名字都没记住,当然,也就没人接收他。现在王小猛能做的,唯有等待,还有就是每天花一块五毛钱继续毫不气馁地到中华英才网上去投简历。

在大歪离开了他去上班之后,王小猛一连几天除了不断地向一些小私营出版公司投简历外,剩下的时间就是到处瞎逛,这种瞎逛用王小猛自己的话说就是"走生命"。王小猛说是走,其实准确地说应该是坐,而且这又是王小猛最喜欢的事情。他所谓的"走生命"其实就是坐上一辆陌生的公交车,一直坐到终点站,然后再下车,跑到马路的对面坐同样车次的公交车返回到起点,如此重复。347路、505路、489路、664路、992路、旅游专线107……几天下来,南平庄车站的所有车次,都被王小猛坐了个遍。在实在没有陌生车坐之后,有一天晚上他脑子一发热,差点拨了120找救护车坐。

这些天在车上,王小猛偶尔也会想到林苒苒。想到林苒苒时,王小猛就特别伤感,每当伤感到无法释怀的时候,他就会一个人眼泪汪汪地数车窗外身边飞驰而过的各色小汽车,一边数一边在心里盘算着自己将来应该买哪个车型。伤感完毕,他还会继续想她。

他心想,现在她在哪里?她身边的男人会有一张什么样的脸?她过得好吗?她为什么不给自己打个电话呢?

可是他又转念一想,自己不也一样没给她打电话吗?每次想到这里,对王小猛来说既是一次心灵的生死蜕变又是一次想念的结束,但更是下一次想念的开始。王小猛总会一边苦笑,一边对自己说:"我当然不给她打电话,因为她的号码肯定换了嘛。"

　　每当此时此刻,王小猛总觉得自己的表情一定特别滑稽,像个蹩脚的小丑一样滑稽。于是他总会把脸躲开公交车的车窗玻璃或者后视镜,因为他怕会不小心看见自己的样子。

　　前些日子在思念最为惨重的时候,有一天王小猛在 992 路的孕妇专座上不小心留下了一首诗。本来这首诗是王小猛打算写在自己心里的,可一激动就留在了公交车后背的广告纸上。这首诗的名字叫做《所谓的爱情只是一个屁》,内容如下:

　　　　那个已经不知去向的女人,
　　　　那些锈蚀成古铜钱一样的爱情。
　　　　一个个失眠之夜,
　　　　在辗转反侧中看见,
　　　　清醒延续到凌晨的下一个钟点。
　　　　泪水打湿的,
　　　　依然是自己的脸。
　　　　抹一把枯竭的心田,
　　　　在睡去以前,
　　　　还是闭不上眼,
　　　　只因下一个黑夜来临得太晚。

　　　　如果,
　　　　爱情只是一个屁,

放了，

也就算了。

这是王小猛离开校园步入社会后写下的第一首诗，但也是他写得最成功的一首。这首诗的成功并不在它本身的韵律和文采，而是它的意境和引起读者共鸣所带来的效应。据说，这首诗在短短的几周内赚了很多个坐那个专座的孕妇的眼泪。其实道理很简单，谁都知道，看到这首诗的人首先会在心里产生一种即将被别人抛弃或者已经抛弃的共鸣感。你想想，当一个挺着大肚子的女人看到这首诗的时候，她要没反应才奇了怪了。

王小猛所谓的"走生命"，在别人看来只是一种机械行为。但其实这背后真正隐藏着的是走的过程中，王小猛为自己找到的一种消化孤独的方式。以前，他经常采用的方式是睡大觉。后来不知道在哪里看见有人说被窝是青春的坟墓，为了证明自己是个有志向的青年，他就使出一切办法想抓点青春的小尾巴，不让自己的青春这么快寿终正寝。于是就克制睡意，化昏睡为力量，并把这股力量成功转移到了坐陌生的公交车上面。

趁着骡子、老大还有大歪仨上班，自己一个人依然失业的空当里，王小猛围着南平庄周边进行了长达一周的"走生命"活动。

通过这些日子的走动，王小猛才弄清楚所谓的南平庄其实就是个村庄，和小月河差不多，都算后娘养的，同北京所有的城乡结合部没什么两样，要说唯一有的区别就是这个村庄有一个自给自足的小系统，低层次的吃喝玩乐都能在这里得到满足。这段日子里，王小猛在想起林莘莘伤感的同时也抽空总结了一下自己的人生。通过总结王小猛发现，其实两年来，从小月河辗转到南平庄，住的地方只不过从一个小农村换到了大农村，自己也只不过从一个人变成两个人睡了一宿后又转回到单身，仅此而已。自己的生活处境根本跟当初刚毕业时没任何区别。

王小猛刚住进这里的时候，大概也就是一年前，这里住的是看坟人，所以和它相邻的村庄，名字都比较瘆人，如杜家坟、佟家坟。他清楚记得第一次跟大歪一块坐 347 路公交车来南平庄，到佟家坟车站报站的时候，王小猛还被吓了一跳，但镇定后还是忍不住占大歪便宜，说："大歪，到你家了。你可以下车了。"可没想到刚说完下一站竟是海淀区残联，还没等公交报站，大歪就急不可待地回击他说："下一站，到你家了。你妈妈等你回家吃饭呢！"想到这里，王小猛苦涩地笑了。其实除此之外王小猛还是有收获的，通过第一天的考察，他最大的收获是发现了两个好地方，一个是西山公园，在村子的西边，里面有两张乒乓球台和一个比较好的篮球场，另一个就是室外桌球摊，一局一块钱的，比上网便宜五毛。王小猛发现后如获至宝，心想有了这两个地方，几乎就可以复制自己大学的主要运动生活了。正当他喜出望外准备拨电话告知大歪的时候，又意外发现了一处荒山，山上种着一些乱七八糟的果树。等王小猛气喘吁吁地爬到山的最高处时，又一次惊喜地发现站在那里竟然可以俯瞰大半个北京城。来北京这么多年，第一次登上一个可以不用抬头就能看见城墙的地方，看着远处灯火通明，车水马龙的情形，王小猛的脑袋里立马蹦出了《英雄本色》里发哥的一句台词："想不到香港的夜色原来这么美，这么美的东西马上就要失去了，真不甘心啊。"

那晚，站在山顶看够了北京城的夜色，在临往下走的时候，王小猛学着发哥的样子把"香港"改成"北京"在心里复述了一遍，然后才拖着疲惫不堪的身躯恋恋不舍地离开。

王小猛在内心很羡慕发哥所说的那种失去，因为只有拥有过才敢说失去。可王小猛自己从来没有拥有过北京的夜色，所以就连说失去的资格都没有,因此只能在心里偷偷地默念。其实王小猛何尝不喜欢品味那种英雄落寞的凄凉,可那么煽情的台词,到自己嘴里竟显得苍白无力,这让他十分纠结。

又一个傍晚,夜幕落下,华灯初上,不甘心的王小猛终于酝酿着情绪再次爬到山顶,而且在俯瞰着满城灯火达 30 秒之久后,哆嗦着复述了一遍发哥的台词。可奇怪的是除了满腹辛酸之外,他没找到半点英雄落寞的凄凉之情。发哥在那句之后的一句台词是:"我失去的东西,我一定要亲手拿回来。"可王小猛在说完那句话后紧接着的下一句台词却是:不要再继续傻 B 了,赶紧回去投简历吧。

更不可思议的是,后来录取王小猛的公司正是来自那晚放弃继续傻逼的感叹赶着网吧关门前花了五毛钱开了 20 分钟电脑投出的一份简历。所以,冥冥之中,王小猛总觉得应该感谢电影《英雄本色》以及导演吴宇森、主演发哥以及全部演职人员和所有父老乡亲还有爸爸妈妈叔叔阿姨哥哥姐姐们,最后还有大歪、老大和骡子。

这天上午 10 点左右,按照惯例,王小猛还处于似醒非醒的迷糊状态,这个时候,手机响了。

是一个陌生的座机号码,但开头三位是 010,王小猛猛地坐起,调整好情绪,双手抱着手机以完全的准备状态迎接这个来之不易的电话。王小猛知道,按照过往的惯例,固话打来找自己的,只要不是骡子公话私用,不出意外的话一般都会是面试电话。

在王小猛深呼吸之后把听筒贴近耳边的时候,果然,手机里传来一个中年女人的声音:"请问你是王小猛吗? 我们收到了你的简历,有时间的话下午过来面试吧。"

那女的一气呵成,熟练得就像撒尿。

等她说完,王小猛用近乎谄媚的语调答道:"好好好,有时间有时间。"

"那好,我们是××出版集团驻北京办事处,在海淀区北洼路水墨园小区 3 号楼二单元 302。"

"好的好的,谢谢您,下午见。"

挂了电话,王小猛揉了揉眼睛。一看表都快 11 点了,他顾不上洗漱,一口气先做了 20 个俯卧撑。王小猛这会儿是太兴奋了,你可以想想一个人在失业两个多月后,在连 100 元水电费都欠着的情况下每天勒紧裤带花一块五毛钱以平均每天群发 50 份简历的标准坚持到听到第一个面试电话的心情是什么样子。其实完全不亚于生下来看到第一缕曙光的悸动,尽管依然是个编辑职务,但这回却是大出版集团的,这多少让王小猛心里有些安慰。

当然令王小猛更欣喜的是等拿出地图一看,北洼路离南平庄非常近,坐 347 路可以直达,而且也就 20 分钟的路程。这是个常识,要在北京,上班地点离住址有两个小时的车程是正常,一个小时之内,你就得谢天谢地,要是半个小时之内,天呐,那你真得去庙里烧上三炷长香,以谢佛祖保佑。20 分钟,什么概念?所以王小猛唯一能表达兴奋心理的方式就是趴在床上做 20 个俯卧撑。

半小时后,王小猛就走进了××出版集团驻北京办事处所在的水墨园小区。

水墨园小区是个不新不旧的住宅小区,在北京,很多的外地出版机构的办事处都选择在这种小区租办公室。一些所谓的出版集团办事处,其实就是个私人办公室。其工作流程一般是这样的:老板有出版社资源,能够从那里拿到选题,然后把选题交给主编做大纲,大纲完成后再交给下面的小编辑填充内容,而这些内容大部分是来自网络,但小编辑必须进行修改整合,规避掉原著作者的版权。完稿后,老板就把它卖给出版社,获得版税。由于是资料整合,所以出版集团办事处策划的书不可能是原创性的小说,而是以健康、养生、经管、励志等居多的社科书。曾有好事者将这类办事处的性质总结为"剪刀浆糊"公司,其实更准确更专业的叫法应该为"Ctrl C + Ctrl V",或者叫"复制 + 粘贴"办事处,王小猛对此深表赞同。但很不幸,毕业的第一年,为了混口饭吃,王小猛从事的一直就是这种遭人唾弃的"编辑"工作。它留给王小猛的后遗症就是,一看到那类一本正经头头是道臭不要脸地教人怎么成功的励志书,他就会忍不住泛呕。试想,如果攒这书的人知道怎么成功,他还用得着每月拿着不到 2000 元的薪水在这儿骗人吗?

不过,任何事物的存在都是合理的。

经济危机爆发之后,人们对工作的重视变得无以复加,图书市场上的各类职场小说应运而生,正是这股春风,催生了一大批鱼龙混杂的图书出版办事处。然后从职场、励志、经管一路蔓延下去,到王小猛求职的时候,正是这些出版工作室兴旺发达之时。

办事处一般规模都比较小,也就四五个员工,所以租一个两居室就足够了。

10 分钟后,王小猛顺利找到了这家办事处所在的 302 房间。

接待他的是个中年男人,他自称姓黄,王小猛赶紧诚惶诚恐地说:"黄总好。"

黄总见到王小猛后简单介绍了一下"××出版集团"和北京办事处的强大实力,声称与国内 200 多家图书营业机构保持着亲密的合作关系,之后又从书架上取下两本他从来没听说过的养生类图书,说这两本书的销量已经突破了十万。王小猛开始一听被吓了一跳,继而强忍住惊讶,继而又强迫自己相信这是个事实。

但敏锐的黄总还是从王小猛的眼神里发现了一点异样,赶紧补充道:"当然啦,十万是有点夸张,都是出版社为了宣传炮制的噱头,不过,四五万还是有的……"

黄总说完看王小猛还是一脸强迫状,他呵呵一笑,又补充道:"这么跟你说吧,虽然这两本现在只是卖出一万多册,但还在加印,四五万是迟早的事儿。"

听到这里,王小猛终于长出一口气。

而黄总也投来了略带几许赞赏的眼神,那意思好像是说:小样儿,还挺有经验的。

在问过王小猛攒过哪些书之后,黄总跟他谈到了待遇:"底薪800元,一本书提成1000元,饭补200元。"

一听饭补200元,王小猛连略微思索的深沉状都免了,直接欣然答应。因为他知道,这个工种的市场价就是如此,再说,他这样一个欠着水电费找工作的人还有什么讨价还价的资本呢?

一切敲定之后,黄总说:"那你下周一就来上班吧。"

他一边说着一边起身,然后朝大厅里喊:"小易,你过来一下。"

一个戴着黑镜框的眼镜男跑步进来,黄总一指王小猛:"小易,这是我给你新招的兵,小王,挺有经验的,你好好带他,争取多出好书。"然后又一指那个30多岁的眼镜男:"易博,我们的总编,是我们办事处的灵魂人物,以后你归他管。"

王小猛赶紧伸出手,差点脱口而出"易总",但话到嘴边又立刻悬崖勒马,心想这一山难容二虎,同样这小小的办事处也难容二总,于是他赶紧改口:"易老师,以后多多关照。"

易博挤出一个比哭还难看的笑容,假装温暖地说:"客气客气,以后叫我老易就行,我代表编辑部的所有编辑欢迎你。"

王小猛谦卑地朝他笑了笑,礼貌地说:"谢谢,易老师。我会努力的。"

起身告辞的时候,王小猛迅速地朝大厅里扫了一眼,结果发现:老易所谓的编辑部的所有编辑,加上他本人,也就两个。

回到家,王小猛一头倒在床上,跟个花痴似地哈哈大笑起来,越笑越起劲,越笑越大声,直到快要岔气的时候,才强行终止,但脸上还残留着星爷那后现代解构主义无厘头的华丽表情。

恰在这时候,大歪从外边赶回来找他。

大歪一进门就用一脸雷达似的表情盯着王小猛,直到确认他没有精神分裂之后,才放心地问道:"哥哥,您这是遇上啥伤心事了,我在一公里之外就听到你那瘆人的笑声了。"

王小猛马上恢复正常,豪迈地宣布:"哥们儿时来运转了,从下周开始咱又是有班上的人了。"

大歪大吼一声:"我靠,那得庆祝庆祝。要不还去南平?"

"那当然,待会儿等老大和骡子下班,咱去狂欢,先喝酒,然后KTV,反正今天周五,咱就来个通宵达旦,哥哥我请客。"

一听这话,大歪看起来比王小猛还兴奋:"你就省省吧,兄弟我请,恭祝你老人家破纪录,争取这次能在那儿超过两个月。"

王小猛被他逗得哈哈大笑,然后学着他的腔调骂道:"去你大爷的。我上次在电视台都已经一年了,早破纪录了。可是又有什么用呢,一样还是滚蛋了。我算是看清了,我们这些人的生命是活给别人的。别人都把唾沫用来数钞票,我却攒着用来讲道理,弄来弄去,我发现脚下踩的仍然是地球,而我的头上到处是人。"

就在大歪和王小猛为此争执的空当里,老大骡子都相继归巢。听到王小猛再次找到工作的好消息后,他们分别用恶毒的语言对他表示了衷心的祝贺。

半小时后,他们四人已经坐在了南平庄的一个"五星饭店"——南平酒楼的饭桌旁。

在上菜的间隙,老大压低嗓音说:"真他妈敢起名啊,酒楼?有酒没楼,二楼在哪儿啊?"

王小猛扫了一眼那七八张脏兮兮的桌子,严肃地回答道:"别急,现在只是酒,等老板挣着大钱了,自然会加盖楼的。"

大歪也跟着起哄:"没错。人家田壮壮导演不是说他的电影是拍给未来的人看的吗?人家这饭店名是起给未来的酒楼用的。"

骡子嘘了一声,小声说:"这已然是南平庄的'五星酒店'了,你们就知足吧。再抱怨,小心人老板把你们赶出去。"

王小猛一回头,发现足有200斤的女老板正在朝他们这边看,于是赶紧回过头。老大不知道什么时候也目睹了老板的尊荣,便从桌前抄起一根筷子,在桌上边敲边朗诵:"啊,南平大酒楼,真是大啊,酒楼的老板,真是肥……常漂亮啊。"本来原设计好的台词是"肥肠一样",就因为那老板娘临时送菜上来,硬是逼迫着老大出口前临时篡改了台词。

老大这句话一出,他们一齐爆发出心照不宣的大笑。

菜陆续上齐了,燕京也满上了。哥儿仨一块举杯,要敬王小猛,个个口中还念念有词。

老大说:"猛男,现在我敢打赌,从下周一开始,你的人生不会再是这个操样。"

骡子说:"猛男,下周一就是你人生的新篇章,之前不堪的一页已经揭过去了。从今往后你就好好做人,相信你的未来是光明的。"

大歪人最猛,说话也最得体:"思往日,看今晚,数风流人物,还是猛男。"

王小猛被他们哥仨彻底给架起来了,瞬间豪情万丈,含在口里的燕京还没下咽就开始了吹嘘:"千万不要给老子舞台,给了,老子就是男一号。"说着咣一下又一杯一饮而尽。

幸好,豪情过后,王小猛的理智还在。像往常一样,酒后话多的王小猛照例开始了不管不顾的演讲:"知道哥们儿为什么毕业后混得这么落泊吗?这段时间我反省了,是心态问题。太把自己当回事儿,太自以为是,太注重尊严,太不把自己当个俗人了。尊严是什么?是成功者才能拥有的东西,我们没有。"说着又灌了一杯酒,指着骡子说,"尤其像你我这样,被女人甩了的人,我们更没有资格谈尊严。我想好了,从下周一开始,我不要尊严了,我可以当孙子,我可以不愤怒,我可以忍。为什么会愤怒?因为心里还抱有幻想,现在我绝望了,我不会有任何幻想了,我要用他们使用的所有的方法跟他们抢食吃。谁抢着算谁的,没人关心你是怎么抢的。行走在这荒凉的人间,我唯有怀抱更大的荒凉,底线老子也不要了……"

"不不,做人的底线还是要留着。"骡子吃惊地看着王小猛,像是看着一个他不认识的怪物。

而大歪的脸上早已经写着两个字:无奈。

只有老大朝王小猛举起酒杯,悲凉地说:"这些话是错的,但你是对的。"

干掉桌子上的最后一瓶啤酒时,王小猛已经几乎眼冒金星了。

他们仨也比王小猛好不到哪去。

"还去 K 歌不?"大歪问大家。

"去,就这是必……必须的。"用骡子的话说,王小猛是喝长了,但他的态度最坚决。

"那好。"其他人附和道。

KTV 就在南平酒楼的隔壁,他们一抬脚的工夫就到了。

北京的 5 月还有点春寒料峭,被夜晚的凉风一吹,王小猛的酒意已经醒了一半。可来到 KTV 后,大概是由于兴奋,酒劲又上来了。趁着别人点歌的时候,他赶紧跑到卫生间,翻江倒海了一番。吐完后,肚子里舒服多了。

回到包厢后,大歪已帮他点了每次 KTV 时他的必唱曲目:罗大佑的《闪亮的日子》、小黑柯受良的《大哥》、老狼的《麦克》、孙楠的《拯救》,还有阿杜的《撕夜》。

王小猛从厕所回来一看曲目表,净是给自己点的了,正准备要说什么,大歪笑着说:"今晚你是爷,我们仨都伺候着你。"

听到这话,王小猛的心一软,眼泪就他妈尿一样下来了,怕别人看见于是他赶紧拿起话筒就吼了起来。

一口气唱完五首曲目后,王小猛清醒了一大半。于是话筒从王小猛手里转到骡子手里,骡子的保留曲目依然是《移情别恋》。王小猛本来想开个玩笑说:自从被韩璐同志甩了之后,骡子同学越来越有怨妇范儿了。但看着骡子这会儿憔悴忧伤,声嘶力竭的模样,王小猛实在不忍说出这句话。

深情的男人总是被多情的女人摧残,骡子是最典型的范例。当年在大学里那个意气风发的才子,如今已是枯藤老树昏鸦了。

而老大还是清一色的红色摇滚,尤其是唱《国际歌》和《我爱北京天安门》时,他专注得像个老红军。

大歪喜欢的歌曲就比较令人汗颜了,如张韶涵的《寓言》,王心凌的《睫毛弯弯》,张柏芝的《星语心愿》。

以前 K 歌,他们经常是直接取消他的点歌权,这次也不例外,好不容易趁着大伙不注意,大歪偷摸地点了一首《星语心愿》,可等到临唱时,还是被老大强行按了"下一首"。看着大歪一脸憋屈,王小猛故作大度地跟他俩商量:"要不让他唱一首? 就一首。"

可骡子坚决地摇摇头,一连说了两个:"No。"

老大则坏坏地说:"要他唱可以,那他得先跟我合唱一首《红色娘子军军歌》。"

在大伙的淫威之下,大歪最终屈服了。

终于,在被老大强迫着唱完那首《红色娘子军军歌》后,大歪才终于如愿以偿能够唱他那首麻酥酥的《睫毛弯弯》了。

看着大歪一脸的欢快样,大伙无语得直翻白眼。

第四章
离开出租屋

命运是什么？ 自己又算个什么呢？

成天像个小丑一样地追逐，究竟是在做命运的主人还是奴隶？

上帝真的为自己早已量身定做了剧本吗？ 所有这一切的挣扎难道真的没有用吗？ 在临睡去之前的迷糊中，王小猛又拧巴在了这些无解又现实的问题之中。

第二天是周六，一口气睡到中午醒来，王小猛感觉自己的头昏昏沉沉，就好像被别人半夜偷去垫了屁股一样，喉咙也有点嘶哑，浑身酸疼。已经很久没有通宵了，王小猛发觉自己熬夜的能力大大退化。以前在大学时，他曾经在一个通宵之后，休息了不到一个小时，立即参加学院的篮球比赛，依然将对手打得落花流水，可是现在就连半个晚上的唱歌都让他产生了头跟屁股一样的感觉。

坐在床上，王小猛觉得口渴，于是拨开躺在自己身边的大歪下床找暖瓶。他把瓶塞拔下来对着杯子倒了半天，却不见出水的迹象。等倒过来才发现瓶子是空的，于是就直接抄着杯子到厨房接了一大杯自来水，咕咚咕咚对着喉咙灌了下去，这才感觉舒服了很多。

王小猛再回到屋里时，大歪已经躺在地板上了，看他睡得正香，就没叫醒他。来到客厅,骡子正一个人坐在桌子旁看书,而老大还在打着他那惊天动地的呼噜。

王小猛问骡子:"你一大早在看什么呢?"

骡子抬头看了他一眼,痛苦地说:"背单词啊。你说我怎么老是记住新的忘了老的呢?"

王小猛忽然记起骡子昨晚 K 歌时痛苦的表情,就调侃道:"这可和你的风格不符,你虽然认识了那么多新的姑娘,但我看出来了,你心里还是忘不了韩璐啊?"

骡子无奈地一笑,说:"这和单词是两回事。其实我想明白了,我对她念念不忘,也并不说明我多么爱她,主要是因为她抛弃了我,我恨她。你不也一样忘不了林苒苒吗?"

"我们的情况不一样,我对林苒苒没有恨意,没忘记她是因为……唉,反正说了你也不懂。"

没等王小猛说完,骡子打断他的话:"我知道,林苒苒是因为没房子离开你,那是软件问题,是你自己造成的,是这个社会造成的。但韩璐是为了别的男人跟我分手,是嫌弃我的硬件,我没法不恨。"隔了一会儿,骡子又补充道,"其实我也不知道是恨她还是恨自己。"

说到这,骡子放下手中的书揉了揉眼睛,很明显眼眼圈已经红了。

王小猛暗骂自己一声:操,早知道就不提这个话题了!于是赶忙劝慰骡子:"你小子也太小心眼了吧,你得给人家姑娘来去的自由。人们常说铁打的营盘流水的兵嘛,旧的走了就意味着新的即将到来,所以赶紧找个新的吧。"

"我觉得自己当初的那股子'意气风发'没了,反应也迟钝了,就像废人一个,现在不想恋爱了,先考上研再说吧。"

"但你想过没有，考完研你就意气风发了？你就青春回归了？那时候你不一样还得找工作，再说到时候也不知道会是什么情况，说不定你还没出校门就被别人拍死在沙滩上了。"

"走一步看一步吧。反正趁现在不为房子奔波了多看点书，就算将来没地方住了在天桥下给别人算命骗钱糊口也有得说啊。"

听完骡子的话，从客厅再次进到卧室后，王小猛又开始盘点自己的人生。也许是受了骡子的感染，他再次感受到了生活的无奈，生活就像蘸满水的一团黄纸贴在自己的脸上一样，令他窒息。

王小猛点了一支烟，走出来站到厕所门口，这一刻他决定什么也不想，开始静静地吞吐。王小猛一边抽一边看着青色的烟雾在自己的头顶腾空，簇拥，再消散，然后无影无踪。

王小猛原本想起来做点什么的愿望就在抽这根烟的这个过程中迅速瓦解，等一支烟烧完后，他又转回去躺倒在了床上。

命运是什么？自己又算个什么呢？

成天像个小丑一样地追逐，究竟是在做命运的主人还是奴隶？

上帝真的为自己早已量身定做了剧本吗？所有这一切的挣扎难道真的没有用吗？

在临睡去之前的迷糊中，王小猛又拧巴在了这些无解又现实的问题之中。其实在学术上，这种情绪有个专用术语，叫"怀疑人生"。可是好在王小猛的神经现在已经在林莘莘离开后的这些日子变得日益粗壮，现在这点小问题不可能再让他伤筋动骨。如果需要，他随时能够站在镜子面前，把自己那一层象征有志青年的皮撕掉，重新做回本质的流氓。

不管这听起来多么令人作呕，但王小猛依然坚持认为自己是对的。

就这样，王小猛在一遍又一遍的自我否定和人格的重新构筑中度过了一个下午。睡到晚上的时候，王小猛老早就喊大歪把手机闹铃调到早上8点。王小猛这么做，只是想保证两件事：一是不仅要好好休息而且还要保证第二天上班不能迟到；二是要提前起床收拾行头以保持第一天上班的精神饱满。

大歪觉得王小猛这样的做法很不人性，于是一个劲儿劝王小猛说顺其自然，睡到自然醒。王小猛说："顺其自然的话我得看书到两点，然后第二天中午起床，行吗？"

大歪无语。

在王小猛欲强行关灯之前，大歪跳下床一个箭步窜出门外，然后就从客厅传来骡子反抗的声音："我真不去，我还得做阅读理解题呢……"再然后就是老大无可奈何的叫骂声："妈妈的，没出息。阅读理解能当钱用？"

不用去看，王小猛也猜得到，骡子这会儿一个人蹲在桌前苦读英语阅读理解，而老大肯定是被大歪拉去打台球了。

王小猛嘿嘿一乐，心想骡子和韩璐这一分手居然比以前更出息了，不仅下了考研的决心，而且连大歪的强逼利诱都能拒绝。想到这儿他关上灯，开始正式睡觉。睡前看了一下手机，21点45分。

过了一会儿，他又看了一眼手机，22点25分。又过了一会儿，王小猛再看了一下手机，正值北京时间23点35分。看着这组熟悉的数字，让他的思绪在此进入了一个历史时刻，这个时间正是林莘莘和自己单方面宣战的纪念时，王小猛苦笑了一下开始数羊，1,2,3,4……6899，他开始绝望了。

睡不着，实在是睡不着，林莘莘的影子就像鬼魅一样在王小猛的眼前飘来飘去，无休无止。

王小猛打开灯，抄起一本茨威格的小说集，半躺在床上看起来。以前，他只要一看茨威格的小说就打盹，因为这老人家的叙述节奏比蜗牛散步还舒缓,经常是说了半天,离女主角出场的距离还隔着好几亿光年。可奇怪的是,今晚,连茨威格也不灵了。王小猛越看越精神,就像打了鸡血一样。

看来生物钟这东西真不是瞎说的,自己用两个月时间养成的习惯,想在一夜之间改变,简直是天方夜谭。王小猛心想,看来物理方法是不管用了,最后只好采用生物化学手段了。

王小猛跑到客厅,向骡子求救:"你以前不是经常随身带着安眠药吗?还有没?给我一颗!"

骡子定定地盯着王小猛看了半天,然后一脸坏笑地说:"早没了,对不起猛男先生,我不失眠已经很久了。"

看王小猛一脸丧气,骡子开始给他出招儿:"数山羊?很管用的。"

"管个屁用,我都数到6000多只了,不还站在这里向你要安眠药吗?"

"躺床上看书?"

"早想到了,我连杀伤力最大的茨威格大师都试了,没效果,越看越清醒。"

骡子乐了:"那我也没辙了。"

可过了不到两秒钟,骡子忽然顿悟似地从书堆里抽出一本小书扔给王小猛,说:"要不你试试这个?"

王小猛开始以为是讲什么催眠术之类的,可接过一看,是一本考研英语小词典,不过王小猛还是如获至宝,绝尘而去。

抱着词典躺在床上大约5分钟后,久违的睡意潮水般袭向王小猛。连灯都没关,瞬间就失去了意识。

第二天早上8点,王小猛准时被闹铃闹醒。此时骡子等人已经人去房空,或者他们昨晚半夜就都已经离开了,反正此刻的王小猛也顾不上这些了。

洗漱完毕，按最正规的装备武装上之后，又从简易衣柜里翻出一个快发霉的斜跨包，背在身上信心百倍地朝南平庄车站进发。

10分钟后，到达目的地。那里早已聚集了大批的人群，远远地看，就像一堆焦急的蚂蚁。

王小猛一看表，8点25分。他心里想着，应该不会迟到。

他要等的车是347，但这天太邪门了，一辆辆公交奔驰而来，塞进仿佛尿急的人群，艰难地关上车门后，再呼啸而去，可这里面就是没有347的影子。

身边已经有人开始骂街了："他大爷的，又得迟到了。"

王小猛一看表，都8点35分了。

"我靠，这不坑人吗？不会让我第一天上班就迟到吧？"此时的王小猛，也像尿急一样焦躁不安起来，心里嘟哝着，两只脚不停地轮换着在地上跺。

终于，在快8点40分的时候，一辆347翩翩而至。

这可急坏了王小猛，他就像寡妇那即将喷涌而出的尿，有些失控地随着人群往车门边上挤。可那司机似乎就像故意戏弄他似的，眼看要停下的时候，又小小地一加速，在他前方四五米的地方刹住了。于是，王小猛又被人群簇拥着向前方奔去。等他们这一群人重新赶到车门的时候，那里早就重新聚集了一群人，王小猛被挡在了外围。看来，任何时候都有精明的审时度势者。

等王小猛被推进车门线以内时，他的前方早就已经贴身防守了，而他的身后，还有四五个哥们儿在往里冲。操着京腔的售票员大姐在大声地叫唤："前面的再往里挪动挪动，中间这不还有地儿吗？穿黄衣服那个，上一步，上一步，让后面那个上来，关不上门谁都走不了……关门。"

车门晃动了两下,但很不幸,没能关上。最外边的那个哥们儿,半个身子还在外边,而手却紧紧地把着门边的铁管。

"上不来的就别上了,后边紧跟着一辆呢。"售票员朝着最外边那位不满地喊。

谁知那哥们儿比那位售票员姐姐更不满:"哪儿紧跟着一辆? 这话我都听了9000多遍了。甭废话,我上不去,谁都别走,就这么耗着吧。"

前面有人也不满了,小声地嘀咕:"有点公德没有,都他妈迟到了。"

"废话,你迟到我不迟到? 我都等了半个小时了。"

售票员看这哥们儿不好惹,只好继续朝车厢内的人群嚷嚷:"再动一下动一下,动一下嘛,差一个就上来了,要不谁也走不了。"

司机是个40岁左右的糙老爷们儿,也粗着嗓子喊:"都他妈动,好不好? 大家都是中国人!"这话一出顿时半个车厢内有了松动,那哥们儿终于上去了。王小猛想了半天终于明白,北京是首都,生活在这里的人谁都不愿意当汉奸。

以前,有人说,时间就像女人的乳沟,只要挤,总会有的。其实看来,这个道理也适合公交车里的空间。只要挤挤,再装几个人还是没问题的。

随着部分富有爱国心的群众的艰难位移,最后,那个哥们儿的屁股终于移进了车门。

"关门!"

售票员大姐一声令下,车门总算像个迫不得已扔掉牌坊的贞妇一样,万般不情愿地闭上了。

王小猛长舒一口气,看了一眼司机上前方的电子表:8点46分。

车子跑了一会儿后开始艰难地前进,一路上,王小猛在心里默默祈祷,如果车开快点的话,还有希望将迟到的时间控制在10分钟之内。按照他以前的经验,10 分钟之内一般是不扣工资的。

但很显然他低估了北京的交通拥挤状况。

开始,司机开得是挺快,但等开到四季青桥附近时,他已经无能为力了。看着车一点点地往前蹭,王小猛彻底放弃了所有美好的奢望,整个人也轻松了,长出一口气,就好像夹了半天的屁,放完了才发觉是很爽快的。不过王小猛在心里还是暗叹道:"是天要亡我,非俺项羽之过也。"

等王小猛气喘吁吁地赶到办公室时,已经是 9 点 30 多了。

一只脚刚踏进办公室还没站稳,王小猛就赶紧向坐在桌子前喝茶的顶头上司易博道歉:"易主编,路上堵车,第一天上班就迟到了,真不好意思。"

易博边喝茶边抬头扫了一眼王小猛,他虽然面露不满之色,但口里却应着:"没事没事,第一次就原谅了,以后可要注意点。"然后指着一把椅子连看都没看就说,"你就先坐那儿吧。"

王小猛一边万分感激地朝易博点头微笑一边连声地说着:"好的,好的。易主编,我以后一定注意,不让堵车,不让堵车。"可说完了却发现似乎有点儿不妥,因为北京堵不堵车那不是他王小猛能说了算的。于是赶紧打住,转身乖乖地坐在易博指给自己的位子上。

王小猛刚坐下,包还没来得及从身上取下视线里就出现了一老女人的头,而且该头颅从老板的办公室门口押出,以迅雷不及掩耳之势瞬间蔓延至王小猛跟前:"是小王吧?你过来一下。"

王小猛应了一声,赶紧跑步过去。他心里猜想:这女的谁啊?难道是老板的女秘书?

等进屋后,却没见黄总的人影。王小猛发现那女的显然不是秘书那么简单,她一进门就跷起二郎腿坐在黄总的椅子上。

那女的一边示意王小猛坐在沙发上一边自我介绍："我姓刘，叫我刘姐就行。"说完就看着王小猛。

　　这女的初次见面竟然开门见山以"刘姐"自居，弄得王小猛除了一头雾水有点找不着北外内心还有点发怵。不过王小猛是个聪明人，心想在没弄清状况之前绝不能被一句"叫我刘姐"就拿下，他合计当下最妥的办法只有先送给她一个谄媚的笑，顺便再拍拍那圆圆润润的屁股探探底再说。于是赶紧说："刘姐好。您这么漂亮，一定是四川人吧？"

　　刘姐没有接王小猛的话茬儿，只是给了他一个不冷不热的微笑，接着说："你怎么第一天上班就迟到啊？"

　　"不好意思，刘姐，本来起得挺早的，可谁知道路上堵车啦。"王小猛小心翼翼地回答。

　　"堵车不是借口。我不希望听到借口，真正做事的人也不会找借口。"说这话时她还在一直盯着王小猛看。

　　听见这话，王小猛赶紧举双手表态："对不起，刘姐，确实是堵车，不过您放心以后我坚决不迟到。"他就差补充一句"如果迟到，天打五雷轰"了。

　　听到王小猛斩钉截铁表决心的话语，刘姐这才满意地点了点头说："那好吧，你可要记住了。今天第一次就先记个迟到，钱就不扣了。另外，我给你说一下我们这里的制度。5 分钟以内不算迟到。5～10 分钟扣 20 元，半个小时之内扣 50 元。半个小时到 1 个小时，扣半天工资。超过 1 个小时算旷工一天。一个月旷工两天就自动开除。你记住了吗？"

　　王小猛听完赶紧点头，嘴里应许着："嗯，记下了。"可心里在想，这年月，看来真是知识不值钱了，黑到连大学生都要挤压着过日子了。

　　"那好，你去工作吧，小易会安排你的工作。"

　　王小猛退下，回到自己的座位上，却发现边上不知道什么时候多了个女同事,她朝他调皮地挤了挤眼睛,大有幸灾乐祸之意。看她是个美女,王小猛只好无奈地朝她耸了耸肩。

这时候,易博朝王小猛走来,一脸木然地说:"我这里有个新选题,叫《毕业三年做老总》,听黄总说你挺有经验的,你先做个大纲吧,做完后发给我。"

王小猛一听这书名就已经很崩溃了,于是赶紧试探着跟他说:"我不大喜欢做励志书,有别的选题吗?"

易博像看外星人一样看了王小猛一眼,然后冷冷地丢下一句:"没别的。"

王小猛只好泄气地说:"哦,那好吧。"

这时候,坐在王小猛旁边的那女同事说:"我这儿有本《怀孕100天》,要不咱俩换换?"

没等王小猛答话,易博有点生气地朝那女的说:"王跳跳,谁让你擅自换选题了?"

"人家不是不喜欢做励志的吗?我跟他换换怎么了?"王跳跳没好气地说。

"这选题是黄总安排好的,不能随便换。"那姓易的有点急了,眼睛瞪得很大。

见王跳跳还要还嘴,王小猛赶紧插话道:"别别,怀孕的事儿还是你比我有经验,我就做这个励志的吧,没事儿。"

说完,王小猛一本正经地坐在自己的座位上打开电脑准备写新书的大纲。王跳跳朝他做了个鬼脸然后又低头使劲地敲击着键盘。

等易博转过头后,王小猛赶紧起身朝王跳跳走过去,眼神一路俯视着向王跳跳那随着敲键盘的手臂跃动的丰润胸部投去了友好的一笑,并自我介绍说:"你好,刚才听见易主编喊你名字,原来我们是一家。幸会幸会,我叫王小猛。大小的小,胸脯的脯。"

按照习惯王小猛本来要说的是凶猛的猛,谁知道眼睛盯着人家姑娘的胸不小心情急之下脱口而出说错了字。他心想反正也不见得别人听得那么仔细,于是准备将错就错借以和王跳跳握手来开脱。

其实王跳跳开始也是没听太明白,还笑着朝王小猛伸出手:"王小猛,名字挺有个性啊,欢迎您加入我们团队。"然而,就在王跳跳的大拇指即将扣住王小猛食指的时候,她突然跳起来叫道,"你刚才说什么来着? 你不是说自己叫王小猛吗,怎么又是胸脯的脯啦?"

"不好意思,不好意思,触景生情,刚来上班还有点儿找不着自己。请见谅!"说这话的时候王小猛的视线始终马不停蹄地游弋在王跳跳心脏上空那巍巍的双峰之间。

王跳跳后知后觉迟钝的样子让王小猛差点忍不住笑出声来。看着她单纯又可爱的样子,王小猛突然发现眼前的这个女孩儿有些面熟。确切地说,是她的笑容有点面熟。干净,灿烂,可爱,真诚。王小猛喜欢这笑容,因为它能融化掉自己心中所有的冰冷,能像阳光一样驱散阴暗,把热情辐射到他身上的每一个细胞,让他如饮琼浆,甘之如饴。

中午的饭点到了。按照办公室的规矩午餐向来都是叫外卖,而且是自己叫自己的。因为王小猛是新来的,所以王跳跳帮他订了一份盖浇饭。

吃饭时,王小猛忍不住小声问王跳跳:"刘姐是谁啊?"

王跳跳没有说话,回头瞄了一眼黄总的办公室之后,凑过身,神秘地在王小猛办公桌上用指头比画了三个字。

王小猛连猜带看弄了半天总算看了个半懂,于是小声地向王跳跳确认:"你刚才写的是不是'老板娘'?"

王跳跳使劲地点了点头,然后又转身看着黄总办公室。

王小猛如梦初醒,心想:哦,原来如此。那天给我打面试电话的人,应该就是她了。但继而,心里又冒出一股冷汗:两个老板,加一个主编,一共三个领导,管理两个员工,我靠,这配置真够奢侈的。

整个下午,王小猛都在绞尽脑汁琢磨给他的那本书的大纲。这个过程暴躁而变态,恶心得他差点把中午吃的西红柿炒鸡蛋都吐出来,还好每一次他都能及时而坚定地遏制住即将呕吐出来的酸水。好不容易熬到下班时间,王小猛在内心呼喊:"天啊,这非人的一天终于翻过去了。"

若在往常,放在以前的那些公司,就连在电视台也不例外,下班时间一到,王小猛就会起身走人。但这是他在新公司第一天上班,而且还是在水电房租倒挂,财政严重赤字的情况下找到的活儿,为了给领导们留下个勤劳能干的好印象多发几个铜板,王小猛还是一遍一遍地告诫自己:"至少不要第一个走。"

王小猛苦苦地等待着那个首先起身的勇士,但很遗憾,王跳跳一直就是忙活着不走,而易博则双目呆滞地盯着显示器发呆。

如此耗过了大约 10 分钟,王小猛又观察了一下形势——涛声依旧。

又过了 10 分钟,那二位依然没有起身的意思。

王小猛终于忍不住了,心想:装孙子也得有个底线吧。再乖的孙子,趁着亲爷爷还没定下来打盹儿时总还是可以先撒一下欢的。想到这,他果断地关掉电脑,起身走人。

就在王小猛前脚刚要迈出门口的时候,易博发话了:"小王啊,你那个大纲明天上午就得交活儿呀,你注意一下进度,实在不成就晚上加加班。"

王小猛原本以为易博是在对着王跳跳说话,因为他心想自己的选题是上午才给的,怎么着也不会明天就要大纲的。谁知道他回头看王跳跳的时候,却发现易博正在盯着自己看。

为了确认易博说的小王到底是不是自己,王小猛还强装着冷静回头对王跳跳说:"听见没？王跳跳,易主编跟你说话呢。"

"我在和你说呢,王跳跳的大纲昨天都完成了,再过三四天都要交稿子了。"令王小猛失望的是易博接下来的回答还是将他自己事先所有的美好幻想击成了粉碎。

从内心里讲,王小猛当然是不愿意相信眼前这个事实的,可是现实毕竟已经摆在面前。

王小猛听出了易博的弦外之音,但还是客气地回了一句"知道了",就出了办公室。

电梯刚要关上的时候,王跳跳在门口风风火火地大叫:"等等我,等等我。"于是王小猛只好强行按住按钮,等着她。

"你们咋不按时下班啊?"王小猛问王跳跳。

"我想跟你一块走,又不好意思喊你,就盘算着,只要你一撤,我也马上走人。"王跳跳笑嘻嘻地对王小猛说。

看着王小猛受宠若惊的表情,她又补充道:"你别误会哈,我就是想找个人一块儿走,路上能说说话。"

"你以前都一个人走?不还有易博同志吗?"

"嗨,别提了,跟他一块儿走还不如我一个人走有乐趣呢。"

"哈哈!"王小猛被王跳跳一脸无奈的表情逗乐了。

"他是不是总是加班啊?"王小猛接着问。

"他这人都没法说,老板不走他不走。要是老板不在,他走得比兔子都快。"

"啊,没看出来,他还真是个人才。"

没说几句话,电梯到了一楼。王小猛问王跳跳:"你坐什么车?"

王跳跳说:"347,你呢?"

王小猛大吃一惊:"我也坐347啊,你住哪儿?"

"南平庄。你呢?"

"我也南平庄。"

孔子跟耶稣都曾经说过:生活中总是充满大量的意外。王小猛以前总觉得这有点不可思议,可这回他是相信了。当然这次被意外乐坏的人还有王跳跳,她歪着头问王小猛:"哎,王小猛同志,你是不是觉得我特漂亮特性感特迷人,然后尾随我找到这家破公司,然后想方设法打入我们内部,然后对我图谋不轨啊?老实交代,不然我直接把你扭送派出所。"

"王跳跳同学,我承认您老人家是秋香,可原谅我真不是唐伯虎。"王小猛一本正经地答道。说完之后,他们二人一起放声大笑着狂奔向马路对面驶来的347路汽车。

虽然才五月,可没料到京城的天气却闷热难当。这让第一天上班还"很职业"地穿着白衬衫系着蓝领带外罩一层藏青色的西装挤在人群里的王小猛吃尽了苦头。再加上还有个王跳跳站在离自己咫尺的距离高挺着巍巍巨峰,王小猛只能强忍着内心的烦躁,让欲将渗出的汗水随着急促的呼吸变成尿液流进裤裆。

就这样王小猛贴着王跳跳肉肉的身子站在347路车的过道上一颠三晃地摇往南平庄住处。

天擦黑时,王小猛终于提前王跳跳一站下车,拖着疲惫的躯体回到租住的地方。还没等他掏出钥匙,就看见房东太太横在门口,房东太太的脚下杂乱地躺着王小猛那一大堆之前和林莘莘因战事纠结而硝烟弥漫过的床上用品。房东太太的一只大脚正踩在他枕头的一个角上,铺盖卷被胡乱堆起在墙角,上面弄得脏兮兮的。

"小王,你把钥匙给我吧!上个月欠的水电费我都不要了。我知道你已经很久没工作了,可是我们一大家子人也就指着这房租过活呢。房子我下午已经租给别人了,他预交了一年的租金。"

看着房东太太慈祥而恳切的目光,王小猛无言以对,只得微笑着从腰间解下钥匙递到了她手里。在房东太太拿着钥匙下楼的时候,面对她离去的背影,王小猛最终还是没忍住哽咽了一下,于是泪水瞬间就漫过了睫毛顺着脸颊滑了下来。

等泪水慢慢退出视线的时候,王小猛手伸进裤兜里摸索着按下了大歪的电话号码,然后就开始望着天空发呆。

"起来,去吃西门烤翅,喝点啤酒。没什么大不了的,明天跟我再回小月河去。"大歪还真是神速,在接到王小猛这个无声的电话后半小时就及时出现在第一现场。

他边说边拉王小猛,可王小猛就是躺在地上不起来。大歪没办法,最后只好把王小猛枕着的被子给抽了出来,然后伸手从脖子下面把他直接抱了起来。王小猛被抱起来后看不见天花板了,所以意识也就恢复了。他伸直腰杆猛地拍了大歪一把,然后不解地问:"兄弟,你说天怎么又黑了?"

"那只能说明黎明又要降临了。走,先喝口酒再说。要知道天要降大任于斯人,就必先苦其心志,劳其筋骨。你现在就是在经历黎明前最黑暗的时光,说不定下一刻就阳光明媚了。"大歪说着拉着王小猛下了楼梯。

自从上次去过南平饭店后,大歪似乎对这家酒店就情有独钟了。到店里后,几杯普装燕京一下肚,王小猛一边大口喝着,一边倒开了苦水。

"我们这念的是哪门子的书,简直就是为了房租和水电费拼命干活的死士,那些个房东和老板就是个贪婪的硕鼠。"说着他又灌进去一杯啤酒,接着声音含混地说，"你知道吗，我上周应聘的那家公司真不拿员工当人，今天给的选题明天就要大纲，还说要是不成就考虑加加班。这才第一天上班啊，居然就这样毫不含蓄地压榨，还不如现在就把我炒掉呢，他母亲的！"

王小猛平时在大伙面前还算是极为讲究素质的人，现在能如此流利地骂人，可见是被彻底逼急了。

大歪沉默良久，也灌了一大口燕京，拍着王小猛的肩膀劝道："跟哥们儿比，你还不是最惨的，至少你除了机械专业外还有个编辑手艺，所以你得感谢人家剥削你。我学的烂专业一无所长，想再换个剥削的老板都没有。要不是前几天被我那同事收留，我就和你一样了。悲哀呀！"大歪接着说，"尽管接连经历了失恋又失业，这回还被房东招呼的三重打击，可猛男你要挺住，一定要雄起。"

"雄起个屁，我现在比中国足球还惨。他们还能厚着脸皮上场。我倒好，女人、社会，就连一向带着笑脸的房东老太太都不跟我玩了。今天下班看着我们那个叫什么'一勃'还是什么'不勃'的主编，我的心里突然开始恐惧了你知道吗？我咋就觉得整个地球的人都在拿我开涮呢。"

"那最好的办法就是脱离地球。"

"看来这辈子是不成了。要下辈子有可能的话，我绝不做人，要是非做就得做个强人，宁可强得让人羡慕，也不能弱得让人可怜！"

"尤其不能让林苒苒看不起对吧？哈哈，哎，她最近跟你联系没？"大歪说到这里笑着问道。

"前天晚上我手机显示过一个陌生号码打来的好几个未接电话，我没接，我知道是她。我已经不是人家'老公'了，不是同林鸟，那就各自飞吧。"提起林苒苒，王小猛的心情似乎又沉重了许多，说着就又起开一瓶啤酒往杯子里猛倒。

"男人禀性里都喜欢江山，是因为他们觉得只有整个江山才能让那些女人心动！但是哥们儿我今天告诉你，要知道最终输的永远是男人。因为就算最厉害的男人，他撒的谎也只是欺骗女人一夜，可要是一个女人撒谎，她便可以欺骗一个男人一生！所以不要说谁是谁老公，其实男人都是他妈临时工！"大歪接过王小猛递过的酒杯说道。

他们这一来二去连喝带聊一晃就到了夜里两点钟，饭店都打烊了，这哥俩才摇摇晃晃地走出饭店。大歪搂着王小猛，不知道自己在他耳边说了些什么，只觉得舌头都硬了。

顺着条石码成的甬道歪歪斜斜地穿过公园大门，他俩就停下来冲着绿化隔离带的护栏哗哗地尿了起来，一直充满酒水紧绷着的膀胱终于得到了缓解，也借机表达了他哥俩对这座城市的崇敬之情，有如滔滔尿水绵延不绝。

"大爷的，你们干什么呢？看样儿还挺灵光，怎么就随地大小便呢。你瞎了眼啊，这么大的牌子你看不见啊？偏偏在我面前撒尿！"半夜里的这一声断喝，吓得大歪一激灵顺口喊了句："狗日的，老子掏出来看看还不行吗？"话是这么说，结果可想而知，剩下的那点啤酒转化物都尽数尿到鞋子上了。

大歪说完就瞧见一穿蓝制服的巡逻保安义愤填膺地叉腰瞪着自己和王小猛，又听见一口囫囵吞枣式的京骂，立刻就火从心头噌噌起，对王小猛大吼一声："上，灭了这狗日的。"

于是俩人拳脚并用，劈头盖脑地朝那个保安身上一顿招呼。王小猛确实是在发泄这些日子淤积在心里的愤恨和挫败感，他不管不顾地用脚底踩着那个倒在地上的保安的脸，还做了几个旋转运动，把那个家伙的嘴角搓出了血来。

大歪跪在地上用他爹那做木匠活锻炼出来的大拳头遗传下来的小拳头捣蒜一般打着保安的肋骨。那个保安疼得一声接着一声地大叫:"哎呀妈呀,别打了,大哥,我那啥,我服了还不行吗。"

大歪一听,心想不对呀,这家伙说的不是一口纯正流利的东北土话吗。赶快就去拉王小猛的胳膊,硬生生地把又一发出膛的炮弹给拦腰截了。

"得了,别打了,是我东北老乡。"大歪一边对王小猛说着,一边弯下腰去看保安的伤势。

"你说你一个好好的东北人,学什么不好,偏学那舌头卷来卷去的北京老腔。看看,打误会了吧。"王小猛帮着大歪扶保安的时候,发现那家伙已经站不起来了,淤青的脸扭曲着,捂着肋巴扇,疼得哎哟哎哟地叫。大歪这时突然酒已经醒了大半,先前靠酒壮起来的怂人胆,当即宣告失效,硬生生又恢复到老实巴交原生态的样子,一双眼开始特没种地游移在王小猛的面孔上。王小猛一看大歪怂得拉稀的表情,心里其实也害怕得不行,可眼瞅着大歪哆嗦成筛子的样子就鼓了鼓劲说:"我俩赶快捅他去医院,别怕,有什么事儿都推给我。"

说完转身装模作样地问道:"老乡,你贵姓啊?"可其实是个人都知道,西北和东北哪头跟哪头啊,自古以来就没成过老乡。

保安挣扎了半天终于从嗓子眼儿挤出一声:"我姓李。"

"李哥,你看咱老乡间的事儿就别牵扯别人了,我给你道个歉,再给你看伤。我这兄弟有点间歇性精神失常,就别告他了,单告我吧。"王小猛刚说到这儿,就听到夜幕里一阵噼里啪啦的脚步声急促地传来。

等那一大帮子人走到近前才知道,是那保安刚才的大叫把公园保卫室值班大队长招惹来了。这个团职军转干部出身后来流落到小月河卖了三年猪肉又被招聘上岗的大队长不知道发生了什么严重情况,一听有人叫喊就赶紧把公园附近各个巡逻岗上执勤的高矮胖瘦参差不齐的 10 多个保安都集结齐带来了，把王小猛他们给围了个水泄不通。

在大队长指挥下，10 多个保安丝毫没费力气就把王小猛和大歪轮流抬到了南平派出所。这个晚上，王小猛和大歪就不明不白和着酒气在派出所过夜了。

第二天天蒙蒙亮，酒醒后的王小猛和大歪知道事情是有些闹大了，他们在派出所的醒酒室里紧张害怕了半宿，天快亮了才睡了一小会儿。在半睡半醒中，王小猛终于搞明白这回算是真栽了。此前虽说失业又失恋，再加上无家可归，对他来说都是小事，可进了局子就把人丢大了。自己倒了霉运不说，还把兄弟大歪给牵连进来了，这就更不能原谅自己了，王小猛越想越憋屈。他这翻来覆去弄不明白自己究竟是哪门子佛没拜，后来转得脑袋浑浆浆的，依然没找着庙门，心想自责和后悔都已经无济于事了，反正该死该活都得上，就看天亮后人家人民警察怎么发落了。

接受询问时，王小猛还是独自承担了打裂保安肋骨的后果。依据《中华人民共和国治安管理处罚法》第四十三条，滋事行凶殴打他人，或者故意伤害他人身体的，处五日以上十日以下拘留，并处 200 元以上 500 元以下罚款。王小猛作为高学历社会公民，在公园这样的公众场合里闹事，殴打保安，尤其这事儿发生在祖国人民的首都。这就好比在文明的心脏里拉屎，造成了极为恶劣的社会影响，理应从重处罚，决定拘留十天，罚款 200 元，还得给保安出 200 元的医药费。大歪属从犯，认错态度较好，批评教育后释放。

在派出所吃尽了审讯时记笔录的那个 20 多岁漂亮警花鄙视的目光后，王小猛知道自己已经无法逃掉被拘留的命运了。那名警花叫苏墨妍，这个名字是王小猛在审讯笔录上按指纹时偷偷看见的。脚踩到谷底的王小猛在离开派出所审讯室后,一颗悬着的心才算放了下来,对漂亮女孩又有了小心思。看着王小猛被押上了警车,送往昌平拘留所筛沙子去了,大歪这才慢悠悠地回头行注目礼为王小猛送行。望着车子的背影擦了一把泪水后,大歪决定步行去王小猛租住的地方帮他取行李。

在副所长的奔驰车里,王小猛显得有点激动,因为这是在大西北山区出生的他第一次坐高级轿车。安全带是在那位副所长大人的帮助下才找到,左抓右拽总算胡乱缠在身上。犯了错误才享受到了处级待遇,坐上了高级轿车,这让穷小子王小猛很是感慨。他眼望路边上一闪而过的那些商务楼、五星级宾馆、所谓的高尚寓所,再瞅瞅车窗外来回穿梭的车流,又端详了一下身边这副陌生表情后面流露出来的自负而又满足的副所长,突然就顿悟了。在奔驰车途经亮马桥那儿昆仑和长城饭店时,王小猛就已经下了决心。他心想,既然社会需要流氓,我又何苦强装高尚,去他妈的什么狗屁大学生,我要做个流氓,坐大奔。

10天的户外筛沙生涯当然不能同浣纱的西施女相比,人家干的是水灵活,而王小猛干的是干燥活。大太阳底下干活把王小猛那张小白脸晒得褐红褐红的,他突然找到了当普通劳动者的快乐,无忧无虑心无旁骛得丝毫也不觉得是什么惩罚。这也印证了王小猛那句"人在走投无路的时候,留宿看守所都是温馨的"话。干了几天的活正好顶了拘留所的伙食费,也算合理,总比没工作交不起水电费,还被房东太太赶出来卧墙角的要好。这一刻,王小猛甚至荒诞地想到了要长久在拘留所里干活,他心想有吃有住,还不用担心失业也算是个好的归宿。可惜呀,和林莃莃分手后留下的那台惠普笔记本换来的 1000 元钱还没折腾几天呢,又消耗得一分不剩。还别说,那漂亮的警花苏墨妍说得还真对,自己没钱,没固定住处,不是无业游民是什么。过去叫盲流,这赶上打架被一拘留直接晋升为流氓了。

释放那天,还是那个警花苏墨妍来为王小猛办手续。她把王小猛从监号里提出来,一见到他那晒得古铜色的脸就乐了,用地道的西北话说:"老乡,你娃也算是个名牌大学毕业的,咋说也还是个明白娃,咋就不能好好找份体面的工作干呢,咋还就和一个保安干上了呢?没出息。"

"我哪知道是保安?灯光下他穿着内保制服我花眼看成了警服。"王小猛听到了亲切的西北乡音,自信渐渐恢复过来,也觉得苏墨妍亲切了不少,但谁知这话却严重说走水了。

"啊,你的目标竟然是警察?原打算袭警的是吧?那不是没得逞嘛,多可惜啊!要不我给你满足一下?"

"不是那意思,我是觉得吧,要是警察的话肯定能打过我,他不至于受伤的。"

"别给自己找借口,这次就这样算了。吃一堑长一智,出去了规规矩矩地生活吧,别老想一口吃两个胖子,得留一个胖子过冬。先从小事干起吧。给你留个手机号,有困难来找我,老乡嘛,在北京混都不容易。"其实苏墨妍也不比王小猛大几岁,可人家现在的情况确实是比他强多了,所以王小猛心里很不爽,但在手铐还没有脱下的时候只能听着那扮演老练世故的小丫头发炮教训。

出了拘留所大铁门的时候,王小猛远远地看见大歪站在一辆本田雅阁旁边等着自己,他穿一身能切萝卜的笔挺西装。王小猛知道,大歪肯定又是公车私用,这家伙去新公司上班没几天就已经几次假公济私了。

"可以啊兄弟,这趟也算是没白进。哥们儿我先是因为进拘留所,借机享受了一把南平派出所副所长的奔驰,这会儿又借出拘留所的机会,享受了一把老兄您老人家假公济私的本田雅阁。够本了!"王小猛说着拉开车门,一跃而上靠在大歪旁的副驾驶位上。

"哥们儿,这会儿还真不是公车私用。我傍上富婆了。看,浑身上下全是名牌。"大歪说这话时一改此前蔫头耷脑的猥琐相,换上了嬉皮笑脸的蔫坏脸孔,还别说真有了"小冠希"的风采。看着眼前的大歪,王小猛开始佩服给他起绰号那个人了,真是太有才了,因为他看出了大歪懦弱皮相下面深埋着的那层痞子气。

"你要能傍上富婆,我就能接管伊拉克石油大亨的年轻遗孀,给她来个财色兼收。别逗了,快告诉我他们是怎么处理你的?这事儿你们单位有没有知道?"

"处理我?没有。批评教育了一下就放我出来了,还是哥们儿你够义气。他大爷的,不过你还别说,一回去我就把自己先炒了,还拿回了这个月的满薪。那可是真金白银的人民币啊,2500元。我的直接上司老胡那孙子给了我 1000 元奖金,被他蹂躏了一个月就给这么点儿,还赶不上建筑工地上的农民工呢。看我添置的这身行头,花了5000多,雅戈尔的,怎么样?帅呆了吧。这就叫潇洒走世界。"

"等等,估计这些天我渴望自由有点迫切导致脑子有点乱,得好好捋一捋。等我先顺一顺,你工资加奖金一共是3500元是吧,用了5000元买了身名牌西装,难道那服装店老板给你少算了一个零,又送了你这辆本田雅阁?"

"猛男,你真聪明。500元买雅阁,这臭氧层的话也就你能说得出来,要能买除非是买别人偷来的贼赃。告诉你,这是我的专属工作用车。"

"真的,你没骗我?"

大歪让王小猛上车后,就得意扬扬地侃起了他被包养搞笑又高效的历程。王小猛看大歪开着车手舞足蹈的样子生怕出个意外,就赶紧拉了大歪一把,让他停下。可大歪根本就兴奋得刹不住车了,仍高声大气地显摆着。

这还是我认识的那个大歪吗？王小猛心里画开了圈儿，也暗暗感叹才十几天的时间大歪怎么就忽然换了一个人似的，不禁替他这个突然的转变而担心。

不过大歪口沫横飞显摆的过程也的确是很有喜剧色彩的。他那天目送着王小猛被警车带走后就去南平庄那套出租屋的楼道帮王小猛搬行李。就在他扛着王小猛的行李从南平庄出来走在大街上时，正好被从旁边开车经过的胡子看见。当时胡子开着宝马香车优哉游哉，大歪驾着两条腿汗流浃背。他们这对昔日的同窗，毕业后短短几年内就以今朝这样具有喜剧落差感的形象在车水马龙的街头擦肩相遇，这无疑给了大歪当头一棒。于是大歪人生观世界观变异的种子也就从这一刻起发了芽。在胡子停下车带着大歪为王小猛搬的行李驶往小月河的途中，大歪的命运就发生了天翻地覆的变革。胡子一只手驾着方向盘，一只手握着电话不停地给圈子里认识的富姐们打电话，在打了大于等于四个电话后，终于和一个经常同他一起打牌的贵妇牌友达成了包养大歪的口头协议。大歪弱不禁风的身躯之所以能如此神速地拿下这笔单，完全是机遇，因为那女的不久前刚炒掉了自己的"二爷"正急于排解寂寞。

第二天，大歪就通过胡子留给他的电话和那个贵妇取得联系，然后坐着617路公交走马赴任了。见面后那女人便带他买了身上的这套价格贵得足能让他昏过去的西装，之后几天便一直带他在各大棋牌娱乐场所出没。在彻底享用到大歪是个男人的滋味后，为了方便工作，那女人就把自己车子里性能最差的一辆给了他，就是这辆本田雅阁。大歪这个曾一度梦想成为第二个比尔·盖茨的有志无为青年，在王小猛被关押的短短十几天里就蜕变成了有为无志的"二爷"。

大学四年，大歪曾经也一直信心百倍地生活，一直认为没什么不可能。

虽然木讷的他要长相没长相,家里要银子没银子,可考到了北京读书,而且还是重点大学。这对他们东北老家那个偏远革命老区的父老乡亲来说可是个奇迹,大歪也喜出望外。谁知临行前,他爹给他东挪西凑才借了500元做路费和用于添置廉价生活用品的花销。这时大歪才意识到了上大学的奢侈,摆在他面前只有一条路,就是走贫困大学生的绿色通道,只能靠银行贷款直接打入学校账户,才勉强注册入学。

报到那天,大歪穿着后背印有"马坪镇中学",洗得发白的蓝运动校服,背着用了五年的小书包,很快就吸引了广大报到新生和家长的眼球。他一进校门就来到排着长队的体育馆,站到了贫困大学生绿色通道的队列。有几个记者用相机和摄影机对着他猛拍,记录贫困大学生如何借助绿色通道顺利入学的场景,羞得他想有个地缝能钻进去。还有个穿着浅粉白领套裙的女主持,用娇滴滴的声音要对他做专访,被大歪一把抢过话筒来,紧紧攥着不撒手也不出声,脸通红眼也通红地望着那个电视台美女主持。

最后采访以大歪和女主持的话筒争夺而告终,结局当然是女主持脸红脖子粗地抢回了自己的话筒。

四年里,大歪一丁点儿也没机会享受其他大学生那种愉快生活,整天在极度奋发和担心下一顿吃啥的焦虑中度日,往远处考虑还担心着将来能不能做第二个比尔·盖茨还清银行的助学贷款。饭量很大的他,为了要吃饱饭,甚至去女生寝室做卫生间的清洁,收拾那些纸篓里红红白白的东西。尽管戴了口罩,穿着蓝工作大褂,但眼睛始终是没办法裹上,造成的心灵伤害还是没法跟外人道。

有一次王小猛早晨醒来,看见他刚干完活儿,坐在对面的上铺默默地流泪,也跟着伤心得不行。虽然自己家也不富裕,可父母养几头猪卖点粮食还能勉强供自己上学,别的不敢奢望但也是衣食无忧。那一刻,王小猛没敢惊动默默流泪的大歪,但下定决心要帮助他渡过难关。于是王小猛也去校勤工俭学管理中心报名做了清洁工,和大歪一起扫女生宿舍的厕所。

听说他要跟大歪一起去扫女生宿舍的厕所,老大和骡子羡慕得不行,于是到处放言说王小猛家里不差钱,干这活是别有用心。王小猛就干脆说自己就是别有用心,男人嘛,就得在为女人民服务中奉献自己的火红青春。

只有大歪自己知道王小猛是去给自己打气的,感动得捏着王小猛肩膀劝道:"别去干了,那活儿太脏,有你这份心我都不知道怎么报恩了。"

"我真的想借机去看看女生宿舍,观察好地形好泡美眉呀。"王小猛笑着用淫贱的表情躲过了大歪的阻拦。

为了报答王小猛,大歪到中关村装电脑时,还特意喊上王小猛一块儿去,并说好是两人共用的。衣服也让王小猛随便穿,反正也没什么好的衣服,除了运动服就是牛仔裤,破自行车也是两人共用。隔三差五地还用勤工俭学时捡垃圾换来的外快请王小猛下个小饭馆啥的,顺便也算给自己添点荤腥。这些都被王小猛记在了心里,大西北人实诚,他虽然从来没一句感谢话,可一旦有什么好吃的,总是自己忍着也要等大歪回来共享。大歪让替他写个作业,他比给自己写的还认真,真是不患难不兄弟。

可是现在,王小猛不知道是该为大歪高兴还是替他惋惜,高兴的是他终于从一个穷学生混到能穿上一身雅戈尔,还有了一辆本田雅阁的独立使用权,惋惜的是这些东西都不是他用"比尔·盖茨"身份得来的。看着大歪,王小猛的心里有点乱乱的感觉。

大歪根本没有注意到王小猛的表情,依旧一路神采飞扬地讲述着自己的故事,不知不觉就带着王小猛回到了小月河。

当王小猛躺在大歪租住的床位上狠狠地伸了个懒腰呼出多日来在沙场劳累中积压的怨气时,他发现转了个圈,自己又回到了起点。

第五章
命运犹如失禁的大小便

命运对一些人来说，永远犹如失禁的大小便，随时都会让人苦不堪言。所以要想生活，就得每时每刻聚精会神地提着裤子为意外的发生做准备。

自从踩上了现实这颗恒星后，主宰王小猛生活的整个星系里不知不觉就只剩下成群的扫把星围绕。尽管他使尽了全身解数围绕恒星转动，可无论蹿进哪个轨道，劳劳碌碌到最后却还是没见到光明就又堕入下一轮的黑暗。

王小猛清楚地记得一个月前流落街头的那晚大歪还对自己说过，他只是暂时处于黎明前最黑暗的时候，光明就在眼前。可现在事实再次证明他所等待的黎明还没到来天却又一次黑了。王小猛感叹命运弄人的同时也悟出了一个道理：生活在同一个太空，未必就能拥有同一个梦想。每颗星虽然都有自己的轨道，但这些轨道又密切交织、彼此影响，一着不慎，满盘皆输。尽管每个安分守己的人眼睛里都写着一句话："求求你，别撞我！"可是你想，生活之所以叫生活，就是要让更多的人感觉活着是一种奢侈。王小猛记得以前中学语文书上学过，鲁迅说："真的勇士，敢于直面惨淡的人生"。王小猛现在才明白，原来活着真的需要付出想象不到的勇气！当王小猛目睹着同事王跳跳被人好端端设计陷害,撞得头破血流抽身而退的时候,他终于彻底地给自己糊了一层厚厚的流氓皮开始向生活低头臣服了。

　　要说王跳跳也算是一个单纯的女孩子,毕业后就应聘到了王小猛所在的出版公司,一直负责策划和编辑育儿方面的书籍。由于她的努力和勤恳工作,每月 2000 元的薪水除掉房租和生活费外还能有点用来添置化妆品及衣服。尤其和王小猛共事的这段时间以来,她经常会带他去自己租住的地方玩,偶尔还亲自下厨弄菜招待。她自认比王小猛资深,把自己当个老同志看,平时在公司也算对王小猛比较照顾,疲惫的王小猛也就安然地享受着人家的好,在茫茫无际的人海中两人也算搭了个伴。

　　可谁知好景不长,一天易博和老婆吵架后情绪失控,正好看到王跳跳加班赶一育儿方面的稿子,遂冲过来把她连人带作品劈头盖脸臭骂一通,一股脑把所有的憋屈都撒在王跳跳头上,以解心头之气。王跳跳不明所以,委屈得无处释放,最后只得回到南平庄租的房子里哭了一个晚上。但王跳跳素来为人着想,想到易博一把年纪恋个爱发个疯也不容易,再说又是自己的顶头上司,遂决定谅解他。于是第二天,她还是满面微笑地招呼他,当做什么也没发生过。谁知她这一慈悲反而让易博心里犯嘀咕了:"我这么对她,她居然没有一点记恨的表现,肯定是装的,这丫头片子将来一定要坏我!"由于担心王跳跳怀恨在心暗中与自己作对,易博决定先下手为强干掉王跳跳。几天后,刚好赶上因为一个图书选题王跳跳和易博发生了争执,直接导致易博更坚定了干掉她的决心。

　　王跳跳突然被黄总一个电话召见,谁知道等待她的是放在桌子上的辞退信。王跳跳流着眼泪读完后,感觉自己死得不明不白,于是多次找到刘姐追问原因。刘姐开始并没有说,直到王跳跳离开公司的当天下午才不忍地告诉她，说是易博给黄总致电告状，称王跳跳在公司不好好干活，策划的图书选题因缺少生活阅历不充实，一个都没被通过，还抽空溜出去玩。黄总当场大怒，下令把王跳跳立刻开除，刘姐怎么劝也没用，只好作罢。

听完刘姐的话，王跳跳这才明白自己被陷害。她本想找黄总要个说法的，可一想起前不久看过的那片子《秋菊打官司》，心想就算要到了说法，在这样的公司待着也没什么意思了，两千的月薪也没什么值得留恋，遂收拾东西走人。

当天晚上王小猛和王跳跳吃了他们同事生涯中的最后一顿晚餐，饭桌上王跳跳向他哭诉了自己的遭遇。王小猛气得大叫："好一个现代版的'以小人之心度君子之腹'啊！你怎么就甘心屈服？你怎么会如此软弱啊？"可是叫归叫，叫完还是叹口气再继续安慰王跳跳。因为王小猛很清楚，命运就像失禁的大小便，没有人敢保证自己能把住不拉在裤裆里。

当然在王小猛看来，王跳跳的遭遇有一部分也是她自找的。她错就错在太善良，误把恶狼当知己，还再三给恶狼献上美餐。虽然来这个公司还不到一个月，可王小猛看得出来，易博本是个嫉贤妒能、心术不正的小人。可王跳跳和他共事那么久却还没看出来，反而频频献爱心。殊不知，你越对别人掏心掏肺，别人就越吃定你的脑髓。你越一味软弱，别人就越会只拣你最软的地方捏。对君子可以宽容，对小人则一定不可以。君子会记得你的好，小人却只会笑你傻。最可怕的就是那类深得老板信任的小人，也许资历老，也许马屁拍得好，总之老板就吃那一套。上位后的小人最难缠，惹不起就别惹，撞不起尽量别撞，大不了绕着点儿走，就算累得腿抽筋也不会被撞得头破血流。

不过一旦这种人主动来撞你，千万不能寄望他心慈手软，哪怕鸡蛋碰石头也好，你都要拼足勇气和他狠狠对撞，绝不能让对方气焰太嚣张。小人就是这样，你越怕他，他越欺负你。你对他狠，他反而佩服你。即使你生性淡泊，不喜"死磕"，也要勇敢一点。别像王跳跳一样黯然走人，应该不忘给老板写一封亲笔长信解释清白，让那些个小人的真面目大白于天下，付出应有的代价。

这一点王小猛现在算是明白了，职场如战场，只有勇于接受挑战的人才是真的猛士，摔死的永远是退缩的。无论你是职场新人还是老人，如果对小人永远抱着"求求你，别撞我"的态度，试图委曲求全夹缝里求生存，那条缝儿只会越来越窄，直到没了你的容身之地。

王小猛心想自己走到如今穷途末路不怪别的，要怪就怪太穷了，没房没车，林苒苒弃他而去投入别人的怀抱自在情理。只是分手来得之快，令他始料未及。

在经历了此前的情变后王小猛一夜间就长大了，工作中的尔虞我诈也算见怪不怪平稳无波。

王小猛的命运走到这儿，按理说已经是够底了。惨淡的人生，也无外乎如此。可谁知就在这节骨眼上却又迎来了给他低谷人生雪上加霜的事儿。那就是正当王小猛送走王跳跳全身心为出版事业日夜奋斗的时候，没想到他的老板却被宣布批准逮捕了。唉，还想着策划的书首印就能突破几十万册的事儿呢，公司说黄就黄了，而且是瞬间就土崩瓦解的，这无疑给王小猛是当头一棒。

因为买不起房子，谈了六年的女朋友在一夜之间就倒进了别人的怀抱。谁知道失恋还没过夜，就又赶上金融危机大裁员被电视台炒了鱿鱼。两个月以来失业的憋屈气还没缓过来就因为欠了房租被房东太太赶在大街上。流浪街头还没过夜就又赶上酒后打架斗殴被送进拘留所洗了十天月的沙子。好不容易熬满拘留生涯大干一场，这会儿刚准备返回单位领了工资过生日的王小猛却迎来了工资没着落,公司黄了的噩耗。这就是他当初以平均日消费一块五毛钱的标准在网吧赶投简历带来的结果。此时此刻,王小猛唯一能做的事儿就是盘腿坐在小月河大歪之前租住过的用一堆人民日报和避孕套包装箱垫着的小床位上,对着一碗飘浮着发黄葱花的方便面发呆。

在王小猛的旁边,是和他同住一屋且睡在他上铺的王朝,说来也算和他是本家。此人长得矮墩墩的,也是个大学本科毕业,却沦落给一家公司当挖坑栽树的民工。王朝在下班回来知道王小猛的公司黄了后就一直坐在他对面,用满是裂纹的粗手给他一杯接一杯倒散装的玉米小烧锅酒,然后眼睁睁瞧着王小猛抑郁成环保色的脸不知道怎么安慰他。

老板被抓起来了,这个消息是王小猛在出差回公司的火车上从报纸上得知的。王小猛早出晚归为了首部书的策划和推广奔波了近一个月,到头来却没拿到那每月 800 元的基本工资和 200 元的伙食补助,反倒垫进去了不少公交车费和差旅费。那个放在床头上的戴尔笔记本电脑包夹层里塞满了乱糟糟、公交车、三轮车票和驴吉普车老板打的白条,以及住宿费的收据发票和加班批发方便面的小票。这还不是最糟糕的,更糟糕的是王小猛从拘留所出来的第二天回到单位后就给强行安了个发行经理的头衔,前提条件就是得买一份价值两万元的版权投资股权。

那天总经理黄一页信誓旦旦地说:"内部员工持股经营是世界企业发展的潮流,我们要让每个员工和公司的利益绑在一起,分享公司发展的成果。"就这样,王小猛抱着成长的眼光看问题,签下了一份一次投入两万元一年后回报 15000 元的合约。他心想,按黄总说的要是能发动亲友来买,每本书上架后销售突破一万册后再奖励 5000 元,自己还可以提 1% 的销售利润,干得好也许过不了几年就是百万富翁了,买房子当然就不成问题了。

那天王小猛想到这里,似乎就已经看到全国各地新华书店火热销售的一片大好景象,一下子就觉得自己提前进入了有房一族行列了,尽管他一直最厌恶的就是意淫,但这会儿他完完全全是有信心的。于是当天晚上王小猛就在给家里的电话中支吾说了集资的事儿,他老爸一听二话没说立刻就从左邻右舍手里借了两万元寄给他,说是支持他事业。可现在眼看着这笔钱注定是泡了汤了,连个水花都没看见,他不知道如何面对自己千里之外含辛茹苦的老爸。

在从天津返回北京的火车上,看见一份法制小报上大大的通栏标题《北京出版商涉嫌非法出版和集资诈骗罪锒铛入狱》下面那显眼的"黄一页"三个字的时候,王小猛内心的愤怒和悲痛是可想而知的。他在心里恶狠狠地骂道:"这该死的公司,毁了我的理想不说,还把我爸的兜里弄得干干净净倒欠了一屁股债!"王小猛气愤地一遍又一遍抓着衣襟,却只抓得衣缝里拘留劳动时留下的沙子稀稀拉拉往下掉。旁边一女的不停地打量着王小猛,可王小猛无动于衷,因为他已经没有心情看任何美的和不美的女人了。昏昏沉沉打不起精神的王小猛,不知道将来去向何处,连回北京吃住怎么解决都不知道了。

当北京站上空刺眼的阳光晃得他两眼漆黑昏头转向时,王小猛才发现自己在北京一无所有。唯一可去的地方就是小月河大歪留给自己的那张床位。在路过母校大门的时候,王小猛甚至有了要去质问校长的冲动。他心想,别人毕业后三两年就能混得风风火火,吃香的喝辣的,有女人有房子,为什么自己就这么不受待见,三番五次地被社会抛弃。

后来又想校长相当于副部级的干部,哪里那么容易找,于是决定先回到小月河的床上睡一宿再说。

"哦,小猛回来了,我还刚想着给你打电话呢? 回来了就好。"王小猛一上楼就碰上王朝出来接他。

"王哥,你已经知道了?我被坑得好惨,这下连吃饭的钱都没有啦,只好回来先挤几天了。"本来王小猛出去前发誓自己再也不会回小月河了,可谁知道命运弄人。

王朝是河北农村出来的,人邋遢又木讷,心地太善,跟那些长久租住在小月河油腔滑调的伪市民没任何相同之处。他学的是木材科学与工程,其实就是个高级木匠,头发乱糟糟的,里面星星点点地嵌满了泥土里飘落的木屑,老也洗不干净。

"别难过了,小猛,咱俩煮方便面也能过。我之前急着要打电话给你,就怕你连路费都没了。早上我就看到了报纸上的新闻。老板说今天能给我1500元园圃设计费,我晚上取回来给你先用着。正好下周单位派我去云南考察林木资源去,吃住都会报销不用自己掏钱。你慢慢找工作,你比我有能耐,早晚会东山再起的。"王朝说完就准备转身出去。

王小猛被王朝的关心和体贴弄得眼睛都红了,赶紧站起身拿下还挂在背上的双肩旅行包,顺手扔在旁边的凳子上,转身跟他一起下楼去了。

王朝去公园里继续干他的植树的活,王小猛看了看时间,才下午两点,便打定主意去趟中关村把自己手上这台公司的笔记本卖掉。他寻思着王朝自己都饿着,他的钱怎么能拿呢?

如今的这个结局,确实大大地打击了王小猛的自信心,虽然林苒苒离开那天也有着刺眼的阳光,但还不至于让他眼前犯晕,可是如今他是一步三摇。北京的繁华大气在他现在看来就是喧闹和拥挤。午后的艳阳照不透他冰冷孤独的心,他不知道自己能否从这次打击中复原过来。

回想起毕业找第一份工作到被电视台炒鱿鱼再到如今又一次失财失业的过程,王小猛感慨万千。想当初他两年不到炒掉六个老板,可这回一个黄一页竟然买两架飞不起来的塑料直升机摆在办公桌前,彰显实力,忽悠百姓,一下子就搞得王小猛血肉模糊了。

王小猛越想越来气,更加坚定了他急于把公司笔记本出售的决心。于是九成新的戴尔双核独显电脑就卖了 2500 元。中关村那地儿真他妈黑,它怎么就那么黑,它赛过黑李逵,它气死猛张飞。王小猛不知怎么突然就冒出这么句词儿来,大概是有了 2500 元垫底,郁闷的胸口有些疏通了。

王小猛怀揣着 2500 大洋穿过一条海淀黄庄的小胡同,心事重重地准备抄近路回母校看看,没想到却撞进一个人怀里。抬头时,那个 40 多岁打扮得像机关干部的男人已经凑到王小猛身边,小声地对他说:"同志,买书和光碟不,内容相当庸俗。"边说还边警觉地观察着四周的动静。王小猛被那家伙奇特的举止给逗乐了,想想自己也的确应该庸俗一下,就说:"啥好玩意儿? 拿出来看看。"说完也向胡同两头鬼鬼祟祟地打量了两眼。

等那个看起来有些道貌岸然的家伙把报纸包裹的杂志和光盘拿出来时,王小猛激动地就说了一个字:"滚!"原来那家伙拿出来的是公开出版发行的《人之初》杂志和《新婚夫妻性生活指南》光盘。

这个卑劣恶心的家伙,看王小猛戴个眼镜,还以为他是个闷骚胆小的性苦闷青年呢,哪知道人家是享受过一次"事实婚姻"的人。王小猛边想边乐,后来还真受启发了。"对,我何不买本庸俗的励志读物,为自己在庸俗的社会庸俗的生存空间里找个坚强的理由?"

于是王小猛拐弯儿到了博雅书店,在书架拥挤的励志书丛中挑了本叫《二十几岁改变一生的书》,准备给自己打打气励励志,好从头来过。这会儿他也不再计较自己一个堂堂编辑还要买别人"复制加粘贴"的书。因为他没有退路,没脸回到大西北那个小村子,畏畏缩缩地终老。在没把父亲寄过来的两万元挣回来之前,他不敢告诉父母那钱悲惨的下场,回家就更不敢想了。

　　谁知当王小猛付完钱出来时，看见那本书的作者竟然是"黄一页"，责任编辑是易博。于是他一怒之下直接就丢进了路边的垃圾桶。

　　王小猛一直弄不清楚自己生到这个世界，是来做什么？是随机降临呢，还是时间演化出的种子？放在不存在和存在这样的哲学辩证关系中而言，自己也许就像石头钢铁，是一个固有的存在而已。不知不觉就获得了一张生命的入场券！只是他的这张门票太过普通。

　　王小猛听见有个声音说，你的比喻真有才，要是每张生命入场券上都标有时间，就更棒了。做了好事情可以加时间，有了不良记录要减时间。我们不比挣多少钱为富有，就比谁的时间最多。时间越多，做的好事情就越多。

　　如果这样推算，那么王小猛的生命入场券上写了个100年，而黄一页也许就是负100年。可是这又有什么用呢？

　　虽然王小猛知道黄一页已经进了昌平那个自己待过的地方，但他还是决定回公司看看。

　　好在公司还没被查封，刘姐还在。王小猛礼貌地打过招呼就去收拾自己的私人物品。王小猛在刘姐面前表现出宠辱不惊的坦荡，仿佛这次他不是被命运打击。但深谙人间冷暖的刘姐知道这不过是一种被人生的风风雨雨洗礼过后的男人们惯有的掩饰。刘姐不止一次地在不同的男人脸上读到过这样的表情，但眼前这个男人却有着一种难以猜测的与众不同。作为同样被黄一页欺骗了的人，刘姐除了金钱外，失去的还有她对黄一页的信任，所以她对自己的未来是茫然的。她知道她可能会暂时守着公司，等着法院对黄一页的宣判结果。当王小猛看着刘姐将书架上自己和王跳跳策划的书慢慢地放进行李箱,尤其时不时又捧起《怀孕 100 天》和《总经理成长秘籍》若有所思时,一股莫名而又极其强烈的情感突然涌上了他的心头,他的眼眶有点湿润了。于是王小猛决定请刘姐吃顿最后的晚餐。

和刘姐面对面坐在饭店桌子前的时候,王小猛想起了出差的前一晚,他和刘姐还有王跳跳他们也是在这里聚的餐。酒至正酣时,易博还面红耳赤地握着酒杯对王小猛说:"小王啊,咱这里就我一个人不叫你王主编,我现在还是叫你小王,一来你比我年纪小况且只是代理主编,二来你只是出钱买了风险股权算做一个小股东,并不是真正意义上的公司管理层。"停顿了一下,易博又继续操着他那令人熟悉的河南腔说,"要是你的'挂单制'被黄总一采用,销售额马上就翻了好几番,我叫你王主编是'悼悼'有余,可是现在还没见效果,所以……"

"是'绰绰'有余,不是'悼悼'有余,易主编!"坐在对面的王跳跳习惯性地纠正道,但一纠正完她又突然意识到在这样的场合下像往常那样无所顾忌地纠正易博的错误似乎有些不妥,于是随即她又不由自主飞快地吐了一下舌头。

"哦,对,是绰绰有余!咱是文盲嘛。"似乎是为了对自己不小心说错如此常用的成语表示歉意,这次易博特意把"绰绰"两字的发音说得特别重,全然不顾嘴里的唾沫星子早已飞溅了出来。一向不拘小节的易博继续对王小猛说道:"我就是心太好了,喜欢培养新人,太想有个人能赶紧培养起来顶上我,不然你也不可能这么快就能上手。"说完后,易博举起酒杯和侧面而来的王小猛的酒杯碰了一下后一饮而尽。

王小猛把自己杯子里的酒一口干了,然后笑着说:"历史不是已经重写了么?人也不一定就要相貌嘛。你看芙蓉姐姐看什么?看脸蛋?看身段?看胸?其实都不是。仔细瞧,芙蓉姐姐全身上下就写满三个字:不要脸。

这就是人家成功的秘诀,人各有各的活法,我这人就是在逆境中长出来的。易哥,其实还是要谢谢你,谢谢你这段时间对我的栽培,同时也要感谢在座的各位。"说着接过王跳跳递过来的纸巾,看了看正准备夹菜的易博,不禁回想起自己刚进公司那天晚上易博暗示让自己加班的情景。

"王哥,我今天身体不舒服,不能像以前那样喝酒了,就让我以'伊利'代酒敬你一杯,希望你不要介意。你要暂时告别我们了,但我相信过不了几天你会凯旋而归,我不会说话,也不知道该说些什么。我喝完,你随意。"之前还疯疯癫癫拿着白酒碰杯的王跳跳突然柔声细语地打断了王小猛的思绪。

"哪有随意的道理,我也祝你早日成功。来,我们一起干了。"王小猛把半截烟屁股塞进烟灰缸,也站起来举起了杯子。王跳跳故意把她斟满牛奶的杯子举得比王小猛的酒杯低一大截,王小猛也理所当然地接受,和她碰过杯后说,"我们坐下喝。"王跳跳则开始劝王小猛少喝点酒,趁易博给王小猛倒酒的时候,她一把把酒瓶从易博手里拿过来说:"我来倒我来倒。"却只给王小猛倒了小半杯。

时间一晃而过,桌上的菜也一片狼藉,三四个空酒瓶在包房的角落里东倒西歪。易博席间不知道去了几趟卫生间,当他最后一次回来时显然已经把刚才喝的酒都吐干净了。用茶水漱了漱口后,他提议大家去"金碧辉煌"唱歌。他的提议很快得到了几个没结婚的刚招聘的实习生的积极响应,虽然那几个孩子也喝得像秋天的向日葵一样耷拉着脑袋,但一听说去"金碧辉煌"都立刻来了精神,好像刚才喝的是兴奋剂而不是二锅头。但王跳跳说她过会儿还有事要先走,易博也突然说接到老婆电话问他什么时候回去,对这个结果王小猛完全不感到意外。王小猛见那几个实习编辑用询问的目光看着他和王跳跳,于是说:"你们先去玩,跳跳喝多了,我先送她回去,一会儿就过来。"其实王小猛心里很清楚,易博老婆根本没有打过电话给易博。

"王哥,你今天也喝得不少,要不你也回去早点休息,你明天下午还要坐飞机呢?"王跳跳当然也明白王小猛说要送她的话里藏着的意思。

"看来今晚我想一展歌喉没机会了!"易博见此情形假装惋惜。

"哈哈,还好没机会,要不你的天籁之音估计又会让整个夜总会尸横遍野,谢谢你口下留情吧。"一想到易博唱歌时的破喉咙烂嗓子,走调走得离曲十万八千里还沾沾自喜,绝对能把刘德华周杰伦气死的样子,王跳跳忍不住笑着劝说。

"哈哈哈哈……"大家都一起开心地笑了起来。

当王小猛和刘姐走出饭店的时候,一缕秋风迎面吹来,王小猛突然感觉特别舒服,夜空里的月亮比平时更加明亮也更加地圆,王小猛望着那轮明月,不禁想起"月有阴晴圆缺,人有悲欢离合"的诗句,几片干枯的叶子在空旷的马路上百无聊赖地翻滚着,还时不时轻轻地发出哧哧的呜咽,远处高楼大厦上闪烁的霓红灯也显得有几分苍茫,一丝悲凉之感不觉油然而生,王小猛不禁打了个冷战。

"人这一生似乎是祸不单行的,上午我的司机小王把车撞坏了,现在小王还躺在医院里,所以我们只有打车回去了。"刘姐正说着,一辆绿色的出租车已经向他们驶了过来。刘姐伸手拦住,他们坐了上去。

"没事吧? 看你脸色不太好,好久没有喝这么多了吧?"坐在前面的王小猛回头看着后排的刘姐说道。

"没事。"刘姐懒懒地靠在后座上,似有一点睡意。

一路上他们沉默不语,仿佛各自都在想着什么,直到出租车抵达刘姐所住的星河湾。车一停下来,刘姐就很快开了车门下了车。正和司机结账的王小猛只听见哇的一声,刘姐吐了,一股刺鼻的酒味随即向他飘了过来。

王小猛把刘姐扶着上了楼。等刘姐从洗手间里洗漱出来后,王小猛看她的气色比刚才好多了,便关切地问:"现在好些了吧?"刘姐轻轻地点了点头,一双清澈的明眸含情脉脉地望着王小猛,似有所求。王小猛与那目光相撞,这样的目光似曾相识,使他一怔,随即他又躲开了那双触动了他内心深处某种情感的目光。

"时间不早了,你早点休息,我回去了。明天开始我就不来公司了。"说着,王小猛转身向门口走去。

"等等。"刘姐摇摇晃晃跟了出来,一下子从身后抱住了王小猛,她把脸贴在王小猛的后背上说,"小猛,今晚留下来,陪我说说话好吗?"

王小猛知道留下来是什么意思,他摇了摇头,说:"不行的。如果黄总判得长你就再找一个喜欢你的人吧,我已经有女朋友了。"

"你是不是嫌弃我老了?我没猜错的话就算你有女朋友你们也分居很久了,对吗?"

王小猛没有吭声,他心想:女人,我还敢相信女人吗?

"你为什么不能放开心结呢?"刘姐接着说,"我知道我老了,可让你陪我一晚上都不行吗?"听着这话王小猛转过身来双手握着她的胳膊,看着她湿润的眼睛说:"反正我说了你也不明白,不过你以后会明白的。"说完转身打开了门,关门的时候,他说了最后一句,"早点休息吧!"

王小猛走了,门被轻轻地关上了,刘姐终于忍不住倒进沙发放声大哭起来。从刘姐的家里出来,王小猛独自一人穿过通往大街的林荫小道,远处洗头房足浴店发出的朦胧的光似乎向路人诉说着夜生活的精彩,一个袒胸露乳的老女人正在玻璃门里暧昧地搔首弄姿。王小猛向公交站牌走去,虽然晚上喝了很多酒,但他却奇怪自己一点醉意都没有。其实一个多月的相处中,这个风韵十足的女人也曾吸引过他的目光。

　　记得上学的时候,老师说关心他人是一种幸福,那时候他没什么感觉,直到遇到刘姐他才体会到被人关心也是一种幸福。但他也只是这样默默地被关心着,却从来没有表露过,也没有想过要越雷池一步,因为他感觉到他们不可能有什么结果,况且他的脚跟还没有站稳。刚才当刘姐抱住他的时候,他突然觉得他对她的感觉有点怪异,自己是不是也应该满足刘姐一次呢? 但回过头来想一想,他还是不能这么做。

　　在北京城的车水马龙中,王小猛带着这分坚定又挤上了回小月河的公交车。

第六章

前往深厦

来到这个陌生城市王小猛不但没有恐慌，反而特踏实。虽然是第一次踏上这片传说中一半胜过天堂一半酷似地狱的热土，但带给他的却是从来没有的喜悦与欣慰，所以他临时篡改了死也要留在北京的理想，决定蜗居在这个城市！

不知道是王小猛时来运转，还是之前他在中华英才网不小心弄错按键投的简历发挥了效力，也许是二者兼而有之，总之就在和刘姐告别后的第三天，王小猛又一次接到了通知面试的电话。

按照电话里说的地址，王小猛一路找过去，终于在四环的北边找到了一座很"古朴"的住宅小区。说它"古朴"是因为年头太多，楼房显得灰蒙蒙脏兮兮的。在进小区前，王小猛掏出自己怀中记录的纸条仔细核对了地址，确认没错，就往里走。

"你找哪个？"小区的保安不知道从什么地方窜出来，说话带着很重的东北口音。

"你好，这里10号楼2单元3楼是不是有家公司？我是来面试的。"有了前车之鉴的王小猛，这会儿努力平息了自己原本冲动的情绪，一边说着一边打开挎包，掏出了一份备用的简历证明自己是前来面试的。

看见王小猛掏出了简历，那保安看都没看顺口哦了一声就放行了。于是王小猛继续往里走，进楼门的时候他发现楼道里黑洞洞的，这不得不让他心再一次缩紧。

这楼确实年代久远了啊，估计房租应该很便宜的！王小猛心里合计着。他抬腿上楼，发现楼梯旁边的扶手上有一层灰尘。哇，北京竟然也有这样的小区呀！

电话里那人说公司在三楼。王小猛接到电话后情急之下忘了问哪个房间，于是上楼后就敲了敲 301 的房门，旁边的 302 的门却打开了。一个脸擦得霜白，嘴唇涂成紫红色的女人走出来说："你是王小猛吧？"

"嗯，是的。你好，我就是您通知来应聘销售工程师的。"王小猛在这个"画皮"一样的女人面前倒成了一个十足不谙世事的学生。

"进来吧。"那女人说着推门示意让王小猛进去。

王小猛小心翼翼进了门，那女的也随后跟着进去。

302 室是个两居室，没有像样的客厅，但是厨房很大。王小猛转着大眼珠子以最快的速度扫视了一下"公司"的环境：地板是水泥地，墙壁已经不白了，房间的玻璃上面沾满了死蚊子，厨房倒是有很重的烟火气，看上去似乎每天都有人做饭。

在这样的一间屋子里，王小猛看见有四个人正围坐在一起热火朝天地斗地主。他们都穿着西装，但是从西服后背上打的褶子判断，质地肯定很一般。不过里面的衬衣倒是都很白，领带却松松垮垮地在脖子上挂着，像刚拉完小便忘了系上的裤腰带一样耷拉着。还有两个人斜靠在沙发上看材料，装束也是西装衬衣领带，稍微比那四个斗地主的整齐一些。另外的一间屋子更大一些，朝南，采光比较好。窗子旁边有一张巨大的办公桌，看上去跟整个公司的环境很不相称。办公桌上放着一台很落伍的 17 寸显示器,还是球面的屏幕,一堆杂乱的文件躺在电脑旁边。

进去后,带王小猛进门的那个女人指了指大房间里的沙发说:"你先坐一会儿,李总马上就到。"王小猛应声说了句谢谢,就往沙发上坐去。刚一坐上去王小猛就后悔了。这沙发也不知道是哪年生的,看着老气横秋也就算了,谁知坐上去更是"瘦骨嶙峋",再加上王小猛也有点儿瘦,他简直能感觉到里面的弹簧已经扎进自己的屁股了。王小猛心里暗自叫苦:苍天呀,大地呀,神仙姐姐真会刁难我呀,站了这么久的公交车好不容易准备坐一下,还是这么个烂沙发!

王小猛正在"如坐针毡"地忐忑着,那个所谓的李总就驾到了。此人个子不高,体格倒是挺魁梧,40岁左右的年纪,理着短短的平头,脖子很短很粗,乍一看就像一个削了耳朵褪了毛的猪头直接埋在了胸腔里。不过他穿着挺讲究的米色休闲西装,里面套着白衬衣,衣领处露出一条粗粗的金链子,在阳光的照耀下闪闪放光。他进来后没有说话,直接坐到了老板桌后面娴熟地点了支烟,然后才眯起一双拿起放大镜才能看见的小眼睛打量着王小猛。王小猛心里盘算着,这大哥不会是黑社会的吧。

"小王,这位就是李总。"

"李总好!"王小猛站起来打招呼。

"坐,坐,不用客气!"李总冲王小猛挥了挥手,手上黄澄澄的大金戒指在阳光下画出一道金光。

"你的情况周秘书已经向我讲过了。哦,忘了介绍,这位就是周云帆周秘书。"李总转过身给王小猛示意了一下那女的,接着说,"看简历上描述,你的生活阅历很丰富嘛!以前好像还在电视台干过是吧?"

"谢谢李总夸奖。其实也算不上阅历丰富,只是相对来说毕业后这些年出入的公司多一些而已。在电视台是干过一年。后来……"王小猛刚准备就如何离开电视台作一番简单的陈述,不料李总挥了挥手打断了他的话:"不用说了,我似乎有点儿印象了,好像是因为一个意外直播的事情,那天我也正好在看电视!"

王小猛正一脸尴尬不知道说什么的时候,那位叫周云帆的秘书开口了:"忘了告诉你,我们公司的总部在深厦,我们这里是驻京办事处。刚才你也看到了,那间屋子的几位同事就是跑业务的。这一阵子工作不忙,所以他们在公司打打牌,做做下一阶段的计划就行了。不过他们很快就要有新的项目,到时候总部还要派人过来的。你可能还要派到总部去学习,这一点不知道你能不能接受?"

"我能接受。"

"你可以先回去想想,如果录用你,你什么时候可以动身?"周秘书又问。

"我想好了,听从您的安排,随时都可以动身。"王小猛这会儿兜里没银子了,所以听到"上班"俩字急切得眩晕,巴不得晚上就出发还可以省一顿饭钱。

"李总,您还有什么吩咐吗?"周秘书转身问李总。

李总盯着王小猛,两只手在桌子上摆弄一只金灿灿的打火机。听到周秘书的话,脑袋摇得像拨浪鼓一般,连声说:"没有没有,我没什么要说的。我热切盼望小王同志能够早一天加入到我们的队伍当中来,成为我们的一员得力干将!"

这话让王小猛更加晕,心想:难道这就被录取了?

"那就这样吧,小王,你回去考虑一下。如果没有问题,下周一早上8点你就来公司报到。这里是302室,是李总的办公室。我在旁边的301室办公。你上楼之后直接到301找我报到。报到后我给集团总部人事部打个电话你就到总公司那边工作,试用期三个月。你有什么问题吗?"

听着这话,王小猛差点儿脱口问了句:"难道我真的被录取了吗?"可是这问题实在太弱智,根本不能问啊。于是他只好毕恭毕敬地回答:"我没有问题了。"

"那好,今天我们就到这里吧。"周秘书和李总都站了起来,王小猛也起身离开。走到门口的时候,李总伸出了戴着大金戒指的手来跟王小猛握手,还笑着说:"小王你真爽快啊,呵呵,是北方人吧?"

"嗯,我是甘肃人。"王小猛还是第一次跟这种"大哥大"握手,觉得有点不大自然。握了握就想往外拽,没想到李总的大胖手握得还挺紧。他接着问:"甘肃好啊,董卓不就是甘肃的吗,那里出枭雄啊,小王估计也差不远吧?"

"呵呵,我不是。"

"小王酒量怎么样呀?应该不错,都说西北汉子见酒半斤量嘛!"

"李总,见笑了,我确实不会喝酒。"

"哈哈,怎么可能不会喝呢,其实喝酒就跟喝尿一样嘛!希望周一上班的时候能够见到你哟!"李总说着,另一只手就在王小猛瘦弱的脊背上拍了拍。王小猛顿时觉得脊梁骨凉飕飕的。李总这个漫长的握手终于结束了,王小猛道了声再见,然后一溜烟逃走。

就这么又一次找到工作了。有点儿不敢相信的王小猛坐在回小月河的公交车上使劲地捏了一把自己的大腿。在确定自己没有做梦后,王小猛的乐观主义又发作了,兴奋得要发烧。心想反正现在又摆脱游民一族了,是该高兴一下,管他明天的阴晴呢。

一阵小凉风从窗户缝吹进来,王小猛很快又冷静了。

一想起那栋灰乎乎的住宅楼和黑洞洞的楼道,还有那位妆容冷艳的

"画皮"美女秘书以及李总那双肉感极强又很黏人的手,王小猛不由得在九月的公交车上打了个冷战。

这家公司不怎么靠谱吧,说是做汽车安全件外贸的,会不会有什么非法行径?外贸生意应该很赚钱呀,为什么他们的办公环境那么差,就像个地下黑作坊似的?我是去报到呢还是再观望一下呢?问题接二连三地冒出来,王小猛拿不定主意了。犹豫不决了好半天后,王小猛终于掏出手机给骡子发了个短信:牲口,我又找到工作了。消息刚刚发出去,王小猛的电话就响起来,正是骡子打来的。

"你不是早就有工作了吗,何来又找到工作?"

"那个图书编辑的活我早辞了!又是一家新的。"王小猛特意把自己被黄一页诈骗的事儿隐瞒了,因为他怕丢面子。

"啊!这么快。才一个多月啊!我说你要熬过一年,看来还是让大伙失望了。工作多难找啊你还挑什么挑啊?"

"其实也不是那啥,我也不挑,录用我的是一家外贸公司,我还在犹豫呢。他们让我考虑考虑,周一去上班,做销售工作。可是我总觉得他们公司怪怪的。"

"是吗?这样吧,我晚上正好要到小月河那边办点事,提前半小时到,你在清源茶楼门口等我,到时候我们再谈。"

"好!"挂上电话,王小猛暗叫阿弥陀佛。幸亏骡子没问自己为什么要辞职。

下午一觉醒来是 6 点半,跟骡子约定的时间还有一个小时,王小猛打开手机想上网看看新闻。顺便挂了一下 QQ,就看到老大的 QQ 头像亮着,于是发了一个调皮的表情过去,故弄玄虚地说:"老大,我找到新工作了,嘿嘿!"

"啥？是什么工作？"

"在一家外贸公司做销售。他们让我周一去报到,然后去总公司试用三个月。哈哈,没看到哥我身上还有销售细胞吧?"王小猛满以为老大会说几句好话对自己鼓励一番,不料,他兜头一盆冷水泼过来:"好好的去做什么销售,还是外贸公司,那是你应该去的地方吗?"

"销售怎么啦,外贸公司怎么啦,我为什么不能去?"

"猛子,你实在想去做销售的话我不反对。但是我听说外贸公司不好,那些业务员素质都不怎么高,人员又杂,你还是得留个心眼,要不肯定会吃亏的。"

"你就是喜欢把人往坏处想,凡是跟自己不一样的人你就会一棍子打死!在任何状况下,不能玩弄别人,玩人必被人玩。他再有心眼,也不会是最厉害的那个。"

"你找碴儿吵架是不是?我是为你好,你怎么反咬我一口?"

"我刚找到工作,正高兴呢,你干吗说我吃亏?"

"我为你担心也不对吗?我怕是搞传销的。"

"什么搞传销的,我还不至于那么倒霉吧。你就应该祝福我,帮助我把工作干好!"

"我祝福你什么?就算不是传销窝估计也是个破公司,怎么干也不会好!"

"老大,你为什么总不放心我呢?"

"我没不放心你,关键是现在外面的事情真的太复杂了!我是过来人。"

王小猛盯着QQ上老大发来的消息,眼泪夺眶而出。他心想,老大变化太大了,昨天还是个天不怕地不怕的粗汉子,可自从在传销的魔窟里走了一遭后，怎么整个人细腻得像上了一层奶油似的，让人难以接受。

"别总拿你那曾经的老百姓身份给我讲述那 B 社会的解放故事！你再牛逼百度咋搜索不到你呢？你再有劲你能憋住尿吗你？"王小猛憋着泪水发送了消息。

而此时此刻，QQ 那一头的老大被王小猛搞得一头狗血，愣在电脑前。他咋都没想到原本通情达理的王小猛会说出如此的话。难道是找工作找昏头了，还是真的在林莤莤离开后抵抗力下降被社会的污泥迅速染黑了？

老大越想越不得劲，越想越不妥，越想越担心。尽管王小猛对自己这么挖苦了一顿，可他毕竟是自己的兄弟。以前他能把自己说的每一句话都当成箴言，可是现在，自己就这么唠叨了两句他就不耐烦了，还对自己说了如此难听的话。莫非二十几岁的王小猛也有更年期？

老大握着鼠标思虑着，又好气又担心。

这边的王小猛做了个深呼吸，把脸擦干就出门去见骡子了。

在见到王小猛的第一眼，骡子就看出他心里有事儿，便关切地问："猛子，怎么回事儿？好久不见，今天一见面咋就伤感了呢？"

"没有啊，刚才风大，迷了沙子在眼睛里。"

"哥们儿，遇着不顺心的事儿就直说，别装坚强！"

"去你大爷的，没事儿瞎说。真是沙子进眼睛了！"王小猛说这话的时候其实都快装不住了。

"哥们儿，哥的胸膛随时为你敞开。你要相信我，哥就是你的胸罩，舒服贴心永远支持你，无论你大起大落，我都能像内裤一样包容你。如果你伤心流血，哥我第一时间充当你的卫生巾，帮你擦干一切。就算你捅了再大的娄子我都帮你兜着，哥就是你的避孕套。"

"牲口,你他妈可真烦,你他妈要是一颗避孕药,老子早把你消化了。"

"算了吧,我要真是一颗避孕药的话还得留着给你媳妇儿吃,免得你不孕不育。跟我讲讲你那个外贸公司的情况。你说公司怪怪的,怎么个怪法?"

一提到工作,王小猛赶紧调整了自己的情绪,认真地说:"他们办公楼在一个很旧的住宅小区里,也没什么像样的办公设备,几个业务员凑在一起打扑克,老板的样子像个黑社会老大。你说这样的公司是不是有问题呀?"王小猛没有说刚才和老大之间吵架的事情,因为他怕骡子一听担心。

"嗯,我明白了。这个公司的规模肯定很小,不会超过十个人。"

"你这不废话吗,如果就那一个地方的话,就算加上老板也就只有八个人,这我进门时都数过了。人家说总部在深厦的。"

"这就是了。有很多公司为了节约销售成本,降低驻外办事机构的租赁成本,就把办公地点设在住宅小区里,特别是像他们这种外贸性质的公司。业务员在外面跑,跟客户打交道,挣钱基本上是在公司外面,写字楼对他们来说意义不大。至于老板的形象,你不说我也猜了个八九分,就是个标准的暴发户嘛,不用怕。"

"这么说,你觉得这份工作我可以做了?"

"要说长远的话这的确似乎不太靠谱,不过在我看来,这段时间你可以锻炼锻炼自己,先过去报个到,要是觉得成就到深厦看看,也算多一份工作经历。以前你在电视台实习了一年,到最后还不是跳槽干编辑了。现在你可以把这份工作也当成实习项目,看看自己适不适合做销售。"

"听你这么说,我就放心了。今天面试之后他们说我可以下周一报到,我激动得简直要晕过去了。"

"猛男,哥们儿得提醒你一句,在这种公司做事,工作不会累,你完全可以胜任。关键是头脑要灵活,要清醒。一些迎来送往的应酬要你出面,尤其一些难缠的客户和公司内部妒贤嫉能的家伙,如果你觉得应付不来,就尽早脱身。"

王小猛听了个似懂非懂:"外贸公司里的人是不是你争我斗很厉害呀?"

"哈哈,哥们儿这么跟你说吧,一般能在外贸公司混的人,只要能活着出来就是牛人。"

"你怎么又知道哇?"

"我怎么知道?看来你真的还很学院派,说出来的话都盖上了学生专用章!你忘了我是搞销售的吗?"骡子很得瑟地看着王小猛说,"而且我还知道,你和老大刚才吵架,就是因为他不赞成你去这个公司上班。"

"牲口!我要被那个家伙气死了哇,他现在简直就当我是一小孩,比我妈还唠叨。"

"我明白。猛男,你用不着生气,我相信老大是为了你好才阻止你的。在外面跑业务的人跟你们不一样,别说你现在这样,就是一般的办公室人员也跟业务员不一样。倒不能说他们素质低,只能说你和那些人的观念不一样,为人处世方法、价值取向不同。毫不夸张地说,从利益角度看,他们是为了拿到一单生意可以不择手段。只要能赚到钱,一切都可以考虑。就怕你这个脾气混不下去。"

"唉,你们这些王八蛋真他妈复杂!"

"别感叹了哥们儿,什么工作都不容易。别跟老大较劲了,他是个好人,就是缺乏社会的锤炼。被一次传销就彻底摧毁了人生的美好幻想,让他提早戒备社会。我相信,当他遇到真正感兴趣的事情,他认为值得全力以赴去做的时候,他就会逐渐忘记那段伤痕了。"

"牲口,你说我是不是异想天开,非得到一个外地的企业去,是不是打击受多了麻木了在寻求自虐? 我以前一直相信老大的话,可这次突然觉得他唠叨,不过我还是有点犹豫,也许还是受他的意见影响。"

"我不觉得你异想天开。人活着就得敢想敢干,做自己喜欢做的事情。做编辑和做销售都是一种体验,也是积累,你还年轻,应该有多种选择。再说,你这个选择也不是乱做。你敢闯敢干,做事执著,完全可以成为一个好销售,我敢说哪个老板用了你,是他的福气!"

"牲口,妈的你是拿我开涮还是真支持?"

"那当然,最穷无非讨饭,不死终会出头。加油就是了! 哦,对了,他们跟你说待遇的事了吗?"

"呀!"王小猛拍了拍自己的脑门,"我忘记问了。我光顾着高兴,竟然忘记问工资这事儿了!"

"难怪人家那么爽快。不过也好,这种小公司的老板最讨厌新人张嘴就谈条件,他们希望你先做出成绩,再谈待遇。老板不是傻子,如果你表现好,他自然会给你很高的薪水。他愿意录用你,说不定就是看中了你不问条件这一点。"

"他当然希望我以后都不问工资的事啦。"

"哥们儿建议你稍晚一些时候问,进去后耳朵眼睛都灵光些,多看多听多做,但是要少说话。摸清他们公司的大致状况,看看其他的销售或技术人员的待遇怎么样,然后找个适当的时机跟老板谈这件事。高薪不是要来的,而是谈来的,懂吗?"

"牲口,不愧是企业里爬过来的人。"

"那当然,职场也有三十六计,我们这些打工族就得跟老板斗智斗勇。"

骡子这一来二去还给王小猛讲上了职场的条条框框。不过在销售这档子行规里,他还确实能够当王小猛的老师。

在接受了骡子长达三个小时屁话连篇的教导后,王小猛内心急于赚钱买房的细胞又开始急剧膨胀,最后直接导致他毫不犹豫地选择进入了他一直认为是王八派的队伍。

星期一一大早王小猛脸都没洗就直奔那座"古朴的城堡"报到。下午回来就买票,收拾行李,电话通知几个哥们儿,一气呵成。老大还特地给王小猛买了套西服送过来。王小猛因为激动竟然连公司的名字都忘了问就匆匆上了火车,直到中途想起来才发短信问那位"画皮"美女。

经过一天一夜,王小猛终于来到了这个陌生的南方城市——深厦!

他来这里的目的很明确,寻求新的发展,混个人样,然后顶天立地地回到北京。那个已经背叛自己的女人,虽然不辞而别,可她却带走了王小猛的一切!所以王小猛发誓要有一天站在她的肩上,如果有可能他还要朝她吐两口口水以示羞辱。王小猛这次出来其实也是思考了很长时间后的结果,并非一时头热和大脑进水!

临走的时候,老大还说王小猛是神经病,说他不是大脑进水就是小脑干瘪!但是还有一个人支持他,那就是骡子。是他把王小猛送上南下的火车!

在来到这个陌生城市后,王小猛不但没有恐慌,反而特踏实。虽然是第一次踏上这片传说中一半胜过天堂一半酷似地狱的热土,但自打下火车以来带给他的是从来没有的喜悦与欣慰,所以他临时篡改了先前宁可死也要留在北京的理想,决定蜗居这个城市!

深厦紧邻着香港,激烈的竞争与移民城市的特点,使得在深厦生活和工作的人们体验到的是一种与过去截然不同的心情,那就是孤独与寂寞。以前深厦广播电台有一道夜间节目叫"夜空不寂寞",其实也正是抓住了深厦人的这一心态,从而风靡一时,成为收听率最高的节目之一。

深秋的深厦,应该说是这个城市最美丽的季节,秋熟收获,丹桂飘香,风和日丽。不论是高楼林立的大街上,还是人潮涌动的游览区,来来往往的人们有的笑容满面,有的行色匆匆。在这匆匆赶路的行人里,就有这样一位年轻略微还带着一些学生气的年轻人,他来到深厦,而即将走进的就是深厦市著名的企业中杭集团。这个人就是刚从北京开往深厦的 T23 次列车 3 号车厢中走出来的王小猛。

王小猛一身名牌西服,从车站出来后,穿过那些匆匆的行人,坐上了开往中杭大厦的公交车。车上还坐着从其他地方赶来报到的应届毕业生。

刚到集团人力资源事业部,人事主管黄新安便安排王小猛等五人到会议室面试。王小猛走进悬着金黄色吊灯铺着猩红色地毯的会议室时,那里已经有十几个人在等着。会议室内侧是一个装饰得非常精致的展示廊,摆放着各种各样的荣誉奖杯和奖牌。高贵典雅的长方形红木会议桌上摆放着鲜花和水果。

王小猛落座后努力让自己坐得挺直而有精神,看着黄新安给他们分发的企业内刊,并努力记住报纸上有照片的领导名字和长相。陆续又有几个人来了,王小猛数了数,加上自己一共 15 人。等了大约二十分钟,党群部陈副部长走进来说:"集团总部领导对你们这些大学生非常重视。李总今天本来有一个很重要的会议,但他推掉了会议,专门来欢迎你们!"

王小猛心想着怎么又来一个李总的时候,门口就进来了一大群人,陈副部长马上恭敬地跑过去并用一只手扶住门。身边的一个家伙微笑着站了起来向着门口,王小猛见状也赶快站了起来,并拉开凳子向后退了足有半步的距离。这时陈副部长大声地向大家介绍："这是我们集团的总裁——李总,党委书记——熊书记。"王小猛抬头向李总和熊书记点头微笑,李总一米七五左右,看起来50岁不到,有点虎背熊腰的感觉,头顶有些微秃,穿着西装打着领带,虽然面带微笑,却有一种说不出的威严,比之前在北京见的那个李总正统多了。熊书记一米八五左右,尖嘴猴腮,一直带着笑容,活像一只被遗弃多年丧失了组织的猩猩。

李总第一个说话,他说："大家坐,欢迎大家。"陈副部长接着李总的话音在一边示意大家坐下。

焦部长一边介绍领导给大家认识一边说："你们看,今天除了出差的杜副总裁和胡副总裁外,我们的党政工团都来欢迎你们了。这种场景只有部里和省里的领导来视察时才会有啊,你们今天享受的可是省部长级别待遇啊。"

李总笑着说："是啊,省部级待遇!"大家都附和着笑了。

焦部长是一位40多岁的威严的男同志,讲话的时候却和蔼可亲,等李总和熊书记脸上的笑意变淡后,就让这些新来的大学生一一作自我介绍,他则在一旁适时插一两句话进行介绍,什么"他在学校里是学生会主席","她多才多艺,舞跳得很好","他文章写得很好,在省级媒体上发表过好几篇文章","他是中共党员"等等,多是褒奖肯定之语。

李总和熊书记边喝茶边微笑地听着,并逐个仔细打量,那眼光简直要看穿人,看得王小猛都有些不好意思,还好在他有点紧张的时候,焦部长已经把话接过去说:"小王文章写得很好,还在国家级刊物发表过作品,是吧,小王?"王小猛拘束地点了点头,故作害羞地朝李总和熊书记笑了笑,李总好像很满意地点了点头。

等大家介绍完后,焦部长接着说:"请李总为我们致个欢迎词,来欢迎欢迎我们新来的同志。"还没有说完就带头鼓掌。等大家鼓完掌,李总喝了口茶,压了压喉咙说:"二十一世纪是人才竞争的时代,人力资源是企业的第一资源啊,所以我们非常欢迎你们这些高素质、高技术、高知识的人才加盟。"说完微笑着和大家点点头,接着说:"我先介绍一下集团公司的情况,让大家心里有个底。……"李总花了半个多小时,比较详细地介绍了集团这个在之前王小猛以为是老大说的传销窝点现在看来竟然是个庞然大物的公司的情况。在李总再次停下来喝水的一点时间里,这群脑子里满是憧憬的大学生好像看到了一个宽广的舞台,正等着自己上去尽情起舞。

王小猛正在幻想着,焦部长说:"来,我们请熊书记给我们提点要求。"熊书记接过话头:"也不是提什么要求,就是谈点看法,算是一个过来人的一些经验吧。我每次和青年同志谈心时候都会说,干什么工作都是一样,首先就是要学会做人。要做事,先做人。做人是个大学问,一时半会讲不了,以后有机会我们再探讨交流,我今天想送给大家几句话,那就是:踏实、认真、谦虚、勤奋。"

大学生们都在静静地听着,有的微笑着点头,有的低头沉思,或许他们从李总和熊书记的讲话里面了解到了将来该怎么施展,又或许他们什么都没有听进去。

李总看了看手上的表:"好,吃饭的时间到了,天大、地大,都没有吃饭大,黄主管你带他们到食堂吃饭。"

吃完中饭,大家又都回到了会议室,焦部长过来说了一些客套话,然后转达了集团总部的安排:这一批进入公司的所有的大学生都到华欣科技的修理车间实习三个月,然后再根据实习期间的表现回到各自的公司安排岗位。

就这样王小猛在中杭下属的一个叫华欣科技的公司修理车间度过了

三个月时间。

三个月后他转入信息部工作，而没有被安排去做销售。

进入信息部上班的第一天，王小猛就拥有了一台联想昭阳 E43A 的笔记本。他心想，看来大集团公司还真是不一样，连处理文档的电脑都用这么好的。

信息部部长趴在离王小猛不远的桌子上一边写着报告，一边说："小王，新电脑买回来了，暂时归你，正好你用这个机会可以多学点计算机的知识，我们部门在计算机应用上还很低，现在多学点，以后会有用的。"停了一下又说，"我给你加一项工作，帮我打字，以后我写的东西都由你打。"

王小猛惊讶地看了一眼部长，像打量外星人一样，心想都什么年代了，估计在街头随便找个小孩都会玩魔兽和 CS 了。不过看着部长那副面对知识虔诚的样子，王小猛还是假装愉快地接受了这个任务。

后来的一段时间，除了给部长打印文件资料就是端茶倒水，当然偶尔也会跑出去买个饮料。王小猛心里其实憋得慌，不过一直还是忍着。因为他不能忘记这次出来的使命——活出个人样，赚够了钱回去买套房子。

自从王小猛进信息部那天起，部长就一直在写一个公司为职工设立休息室申报，集团公司 2008 年为职工办实事的总结报告和 2009 年的工作计划。由于负责这个事情的老总要出差，因此集团公司经理办等着要材料。他写一部分王小猛就跟着打一部分。这天，正写着，经理办秘书过来通知部长去开会，部长就带着报告一边写一边开会去了，会开了一半便把写好的结尾让经理办的小田带来。部长写这一千多字的报告结尾没有花多少时间，可王小猛却花了一个下午"翻译"打印，因为他的字确实太难认了。到 3 点半的时候王小猛将输入打印并校对好的报告通过小田又反馈给了正在开会的部长，部长改了几个字后便让王小猛再用 A4 纸打印一份，直接送给汪总看就可以了。部长告诉王小猛他已经和汪总打过招呼了，汪总看好了就可以送到集团公司。汪总要去出差，四天后才回来，如果不赶着下班前让他看，就要等下个星期了。

所以王小猛赶紧排好版，打印了两份，就跑步给汪总送过去。

回到办公室，王小猛收拾了一下桌子，把电脑里面刚排好版的报告文档保存好，等着部长回来交差。

关上文档的时候王小猛突然一想，万一汪总等下要是问起报告内容怎么办？心里激灵一下，拿起报告赶紧看起来，看完了打印的稿子，又拿起部长那龙飞凤舞的原稿仔细看了一遍。在确认没错后就从椅子上起身，伸了个懒腰准备放松一下。

刚站起来，小田就过来了："小王，汪总叫你去一下。"

王小猛赶快跑过去，走进汪总办公室，汪总正皱着眉头，见他进来，劈头就说："怎么回事，十个休息室加上里面配置的电视、空调只要 30 万？办公会上不是统一了口径是 300 万的吗？"

听见汪总在叫，王小猛脑子立时蒙了，核对的时候明明是 30 万啊，再说了一个休息室里空调就两台，就按一台要两万算，总共加上电视也超不过 30 万啊！怎么要 300 万呢？他在打的时候还在猜测，他想肯定是部长写错了，就修改成了 30 万，也没有提，可后来部长审核了两次都没有说什么，他就以为只要这么多钱。现在看来还是自己当时太自作聪明。

汪总一边说，一边用红笔在报告上改过来。王小猛赶快去看了一下，马上说："对不起，是我打印的时候弄错了，我马上去改。"

汪总把报告递给他，笑着说："还好不是送出去的，以后注意点，送出之前要你们部长把把关。"

王小猛连连应了几声是，满脸通红地退出汪总办公室，赶快去改。正改着，部长就回来了，一进门就问："小王，报告送给汪总没有？"

王小猛站起来说："部长，对不起，我出错了，汪总退回来让我重新改，我正在改。"

部长看着满头大汗的王小猛，疑惑地说："错了？哪里错了？我看看。"王小猛把汪总用红笔改过的报告给了他，他看了一下，哦了一声说，"原稿呢？"

部长翻了几下看到他自己原来写的是 300 万，说："你是怎么搞的，30 和 300 都不认识？汪总是怎么和你说的？"

王小猛就把汪总的话重复了一下。"第一天上班，就坏事，你当时怎么不说我原稿上就是这样写的啊？改好了没有？我去和汪总说，可不能让他觉得是我给他故意搞的。下次注意点。"

这时候，下班的铃声响了。

部长刚走了两步又回过头来对王小猛说："小王，你星期一上班到我办公室来一下。"

整个周末，王小猛怀里像揣着个兔子，两天都没得安心，星期天晚上甚至彻夜失眠。

星期一早上，王小猛起晚了。

在上楼的时候，王小猛看了看手机，晚到了半个小时。他心想：一会儿部长会叫自己过去谈话，谈得好叫做训导，谈不好叫做批评，一定得在这之前想出一个理由，因为部长之前就说过下次注意的。

进入办公室后，王小猛头也没敢抬就和往常一样大声说："上午好！"鬼知道此时办公室里只有一个女孩，女孩抱着头回应了一句："好，好。"

女孩坐在王小猛的专用电脑前,看王小猛过去后怯生生地盯着他看。心想:谁呀? 大大咧咧的样子,总部的年轻领导一般都是这样的口气,想到这里慌忙站起来说:"领导好!"

以前的王小猛是扛着面子浪迹天涯,但现在的他却是带着灵魂飘来荡去。什么是灵魂啊? 王小猛目前理解为可以应对一切变化的另一个自己,做事情时虽然看不到,但能够在关键时候顶得住,可以在痛苦时和自己快乐地过生活,是生命的天气预报。其实从头算算,王小猛已经在快速发展的深厦市生活了三个多月,这段时间里他也亲眼见证了这个世界的公司真是所谓的铁打的营盘流水的兵之理。来公司这三个多月里,和自己一道进公司的人早都跳得不剩一个了,只有自己还坚守着阵地。不过公司也一直有招聘新人补充人员流动,王小猛心想这个女孩子肯定又是一后补队员。王小猛上下打量了女孩子一遍,女孩子的穿着是那种刚刚离开学校又急于融入社会类的装束,长得那更是像人类提前进化了几百年的一个好品种,看上去挺舒服,总体感觉为第一次绽放的花儿,有点羞答答又有点诱人,属于正好可以边赏花边享受的那种类型。

王小猛脱掉夹克,搭在椅背上。女孩子赶紧闪开,王小猛坐下,跷起二郎腿,目光中隐含着一种未知的神秘:"我说,你能够离我近点吗?"

王小猛的这一系列动作使女孩子更加深信不疑他就是正部长,因为昨天来报到只见到另外一个部长,那是个50多岁的男人,说话总是犹犹豫豫,处处显着小家子气,根本没有一点气势。

"部长,昨天没有见到你,他们叫我先跟着王小猛做点事情。"

女孩子低下头,稍微向前挪了一点,她对眼前这个青年男子的眼神很不适应,就是曾经追求过她的几个大学校友也没有这么奇特。

"呵呵。"王小猛强忍住笑说,"跟他你跟对了,这个小伙子不仅仅业务做得好,还特别会生活。人的一生中不仅仅是工作挣钱养家,得享受日子。"

女孩子听着听着笑了,没说话。

"好男人就是如此,找老公就得找这样的,除了风光体面还有快乐。部长社会经验挺丰富。"这是王小猛在此一瞬间就已经在女孩子脸上读到的信息。

王小猛人生的入场券虽然普通,可是他一点一点地在上面写了自己的感悟,他已经掌握了察言观色的本领,几句话后就读出了女孩子的心理活动。

"上过学的都知道一切都是为了祖国,祖国繁荣昌盛了,我们才有好日子过。"

"对,对。"女孩子点着头,"是上小学那会儿就知道的事儿。"

"呵呵,可是很多博士导师们不一定明白生活就是把祖国、集体和个人的利益兼顾啊。做事情时三者都要想想,到哪里都受欢迎。"

"部长……"女孩子的声音突然放大,她太激动了,她觉得这个预想中要待够八个小时的地方不次于想象中的天堂,"说真的,对于上班,我挺害怕,都说职场处处钩心斗角,人人都是为自己考虑,很险恶。部长您手下的人一定不这样了?"

女孩子结尾时用的是问号,事实上王小猛不是部长,他怎么回答呢?他托住腮帮,故作沉思了半晌后才说道:"非常复杂的一个小社会。不过你跟着王小猛至少不会被欺负。"说到这儿他站起来,抬起手臂,握住拳头有力地做了个动作,"他很强大的!"

"咯咯咯。"女孩子笑起来,"可是他这样的先进分子,不会是冷血动物吧,比如比较厉害的蛇啊鲨鱼啊。"说着,女孩子竟然拉住王小猛的衣袖,

"部长,你有秘书吗?我特别能做事情的,大活小活都行。"

"嘿嘿,"王小猛突然觉得再不可以继续深入了,女孩子的表情已经把他当偶像了,再深入就露馅了,于是赶紧问:"你叫什么名字?"

"张娜娜,你答应吗?"

女孩子这下可使出了制服男人的武器,声音娇得可以酥软骨头。

王小猛心想这得赶紧收马,于是快速转移了话题:"办公室的人都哪儿去了?"

"星期一部里有例会。"

王小猛忘记了例会,这下一听可坏事儿了,于是忘了自己是"部长"撒腿就跑了出去。

"他们让我等王小猛,和他一起去。"

王小猛看这下必须得说出自己是谁了,赶紧返回来,朝女孩子招了招手说:"赶紧去开会吧,我就是王小猛。"

进去时,部长冷冷地看了他一眼,王小猛现在已经无视这种冷淡了,这种冷淡在他眼中已是人类心灵阴暗时发出的寒光。他找位置坐下,左边是张娜娜,右边是美女同事"小精灵",其实"小精灵"的真实名字是曹晶晶。部里的新人,为了亲切交往,都有自己喜欢的昵称。王小猛先是取名为"骆驼",因为骆驼总是在穿越荒凉前吃很多东西储存在身体里默默前行。接着他想无限大的夜空里是不是也有穿越者呢?他会是什么东西呢?不知道?先把自己当做风算了,所以就自称为"午夜清风",不过他自己还是习惯了别人喊他王小猛。

部长还在进行着老套的会议模式,这就像一个不会变化的程序,把参会人的思维限制在里面,想出去的马上会听到一个声音,部长很自信的男声:"别开小差啊,这是公司的规定,有各项制度的。"

部长的会议让王小猛和几个同事昏昏欲睡,看似昏昏欲睡实际上各在想各自的事情。"小精灵"把自己归入剩女熟女的队伍,时常唉声叹气。最近几天她正在按照王小猛说的,广泛接触各界人士,物色男友,结果同时看上了三个男人,一时不知如何选择,照样发愁。

　　另一个女同事叶珊,因为长得漂亮,所以大家给她取的名字叫"梦幻仙子"。她此刻一边想着三岁的孩子一边抠着指甲。

　　还有"钞票男",他的口头禅是:"什么时候钞票把我淹没呢? 女人们,什么时候对我来场美色大围猎呢?"近期他一直在收集富家女的消息,据说已有具体目标。

　　"夜生活是不是太多彩了?"部长阴沉着脸,看其形势根本不次于大战爆发前夜的政治热身,"现在是早上,是上班的时间,别都'阳痿不振'!"说完后恶狠狠地盯着王小猛。对于这种常见的盯视王小猛觉得很可笑,再加上他那个"阳痿不振"的新台词,王小猛这会儿简直快要崩溃。本来前几次惯例,他刚才要说的本该是"委靡不振",可今天居然出奇地换新台词了。

　　王小猛假装正经地移开目光,其他同事开始装作知错的样子。娜娜忽然抖了一下,心想又没进对地方,她下意识握住王小猛的手。王小猛微笑着看了她一眼,然后低声说:"公司是不错,可惜你来错了部门,不过跟我你不会被欺负。"

　　"嗯,我试着做几天,不行我再找工作。"

　　部长用十个手指以五个一组按照左右的来回轮流抓了抓脑门上不多的几根头发之后,又接着正了正嗓子说:"现在分配新的任务。小李,你按照名单发一下。"小李是部长的秘书,一个挺朝气的小青年,只是在部长面前总是老相许多。"好,可以。"部长的话对他来说就是命令,因为部长确

107

实用的命令的口气。尽管同事们都告诉他现在不是旧社会,可是小李说:"现在工作不好找,我不想得罪上司,我还要靠这份工作找媳妇,女人结婚要的东西多着呢。"

看来,社会也因女人变得复杂。很多人的头也因此抬不起来。

王小猛看了下分配单,便说自己任务已经完成了,是不是可以下周再来。

部长拍了下桌子:"自从你来公司,总是做得和别人不一样,你觉得制度给谁定的?"

王小猛伸了个懒腰,一本正经地说:"制度自然是定给需要的人,我知道自己该做什么不该做什么,那制度对我就是废话了。"

"我做部长多年,什么人没有见过。"部长走到王小猛面前,"你怎么和领导说话呢? 顶撞上级公司有规定的,我可以停你职信不信?"

小李赶忙跑到部长面前,说自己有工作汇报,要部长先回办公室。

王小猛同志自从来到这里,就看不惯部长的很多行为。以前懵懂无知时,对于种种不满他都想冲上去给对方一顿教训,那时候觉得很正义。长大一点,他改变了策略,认为事物发展攻心为上既好又安全。接着生活的经历告诉他,这不是最高明的,高明的是发展自己,强大自己,别人的所作所为极少过问。可是今天部长似乎山珍海味都已吃腻,就缺拳头没品尝过了。

王小猛推开办公桌:"我……"张娜娜捂住他的嘴,惊恐地看着他,他拉开张娜娜,抓向部长的衣领,可他抓到的只是空气,在他和部长之间,几个同事早已堵成一个人墙。

"我……"

王小猛的嘴唇再次被捂住,张娜娜一着急竟然用自己的嘴唇吻住了他的嘴唇。

　　只要有过工作经验的人都知道,一般来说冲突片刻之后就是下级给上级认错赔礼,接受处分等等。这一点在中杭当然也不例外,可是这个王小猛太例外了,他居然没有去道歉。沉默之后部长还是爆发了,他去人事部问了相关情况,准备对王小猛进行最严厉的处罚。

　　谁知最后得到的答复是,公司新来个分管他们部门业务的女老总,一切旧的规章制度暂时停止使用,等待新的制度出台,至于出台时间可能是一小时,或者一天以后。

　　部长返回时经过女老总办公室,想进去请示如何处理,忽然又觉得不妥,万一她认定自己无能力处理上下级关系怎么办? 想了想,他只好悻悻回去,又闷气难消,决定对王小猛还得砍、劈、蹂躏。

　　部长让小李传话,要王小猛立刻到他办公室认识迟到的错误。

　　王小猛站起身来,他决定去部长办公室,但不是认错。

　　从王小猛见部长到出部长办公室不到一分钟,部长就摔坏两个东西,一个杯子,一个烟灰缸。王小猛的理由是:自己没有犯错,按照规定,部长只能扣他钱,扣多了不找他,直接找他上级。

　　下午,王小猛提前十分钟来到办公室。他知道对于部长这种阴郁男来说,有可能随时会找他麻烦。最开始王小猛也在考虑离开这家公司,他打算先投放简历,再到其他招聘会跑跑,可后来一想,这不是明摆着妥协吗?于是索性不离开了。

　　推开办公室的门,又有陌生女孩子在他电脑前点着鼠标,他轻轻过去,可惜没有看到她在做什么,女孩子就点了待机。

　　"你好,你是哪家客户?"

女孩子伸出手,王小猛握住又快速放开,现在行业间竞争激烈,不会是商业间谍吧。

"信息采编部的电脑不可以随便使用,得请示责任人。"他突然紧张起来,自己设有密码,而密码的设置不是常人能破解的,"请问,你是?"

"我是公司的员工,路过这里时收到一个重要邮件提示,就进来找了台电脑收取邮件。"女孩子笑起来,她在猜他是不是信息部的部长,担心被责备,她刚到公司,只见过高层,"先生,我可以回自己的办公室吗?"女孩子说着已经走到外面。

"问题是我电脑有密码啊。"王小猛想追上女孩,忽然记起下班时张娜娜还在电脑前学习,一定是忘了关机。但他还是跟上了女孩,如果女孩到1楼,那她就是在说谎,一楼是保安室,没听说公司招过女保安。结果那女孩子上了9楼——高层专区。

回到办公室,看到已经就坐的同事,突然想起又错过了签到的时间,扣钱的话应该是两个50元了。张娜娜告诉他部长刚才来过,除了签到打卡外,还得再到他办公室签一次,一天四次,少一次100元。

"我他妈真是吃了安眠药了,点怎么这么背。"王小猛说着趴到了电脑桌上。

张娜娜赶忙过去拉起他:"部长还说坐姿不好再扣50元。"随手递给他一张规范办公的处罚表。王小猛看也没看撕个粉碎:"娜娜,今天我们先学自己给自己解压,自己给自己开心。"说完就出了办公室直奔宿舍。

王小猛边走边想:八小时工作制,很多人在这里耗尽了青春和才华。更可悲的是还有更多的人时刻准备冲进去,继续着前人的消耗。

除了八小时,晚上是自由的。深厦的夜生活绝对精彩,王小猛自从林莤莤走后单飞了这么久,按照正常男人的标准也是该找块栖息地了,事实上练习飞行的过程中他也一直在搜寻着同类。鸟儿迁来迁去就是寻找一个温暖的家，王小猛何尝不是呢？

终于在阴郁男的白眼中顺利熬到了周末。这天下班后，王小猛本打算好好睡一觉的，可洗完澡刚躺下"钞票男"就进来约他，让他晚上陪自己会见一个"富婆"。这回钞票男派给王小猛的主要任务是做他的跟班，而且今晚要服从他和富婆的一切命令，比如给他和富婆开车门，递东西，跑跑腿之类的，满足他俩一切能想到的虚荣，因为他听说富婆特别喜欢使唤人。连每一个动作，每一句台词，都给王小猛做了彩排。

王小猛问"钞票男"富婆是个什么背景，"钞票男"只告诉王小猛说她身价很高，掌握着三家公司的命运，还欣赏了她的玉照，而且怎么看都像他喜欢了很久的一个影视明星，而且他经常有踩她的博客，有留言，有问候，就是没有回复。说着，还特意把存在手机上的照片给王小猛看，可能是王小猛盯着手机看的时间长了，他一把夺过说："别得红眼病啊，注意你这次出去的身份。"

"什么身份？"

"配角，跟班！知道吗？"

"呵呵，那谁知道呢？富婆使唤我多了，自然对我注意力加强，我再做得顺她的心一点，也许能混一个跟班，接着我混跟随，随后我就是寸步不离，陪吃陪玩再陪睡，到时你可就没戏了。你可想好了！"

"他大爷的，别人都说不怕虎一样的敌人，就怕狼一样的队友，看来一点都没错。为了保险起见，我看还是我单独行动算了！"

"钞票男"说着把手机收起来瞪了王小猛一眼就独自匆忙下楼了。

目送着"钞票男"那因长期性压抑而失去活力的背影，王小猛突然发觉自己好像也还有事儿没做，立在门口想了半晌终于明白，原来自己一直放不下的还是买房娶老婆。

"钞票男"前脚走，王小猛后脚就跟了出去。因为被他这么一闹腾，王小猛突然感觉是该出去到市区晃一下去了，也好解解上班多日来聚集的怨气。

这一晃不要紧，却从此改变了王小猛本来平静的生活。

第七章
宿舍事件

自从林苒苒走了之后，王小猛一直幻想着改变这个现实，可最后偏偏还是被现实无情地摧毁了，他想做一个好人的机会也从此失去。

在深厦，冬天和夏天几乎就是一个爹妈生的，要是处在一个开阔的空间里，也许会感觉舒服一点，但是公交车显然不具备这个条件。位子少，人很多，空间不但永远没有多出来的时候，并随时会让你产生马上挤爆的幻觉。

平日里上街，从单位宿舍乘 7 号线到人民广场转车的时候，王小猛都会产生一种类似崩溃的感觉。更何况今天是周末，人那就更不用说了，就连路上跑的宠物狗都比平时多了好几倍。

王小猛一直在心里嘀咕："哪儿来的这么些人啊，都出来干吗啊，计划生育为什么不早点开始啊！"

"中国最大的问题是什么，是人太多。"这是大歪以前说过的话，王小猛心想：大歪这句话太经典了，这人哪怕少个四分之一，或者地球大个十分之一，这里也不必像个集中营了。所以同样的季节同样的温度，你在深厦永远会感觉更难耐，即使有风，也会让你愤怒地想"如果人少点，楼少点，风不是更大点吗"。白天太阳落下来的热一层一层地落在钢筋混凝土上，到晚上还迟迟不退去,可恶得很。当然深厦的冬天也有一点好处,就是站在马路的边上可以看到很多精神委靡却穿得很少的女孩,露的永远比藏起来的多。这些个女孩子,就算长相差点,但对大多数男人来说总是有些看头的。

虽然王小猛与那些女孩子相比包着的比露的多,可在车上也属于回头率比较高的一类,要知道一个人长得帅总是会占一些便宜的,也自然会在公共场合产生一种在别人看来是有好感的表现,很多人的嫉妒由此产生。王小猛开始有些不适应这种弥漫在身边的别人的不悦,但后来适应了,心想:帅就帅吧,也不是我的错,要怪就怪我爸妈好了。

王小猛在中仓百货下了车,他喜欢这个地方的原因很简单,从这里再往里面一点就是深厦最出名的洗浴会所。不过王小猛每次在这里下车也只是看看而已,而且还只能仰望,他消费不起。当然当他一直看一直看,看得眼睛酸酸的时候,自然会从心理上产生一丝不快,因为王小猛是个穷人,他还要攒着钱买房子呢。从这里往后面去是大面积的店铺,没牌子的商品琳琅满目,品质虽不高,但性价比却相当高,是淘货的好地方,尤其对于王小猛这个经济档次的人,要逛街买东西还是这里最划算。

中仓百货的门口永远是人来人往,永远有商家在门口搭台子作秀。当然这天也不例外,婚纱店现场免费试妆,可惜这事儿对王小猛来说一点意义都没有。商场的门口永远飘扬着"炒肥羊"的味道,这味道已经成了闹市的标志了。王小猛把两只手插在牛仔裤的口袋里,绕着一楼兜了一大圈,然后实在怕丢人就点了杯咖啡上了二楼。

王小猛在靠窗的地方找了个位子刚坐下来,远远地就看见办公室的大姐大,也就是那个被称之为"梦幻仙子"的叶珊,她领着一男一女走了上来。

叶珊老远就看到了王小猛,伸手招呼了一下,脸上挂着笑,但是没有开口说话。跟她后面走着的是个男的,王小猛感觉他应该略略低于自己,不穿鞋大概在一米七左右,但是因为长得很壮,走过来也别有一种声势。他和叶珊并肩前行,距离始终保持得那么匀称,像是有一种已经存在了多年的默契,看得王小猛心里痒痒的。

等他们走得近了些,王小猛才看清了叶珊身后的那个人,居然是"钞票男"。

王小猛心里还在想:怪不得脚步声那么熟悉,他不是说去约见富婆去了吗?怎么会出现在这里?莫非他们约定的地点就在这里?也好,不如就地儿帮"钞票男"当个跟班算了。

谁知道跟王小猛一对上眼,"钞票男"就已经藏不住了,喊了声:"猛男,别看了,我也是刚到!"

"难得啊你!关键时刻还能碰见我。"王小猛忙站起来故意大声招呼,"真是巧啊!欢迎欢迎。"

"钞票男"碎步跑过来,用拳头推搡着王小猛:"坐吧,都是自己人!"说着,不由王小猛分说,把他又推到座位上。

刚一坐下,"钞票男"马上换上了另外一副面孔,压低嗓子说:"记住,等下你别乱说话,有话回头再说!"

"嗯。"王小猛郑重地向"钞票男"点点头。

话音未落,叶珊和那个女的也跟了过来。叶珊笑嘻嘻地看着王小猛和"钞票男",故意调侃:"两个大男人干吗呢,说什么悄悄话呢?"

那女的也开着玩笑搭上了话,是粤味十足的普通话:"要不,我和叶珊出去避避?"

"珊姐,应该避的是我们吧!"王小猛笑着说。

　　说着话的同时王小猛赶紧上前和那女的握手："我叫王小猛，是叶珊的同事，当然也是刘产的同事！"刘产是"钞票男"的真名。

　　"您好您好，认识您很高兴！我叫杨珍珍！"女的很热情。

　　杨珍珍年龄与王小猛相仿，二十五六岁的样子，穿一件黑色的风衣，身高略低于王小猛。披肩发，瓜子脸，肤色白皙，眉毛弯弯的，一笑起来，两腮帮隐隐约约还有两个酒窝，牙齿齐整，左手手腕上戴着一串饰品，不知道是什么材质的，闪闪发光。

　　这是握手的瞬间，王小猛得到的关于杨珍珍所有第一手信息。

　　"坐下来歇会儿，一起吃晚饭！"王小猛赶紧招呼。

　　这会儿"钞票男"突然很活跃，指挥着叶珊挨着王小猛坐在自己的对面，让杨珍珍坐在自己的左边。杨珍珍跟王小猛之间，又隔了一张桌子。

　　王小猛也回到座位坐下，打量了下"钞票男"，却不知道说什么，最后嘴一张，冒出一句："产哥，什么时候出来的？"

　　"钞票男"见王小猛一本正经地问他，跟他对视了一眼，强作镇定地说："刚……刚出来，下班就出来……这不刚好碰上你。"

　　王小猛看"钞票男"为了给这个女人打埋伏，就这么埋汰他，赶紧抢白。

　　"产哥这身板最近是越来越壮了，超过巨人赛超人啊！"

　　今天的"钞票男"很机灵，远远超过了往日王小猛所了解的他，随时注意调节气氛，他不再接王小猛的话，直接招呼叶珊杨珍珍："你俩傻坐着干什么，这里空调这么足，先把外套脱了吧，小心等下出去感冒！"

　　"对啊，我都忘了！"叶珊立即响应。

　　叶珊穿了件灰白色的紧身上衣，扣子的里面还有拉链，在她刚解完了所有的扣子还扬着头找拉链头的时候，杨珍珍已经利索地把自己的衣服挂在椅背上,马上又把脸转向了叶珊,什么都没有说,就伸手摸索到了叶珊的颈下,自上而下,利索地把拉链拉开了。

叶珊的脸刷的一下红了,下意识地看了王小猛一眼,王小猛避开她的眼神,笑着端起茶杯喝了一口。王小猛敢保证,在茶水入口的那一刻之前,他的脸上一直都带着笑。

"钞票男"望着王小猛,闲不住的嘴巴这次没有说什么,倒是轻轻地叹了口气,脸上却是一片茫然。王小猛猜他开始有点同情自己了,也许这会儿他开始觉得这对他自己有点小小的不公平。王小猛看了看"钞票男",没有吭声,脸上又带上了笑。

王小猛脸上的微笑,从他见到叶珊脸红的那会儿起,几乎就没有停止过,如果认真地从技术角度探讨一下,他不知道自己保持了这么长时间的笑容能不能申报个什么奖项。

叶珊里面穿了件粉红的毛衣,脸因为方才的事情带着红晕,看起来真是人比花娇,比平时在办公室看见的时候还要漂亮。这会儿王小猛和叶珊都不怎么说话,就看着杨珍珍和"钞票男"唧唧喳喳地唠个不停。偶尔,叶珊会飞快地瞟王小猛一眼,杨珍珍也会客气地不时向王小猛点头致意,王小猛都赶紧加倍地报以微笑。

王小猛笑得正带劲的时候,服务员把菜单送了过来。叶珊随便点了两个凉菜,就把菜单抛给王小猛,说:"你来!"

王小猛没有翻菜单,只报了个萝卜干拌毛豆,就把菜单递给了杨珍珍。杨珍珍没有客气,翻了片刻,一道一道地报出了菜名:"菠菜蕨根粉……夫妻肺片……酱牛肉……枣香糖醋排骨……农家大炖……最后再上个大丰收——先上这么多。"

不过这些菜,都是王小猛喜欢吃的。

笑得太久了，王小猛觉得有点累，就揉了揉因为笑而有些发僵的脸皮，没有征求他们几个意见，就对服务员说："先来四瓶9度。"

王小猛刚说完，"钞票男"就表示赞同："好，今天一醉方休！"

"好！"叶珊也马上同意。

杨珍珍有些吃惊，侧过身子问叶珊："你不是从来不喝酒吗？"

叶珊看了她一眼，神色稍稍有点慌张，说："偶尔喝一点而已……在这里见了同事开心嘛……"

"哦，好的！"杨珍珍仿佛有点吃惊，又把脸拧向了王小猛，"没想到啊，叶珊给你破了这么大的例！"

王小猛一愣，刚又重新挂上的笑容顿时定住了："我……"

"钞票男"看王小猛答不上来，抢着说："对啊，他是叶珊心中的真汉子，还是大学同学，前两天叶珊还在说呢，没嫁给他真是后悔了！"

"哦？哦！怪不得这么不要命地舍命陪君子，原来恨没有机会了啊！"杨珍珍点着头，一副恍然大悟的样子。

对天发誓，王小猛比叶珊小了整整十岁，王小猛要是叶珊的大学同学，那叶珊上大学前得留级多少次或者补考多少次，他才能跟她同学上啊？

几乎就在突然之间，王小猛后悔留他们吃这顿饭了。他没有生气，就是觉得不自在，并且极度烦躁。

还没有吃上一口饭，王小猛已经觉得因为这个饭局，自己已经完全不是他自己了，方才一个人在街上溜达时脑海里翻腾的那些事儿，又开始困扰他了。

王小猛想乖乖地当蚂蚁也当不成了，他感觉此刻的他像一只在街上听着锣声翻跟头的猴子，已经翻了无数个跟头了，可还是被耍猴的命令或者祈求着再翻一个才能彻底歇着。可是，周而复始，言而无信，他厌倦了，最后就绝望了,他想咬人,也想抓人,他甚至想恶作剧,下次再有人让自己翻跟头的时候,就干脆装着一缩身一蹬腿要使劲——瞧,摊主已经眉开眼笑,看客们也开始鼓掌叫好——我却当众迅速地撒一泡尿或者拉一堆屎!

王小猛敛住了笑,愣愣地盯着"钞票男",有意放慢了语速,问:"你没记错吧,你俩才是大学同学吧!"

"怎么?不记得了?"钞票男望着王小猛,笑容僵在了脸上,看王小猛开始反击,他人也有点乱了方寸。

王小猛看在眼里,想到"钞票男"一大龄青年好不容易和女的凑到一块儿,心又有点软了,接着又觉得有些悲哀。今天,为了叶珊,他不惜把自己最不愿意示人的一面展示了出来。

算了,看来今天我得给叶珊面子,毕竟她是与这件事无关的局外人。她是无辜的。

王小猛看"钞票男"突然那么紧张,赶紧冲他笑了笑,夸张地说:"产哥,那么紧张干什么,谁让你刚才……说我智商25!"

叶珊看着王小猛,眼神依然有些不安,因为她拿不准王小猛究竟在想什么,很显然,她是被"钞票男"喊来当跟班的,她不想"钞票男"的约会之事有什么闪失。

其实这会儿王小猛到底在想些什么,连他自己都搞不清了。他没有再看"钞票男",而是带着笑,却有点挑衅地抬头瞥了一眼叶珊,没想到的是,这一瞥让王小猛大吃一惊。

叶珊脸上两行眼泪,顺着眼睛已经流过了嘴角,两腮也一鼓一鼓的,嘴角抽搐着,像是马上就要哭出声来!

说句良心话,这半个多小时,为了挑逗"钞票男",王小猛脑子转得人都发蒙了,现在乍一看到叶珊的眼泪,脑子里直接一片空白,就那一瞬间,他都忘了笑了。

不过几秒,就见叶珊猛地站了起来,走上前抱住王小猛的头,叫了声:"小猛啊!姐姐认识你太迟了",就呜呜地哭了起来。

王小猛坐在椅子上,不知所措,双手死死圈在叶珊的腰上,还一边安慰她:"珊姐,别哭……别哭!你这是怎么啦?"

叶珊搂着王小猛的头,却目不转睛地看着他,不再闪躲,眼睛一眨一眨之间,眼泪也一股一股地淌着。

也许,这一滴就已经注定了接下来的故事。

王小猛看叶珊这副样子,有点出乎意料,不过马上就有了一种想保护她的冲动,但又有点不好意思,心想:她是不是嫌我让"钞票男"受委屈了哭的呢?

可是,王小猛这会儿顾不上那么多了,女人哭的时候男人还能说什么呢?

转眼间,场面跟演戏似的,真人真事儿,没有编剧导演,全是即兴发挥,就在王小猛的眼皮底下。王小猛不再看"钞票男",这出戏他决定即兴演好,于是掩饰地把脸拧向叶珊,指指"钞票男",挤出一脸笑,小声逗叶珊说:"看见没,他妈的……做男人难,做'钞票男'就更难了!"手里的杯子来回地碰着。

因为事发突然,不明就里的杨珍珍惊得嘴都不知道闭上了,她看了半天,半响,才喘了口气,一脸的歉疚,晃了下脑袋,张着嘴,老半天才很认真地对"钞票男"说:"你们,你们同事之间还真是感情深啊!"

王小猛忙说:"嗯,也是,没错!刘产更是个靠得住的男人啊!"

"钞票男"经过这一回合的磨炼,脸皮子真是变厚多了,所以王小猛就可以放心地把他交付给杨珍珍了。

其实刚才这一切只有"钞票男"和王小猛心里清楚,他们是演给两个女人看的。

现在,"钞票男"和杨珍珍两个已经打得火热了。

"钞票男"的目的达到了。王小猛也问心无愧了。

吃完饭,王小猛一看,自己得赶紧退场了。于是他赶紧扶着叶珊摇摇晃晃出了饭店,他想给"钞票男"方便,其实"钞票男"这时候根本兵马未动。

被冷风一吹,王小猛和叶珊都清醒了不少。

王小猛说:"珊姐,我送你回家吧?"

叶珊说:"小猛,陪我走走好吗?我不想回家,回去没有一点意思。"

王小猛点了点头,两人在街上晃荡了一会儿。

叶珊突然说:"都大晚上了,你也累了,不如去我妈那里吧!"

王小猛惊愕地说:"你妈妈那里?是哪里啊?"

叶珊解释:"我妈家里,她去厦门我姐那儿了,家里没人。"一边说一边拦了辆车,拉着王小猛直接上了车。

车开到郊区的一幢小房子前停了下来。下了车,王小猛的脑子越来越迷糊了,虽然感觉是自己的手扶着叶珊,却还是不清楚到底是谁扶着谁。摇摇晃晃到门口,感觉叶珊也是对了半天的钥匙孔,才终于进了房门。

王小猛和叶珊稀里糊涂地相互扶着进了一间房间,两人同时把对方放倒在床上。王小猛块头大,一不小心就压在了叶珊的身上。这时王小猛开始有知觉了,瞬间里感觉身下柔软而散发着温馨热气的身躯给他已经有些麻木的神经带来了一丝刺激和温暖。

这一刻他们两个都没有睁开眼睛,王小猛只是深情地将叶珊拥抱在自己宽厚的怀里。

过了好久,王小猛睁开有些迷糊的眼睛,发现映入眼帘的只有一张美丽的面庞,一片雪白的颈脖,樱桃般的小嘴,两片鲜艳的红唇微微喘息着。有些迷茫的王小猛,望着这两片诱人的香唇,突然不知哪里来了一股冲动,像夏天吃冰淇淋那样一口就把它含进了嘴里。

这个时候身下的叶珊似乎有了反应,开始好像是有点抗拒的意思,还没抗拒两分钟就变成了温柔的配合,慢慢地那种反应好像变成了享受着这种奇特而美妙的感觉。

不知不觉中,王小猛的手顺着身下不停喘气起伏的身躯慢慢地抚摸起来,好像要安慰受惊的小孩一样。被王小猛轻柔抚摸着的叶珊,突然之间紧紧地像树藤一样缠绕上了王小猛,于是两个人渐渐地缠绕在一起,就这样神志越来越迷糊了的两人,沉浸在享受着这种夺人心神的快感里。

一丝阳光从窗帘缝隙里面钻了进来,照在王小猛的脸上,像调皮的小女孩一样把他叫醒。揉搓了一下麻木的脸和惺忪的眼睛,王小猛突然发现自己竟然躺在女人的被窝里。本来昏昏沉沉的头,只觉得大了很多,也比以前重了很多。他很快就明白发生了什么事,用手狠狠地在手上和脸上打了几下,然后飞快地捡起地上的衣服穿起来。正在扣外衣扣子的时候,发现桌子上有叶珊留的一张字条:"小猛,姐出去办点事,热水已经烧好,你起来后先洗个澡,客厅里有早餐,你多少吃点。钥匙在桌子上,如果闷了就出去走走,我中午会回来。珊姐。"

王小猛一看表,已经10点多了,看来加上今天的这次旷工,部长一定不会放过自己了。想到这里王小猛心里有点乱,于是索性破罐子破摔。他痛痛快快地洗了个澡,虽然身体上感觉舒服很多,但脑子还是昏沉沉的。

走到客厅,看着桌子上的牛奶和小笼包,心里觉得暖暖的,只是头疼欲裂,没有一点吃的欲望,只把牛奶喝了。

王小猛打开电视,靠在沙发上看着。也不知道看了多久,突然就听到门铃声,到门口一看是叶珊,双手还提着两包东西。王小猛接过她手上的东西,两人相互看了好久。王小猛发现她眼圈红红的,眼睛有些浮肿,看来早上一定哭了很长时间,有些心疼,也有些内疚,又有些害羞地说:"对不起,我……我。"

王小猛说了两个"我"就说不下去了。

叶珊放下东西,然后监督着王小猛吃了一个小笼包之后,两人就默默无言地待着。

好久,叶珊才轻轻地问:"头还疼不?"

王小猛点了点头。

"是姐不好。姐是坏女人。"叶珊轻轻地说。

"不,不,姐是好人,是好女人,是我,是我,我……"王小猛虽然以前和林苒苒同居过,可和一个大自己十岁的女人亲热还是第一次,一下子不知道说什么好,心里只有深深的内疚,一直怕叶珊生气,又怕伤了她的心。

还想说什么的时候,王小猛突然感觉头疼如裂,他用手去按太阳穴的时候,又感觉手脚也有些麻木。

叶珊见他这样,赶快过来扶着他,温柔地让他躺下,然后就坐到了他的身边,让王小猛把头放在她的腿上,用纤长白皙的小手,轻轻地给他揉动太阳穴,抚慰他的额头。

中午吃饭的时候,两人又喝了一瓶三两的白酒。

叶珊说,喝醉了的第二天要再喝一点酒,这样让胃透一透,以后酒量就会增大。虽然闻到白酒的味道就想吐,可是王小猛还是喝了一两左右。

饭后,叶珊说:"我已经和部长说你生病了,我在照顾你,今天都不去上班了,明天要是他为难你,我陪你去见他。今天下午不如我们去逛一逛街,一来慢慢地走一下,有助血液中的酒精挥发,二来你来深厦这么久了也该出去玩玩。"

王小猛想想也是了,就点头答应。下午的时候,两人就慢慢地在街上走走,累了就打了个的来到五一路,逛阿波罗商场等大型小型商场到晚上9点多。

逛了一下午街,出了好几身汗,王小猛麻木的手脚也好了起来。

逛完街路过宿舍的时候,王小猛提议回到自己的宿舍里去洗个澡后再出去吃饭,叶珊同意了。

王小猛实在是累极了,一回到宿舍就躺在沙发上,打开电视看了起来。

叶珊把电热水器打开,拿出刚从超市给王小猛买回来的内衣放进一体化洗衣机,不一会儿衣服就洗干烘干了。

看王小猛像懒虫一样躺在沙发上,就过来笑着说:"懒虫,衣服好了,热水也有了,你去洗个澡吧,都出了一身臭汗了。"

王小猛看得正起劲,就在沙发上黏了一会儿,最后还是叶珊过来拉他才起来。

来到浴室,叶珊打开水龙头,用手试着水温,等到调到合适的水温,停下来问王小猛:"小猛,你试试合适不合适?"

王小猛从来没有享受到这种待遇,傻傻地笑着说:"我就是你,你觉得好了,就是好了的。"

叶珊笑了一下,指着架子上一条毛巾和衣服说:"衣服和毛巾在那里。"然后她转身出去了。

王小猛有些害羞地赶紧把门关上,这才慢慢地开始脱衣服……

洗着洗着,王小猛把沐浴露掉到厕所蹲坑里了,看着翻滚而下的沐浴露瓶子,不小心叫了起来。

叶珊在外边听到了,赶快把门推开一条缝隙,红着脸问:"怎么啦?"

王小猛不由自主地羞臊起来,感到脸上一下子热了起来:"沐浴露掉厕所了。"

"你怎么这么不小心啊,你这儿还有没有?"叶珊笑着说。

"我记得上次好像买了两瓶,但我不记得放哪里了。"王小猛有点不好意思,说话时脸都红了。

"那我找找看。"叶珊说完拉上门,出去找了。

过了一会儿,门又推开了一条缝隙,叶珊把一瓶新的没开封的沐浴露递给他。

王小猛下意识地用毛巾挡住了关键部位,伸出另外一只手去接沐浴露。接沐浴露的一刹那,王小猛碰到了叶珊细腻光滑的手,停了一下,抬起头来,正好叶珊也抬头含羞地看着王小猛。

两人透过浴室里面散发着浓浓的雾气,四目相碰,一刹那间时间凝固住了似的。他们心灵里面的某种东西,在霭霭的雾气中碰到了一起,瞬间又慢慢化开,伴随着客厅里那电视里传来的优美的旋律,似乎就要碰到一起。

正当心神荡漾的时候,两人手中的沐浴露却叭地掉在了地上,王小猛赶快弯腰去捡。不经意中却春光外露了,抬头的一刹那,看到叶珊含羞的眼中有一丝渴望,也有一点紧张……

还没有等王小猛回过神来,叶珊已经关了门,出去了,留下王小猛一个人站在浴室里发呆,过了好久叶珊才老远地叫:"快洗啊,不要感冒了。"

王小猛这才又打开水洗了起来。

洗澡出来，穿着宽大的睡衣，王小猛很不好意思地坐在沙发上，看着叶珊。

"看什么啊，又不是没有看过。"叶珊看了看表说，"我也去洗一下。"

不一会儿，叶珊洗好了，披着浴巾走到王小猛后面，轻轻地用毛巾擦着湿漉漉的头发。

王小猛听到声音，回过头去，眼睛就似被胶住了一样，一直停留在那里。叶珊乌黑的秀发犹如瀑布般，随着她的手慢慢地抖动，时而覆在雪白娇嫩的肩头，时而让那浑圆的肩头露出些许，让它和犹如玉石雕琢的脖项相映成辉，被热气熏得透红的面庞带着点点水珠，娇艳水嫩如出水的芙蓉。

看着王小猛那傻傻的样子，叶珊轻轻娇笑着说："你傻了啊，没看过啊。"

见王小猛傻傻地没有说话，一时之间叶珊也不知道说什么，就坐到沙发上，两人靠着看起了电视。

叶珊火热的娇躯靠在王小猛的肩膀上，让王小猛有些轻轻的颤抖。或许是感觉到王小猛的激动，叶珊转过身来，紧紧地抱着他，靠在他肩上，轻声软语地和他东说一句西说一句。

王小猛有一句没一句地应着，但他明显感觉到自己的声音和身体都有些僵硬。

或许是为了缓解王小猛紧张僵硬的身体，叶珊温柔地从后面用小手摸着他的脸，又慢慢地把手从他宽大的睡衣中穿过，轻轻地在他宽大厚实的胸膛上游走，慢慢抚摸亲昵，停了一会儿，手有些犹豫又有些勇敢地往下抚摸。

突然之间，王小猛动作有些粗鲁地翻过身，把叶珊推到沙发边上，伸出那贪婪的嘴,亲吻着她那湿润而丰满的唇。

叶珊没有迟疑,闭着眼睛,尽情地享受着王小猛细腻的吻。过了一会儿,她主动地把舌头试探着伸入王小猛的口中。

不知不觉中,王小猛的手开始在叶珊身上四处游走,在触碰到那高耸的雪峰顶端的时候,叶珊的身体不由自主颤抖起来。她拨开了王小猛的睡衣,就在缠绵和爱抚中,他们的身体已经融为了一体。

一阵猛烈的运动之后,不知不觉中王小猛似乎数着数字爬到了最高峰,叶珊轻轻地喘着气说:"别那么快……"

听到这话王小猛有些茫然,不过还是照样匆匆收场,所有的果实彻底给叶珊秋收了。

"你以前没有过?"过了好久,叶珊问王小猛。

有些不好意思,王小猛红着脸像蚊子一样说:"也不是……"

叶珊疼爱地抱着王小猛,亲了一下他的脸,轻声地说:"没关系,第一次都这样紧张的。"

两人躺了好久,叶珊这才披着睡衣去浴室,拿着一条热毛巾进来,给王小猛仔细擦了一遍,收拾干净这才自己又跑到浴室洗漱起来。

洗漱好了,两人腻在沙发上,看着电视,说着甜言蜜语,等到一部电视剧看完,一看表已经 11 点多了。

两人收拾一下就睡了。虽然不是第一次和女人睡在一起,可王小猛不知为什么有些紧张和僵硬,还是在叶珊轻轻的拥抱和爱抚下才放松起来。

不一会儿,两人又缠绵在一起了。这一夜,在叶珊的引导和指导下,王小猛第一次体验到了另一种销魂的滋味,体验到了做男人的另一种乐趣。

第二天早上,太阳升起了许久,王小猛还在睡梦中和"梦幻仙子"切磋的时候,突然感觉到脸上痒痒的,睁眼一看,叶珊的一双美目柔情万般而又风情万种地俯看着他,长长的乌黑秀发在他的脸上磨蹭着。

王小猛尴尬地笑了笑便坐了起来,叶珊也跟着靠过来,两人依偎在一起看着对方,王小猛不时傻傻地看着叶珊,她就像一个小女孩一样纯洁和温柔,王小猛有些痴了,有些迷情了,不知不觉中,送上唇和她吻在一起,慢慢地两个人,在床上纠缠着翻滚着……

"猛子,病好了没……"门突然被推开,王小猛和叶珊同一时间把头转向门口,身子还没来得及分开。

张娜娜本来后面还要问王小猛是不是今天去上班,可推开门的时候被眼前的一幕惊呆了。她站在门口足足有三十秒,然后才反应过来赶紧退了出去。

在这三十秒里,王小猛和叶珊已经迅速分开了。当然无论接下来的动作多么迅速,可终究还是掩盖不了一场口水新闻。

"我们结束吧!"叶珊在说完这句话后迅速穿起衣服先王小猛出了宿舍。

王小猛穿好衣服站在窗边,看着叶珊离去的背影,他彻底纠结了!想想自己在这个城市生活了半年多,这里的许多地方都变得熟悉起来,可是在这一刻,感觉真正给自己留下深刻印象的东西并没有,最后那一丝牵挂也随着那句"我们结束吧"随风而起。就在他以为已将这个世界关于女人所有的记忆在自己心里逝去的时候,突然间又有一个人在自己心中刻上深深的印记!

男人和女人加起来就是世界,男人顶着天立着地,早出晚归,累死累活一直想着征服世界,可每一觉醒来总发现身边的世界依然还是站满了女人。自从林莘莘走了之后,王小猛一直幻想着改变这个现实,可最后偏偏还是被现实无情地摧毁了,他想做一个好人的机会也从此失去。

就在王小猛踏着上班的铃声准备进办公室的时候,忽然被后面过来的小李叫住。

小李说王小猛被人事部调到了市场部,而且是被派往广州分公司。

临走前的那个晚上,王小猛做了一个梦,他梦见自己戴着墨镜,穿着来深厦时那套整齐的西服,开着一辆非常豪华的跑车来到公司。所有人都为他欢呼,叶珊想过来跟他说话,却被部长拦住了,部长责骂她说:"你还以为他是当初的王小猛呢? 他现在可是声名在外了,你别过去找麻烦了。"

王小猛虽然戴着墨镜,但是他可以清晰地看到叶珊哭了,号啕大哭,她一定后悔当时跟自己说了那句"我们结束吧"。

部长大人亲自配车送王小猛前往车站:"请问您加多少钱的油?"

王小猛不屑一顾地说道:"加满。"

部长连忙对"钞票男"说:"快去,给小王把油加满,快点,别让他等着,赶紧的。"

油加满以后,"钞票男"回来交差。

部长笑着对他说:"小王,油加满了,250,你可以走了。"

王小猛摘下墨镜,对部长皱了皱眉头:"你丫才250呢!"

部长赶紧道歉:"不是,小王,我是说给您加油的费用,总共250元。"

王小猛突然想起,他现在身份不一样了,应该注意自己的形象,于是从钱包里掏出3张红票票递给部长:"钱还你,不用找了,其他的给弟兄们买冰棍吧。"

透过反光镜,王小猛看到叶珊一直在远处期盼地看着他。王小猛下了车,对叶珊招了招手,叶珊的表情立马有了变化,像小鹿一样连蹦带跳地来到他身边。

王小猛酷酷地问了一句:"想不想去兜风?"

叶珊非常非常兴奋地回答:"想死了!"

王小猛看了一眼身边的跑车对叶珊说:"上车!"

叶珊迅速地打开车门,上了车,似乎生怕王小猛改变主意。

上车后,王小猛看着这个曾经让他幻想了无数次的女人,他有一些激动,潇洒地对她说:"你愿意跟我一起去追风吗?"

叶珊坚定地冲他点了下头:"陪你去天涯海角我都愿意。"

王小猛一脚将油门踩到底,在所有员工羡慕的眼光和无尽的掌声中飞驰了出去。

他们来到了一个荒无人烟的地方,相信所有观众都知道王小猛接下来要干什么,没错,他要做一件当下最时髦的活动,车震。他们轻车熟道,做这件事是天经地义的!

王小猛停下车,刚把手伸向叶珊的胸口,突然听到了一阵急促的铃声。他睁开双眼,叶珊已经不见了。原来是闹钟响了,时间到了,他该出发了。

就这样,宿舍事件之后,王小猛带着行李,告别了往日的同事,踏上了开往广州的火车,这一次离开深厦,前往广州,他只带着澎湃的心情,却没有了无尽的梦想。

第八章
市场部的故事

以前王小猛总以为，小鸟飞不过沧海是因为它没有飞过沧海的勇气，到今天他才明白，原来根本不是小鸟没勇气，而是沧海的那头没有了等待。

　　就算不和部长发生矛盾，部长不调动自己的工作，在张娜娜目睹了这次宿舍事件后，接下来一场口水新闻在所难免。

　　还好调动来得及时，为此王小猛也感到庆幸。

　　就这样，王小猛被发配到了华欣集团驻广州分公司的市场部。

　　在来广州之前王小猛就听说了这个市场部只有一枪一炮，而且他还知道这一枪一炮均是 80 后的剩女。

　　王小猛来之前就在总部里听说过她们的传奇故事。在集团总部只要说起广州分公司的一枪一炮那可都是响当当的人物，因为她俩都是市场开拓的精英、公司的业务骨干。她们出道以来一直以容貌、手段、计谋、智慧为利器游走江湖，在臭气熏天的男人堆里八面玲珑、长裙袖舞、周旋自如，无半点小女子的清纯与羞涩。

　　市场部和财务部共用一个办公室，听财务的人说市场部的人都出去了，所以整整一个上午王小猛就在办公室闷着，无事可干，无人来管，唯有呆呆傻傻地看着预决算人员扎在图纸堆里无休无止地计算着。

　　就在王小猛有一搭没一搭地和他们东拉西扯完准备出门上厕所的时候，突然发现市场部的桌子上摆着一个相框，相框里一个秀发及肩、笑意盈盈的美女小鸟依人般依偎在一个老男人的胸前。不过王小猛还是不自觉地把自己和那男的做了一下比较，最后得出的结论是总觉得还是没有自己帅。

　　"真漂亮。"才前脚离开深厦，王小猛这就已经忘记了叶珊，已经开始对着别人暗自垂涎，要是没有人，估计他会恨不得抱着相框啃上一口的。

　　不是王小猛薄情寡义，自从林苒苒走了后，他发现原来所谓的爱情和地久天长，只是误会一场。以前经常听说：25 岁之前，一定要记得爱情是假的，或者不是所想象的那样纯洁和永远。现在王小猛已经快 26 岁了，那么他应该懂得这个道理，既然自己是别人转身就忘的路人甲，那凭什么还陪她蹉跎年华到天涯？所以当忘则忘。

　　在食堂吃完午餐刚回办公室没几分钟，市场部业务经理，也就是传说中的第一炮摇摇晃晃地进了门。其实这个人王小猛认识，只是在此之前他万万没想到她就是在华欣被神化成所有人心中偶像的那一枪一炮。

　　来的人是苏倩倩，就是王小猛此前在中杭跟着后来看见上了高管办公区的那个女秘书。她现在一改半年前的装束，身穿着半袖白衬衫搭配米黄色西裤，裤缝笔直，棱角分明，衬衫腰身收得极紧，充分地渲染出她蛮腰的纤细和那一对玉峰的坚挺。

　　苏倩倩满口酒气，面若桃花，三两步冲到椅子前一屁股坐了上去，接着柔嫩细滑的双手自然地交叉额前，埋头而睡，秀发直落耳侧。她裸露在外的小臂上红斑点点，甚至透过白色衣袖能清晰看到她的上臂也是一片潮红。

望着苏倩倩醉后的模样,王小猛冲预算部的韩雪儿张大嘴巴做吃惊状。

"美女苏倩倩,你的师傅。"韩雪儿一边对王小猛说着,一边朝苏倩倩努了努嘴,轻佻地笑了笑。

"我知道,以前认识她。看来中午喝了不少。"

"天天公款吃喝,你们市场部的日子可真是太舒服了噢。"

尽管是第一天来市场部上班,可听到这话却让王小猛极为不爽。不怜香惜玉就罢了,竟然这副口气,似乎刚喝了一坛子老陈醋一般,酸味都压过苏倩倩的酒味了。

二十分钟后,苏倩倩悠悠醒来,此时她的脸色红润多了,胳臂上的红斑也渐渐消去。

"帅哥,终于把你给盼来了。"苏倩倩放下揉眼的双手后,对着王小猛笑颜如花地说道。

"哎,我又不是什么青年才俊,你干吗这样急不可耐啊?"

"切,就算你是青年才俊,外有家财万贯,貌赛潘安,姐姐我也不能对你动心思,我有'哥哥'了。"

"有哥哥?"

"我老公,我喊他'哥哥'。"

"你刚才自称姐姐,不会真把我当'弟弟'吧?我可不想做'三爷'。"王小猛吃吃地坏笑着。

"兄弟,别这样暧昧,当心我老公听到把你给'咔嚓'了。"

"哈哈,一把年纪了,没想到临老还有了你这样一位美女痴心盼我。"

"瞧你没个正经的样子就知道你还没改以前那副死德行,不过,看你现在的打扮和气势,你也许能做好销售,比前面来的几个毛手毛脚的小家伙好多了。"

"哦?他们人呢?"王小猛好奇地问。

这时,苏倩倩刻意把嘴凑到王小猛耳边,吹气如兰,吹得他耳根瞬间火热异常。

"受不了咱们领导的脾气,一个个都跑了。"说完这句话她又直起身子,恢复正常语调,"我觉得你应该有能力在这里长期待下去。"

苏倩倩说话的语气、动作和内容所包含的意思让王小猛开始紧张了起来。天知道这领导是什么样子的?不过话又说回来,王小猛心想自己也不一定就非得是软柿子一个,要是对方的脾气让自己忍受不了,那他也只好对这里说拜拜了,总不能为了这三瓜两枣的买卖出卖自己的尊严吧?何况,已经经历过那么多的风风雨雨,多少也让他明白了一些道理,无论什么样的企业,对员工来说都只不过是一个临时舞台,能给你多少表演时间完全是老板说了算,演完了自己的角色就得自己去寻找另外的舞台和剧本。

"一个月后再说吧,上班才第一天嘛,怎么能打退堂鼓。怎么?中午有应酬了?"王小猛问。

"北方集团那些个臭男人,就灌我一个人。"苏倩倩愤恨地说。

"就你一个人啊?"

"还有我们的宋总,她也喝了半斤,这时候还不知在哪儿'呼呼'呢。"

王小猛心里暗暗嘀咕,乖乖,半斤?放自己身上也许早就躺在桌子下呼呼了。鉴于办公室还有别人,王小猛就没有过多地调侃苏倩倩,坐在一旁耐心地等着下班。

临近下班的时候,一女子精神抖擞地进了办公室。

刚才还稍微有那么点人气的办公室瞬间就沉寂了下去,每个人都埋头工作，不再言语。

王小猛转过脸用不解的眼神咨询苏倩倩来者是谁。苏倩倩撇了撇嘴，用右手食指在他面前的桌子上画出两个字：宋总。

如雷贯耳。难怪她一进门就气势如虹，仅用一个身影就扫灭了办公室内的松散之气呢。

她就是传说中的另外那一枪，市场部副总宋雪丽。宋雪丽穿着一条紧身时装裤，上身套着一件真丝休闲衫，领口打成一个蝴蝶结，宽大的棕色腰带松松垮垮地束于蛮腰之上。一身装扮既女人又前卫。她身材苗条，臀部滚圆，胸部丰满，短发似男，只是满脸的痘痘，似乎专与美貌为难一般争先恐后破壳而出。

她走到王小猛和苏倩倩的身旁，指着王小猛冲苏倩倩就一嗓子："他就是刚来的那个小男孩吧？"

"小男孩？"王小猛心里咯噔了一下，怎么说她也比自己小，怎么这样老气横秋？

苏倩倩轻轻扯了扯王小猛西装下摆："这是我们宋总。"

王小猛赶紧站了出来："宋总您好。"

"丫头，多带他做做事，早点熟悉起来。"说完就抛下王小猛和苏倩倩，踩着高跟鞋嘚嘚嘚回了自己办公室。

宋雪丽走后，苏倩倩告诉王小猛，宋雪丽是整个华欣驻广州分公司的无冕之王，虽然只是个市场部销售总监，但除了老总，没人敢跟她叫板，几乎公司的每个人都被她无情地批评甚至是破口大骂过。总而言之，这让王小猛明白了一个道理，自己的这位领导并不是个容易伺候的主。

这是王小猛跟自己的直管领导的初次会晤，第一次就让他感受到了她身上由内而外散发出的逼人霸气，当然还有浓郁的香奈儿味道。

接下来的半个月时间，王小猛几乎没有任何实际工作可做，每天到办公室就是复印公司资料，装订成册，给她们两位出去跑市场用，类似于一个文员的工作。可每天还必须6点出发，乘坐近两个小时的车到公司，晚上7点半左右到宿舍。每个月1200多的工资。

大概过了二十天左右，公司投广汽集团下属的一个轿车安全件代加工的标，这次是王小猛第一次参与投标活动，从这里也初步了解了"投标"工作。

这家公司主管工程的副总与华欣有点渊源，因此他们这次中标应该说是板上钉钉的事情，唯一的悬念就是最后中标价格的高低而已。

为了最大限度简化程序，宋雪丽请甲方的副总出面邀请招标代理公司的负责人出来详谈，谈的结果是投标三家单位全部由自己公司提供，最后的中标价格由甲方、代理公司和他们三方共同协商而定。

宋雪丽找了博亚和大力两家公司过来给华欣陪标，其实这两家公司分别由王小猛和苏倩倩做授权代理人参与投标，华欣则由宋雪丽亲自出马。

接下来就是马不停蹄地分头行动，苏倩倩负责制作本公司和博亚大力两家公司的标书，王小猛主要负责去博亚请他们配合制作标书。

方琼，博亚公司经营部经理，首次见面就给王小猛留下了深刻的印象。其貌虽谈不上多么出众，但一定是位居"美女"之列的女子。皮肤白净，眼大眉浓，发及双肩，笑起来的时候脸上显出醉人酒窝，就如两朵盛开的花朵。

"今天怎么换成你了？你们公司的宋雪丽呢？"王小猛才知道方琼似乎对他们公司的情况很了解。

"宋总有事。怎么，不欢迎我？"王小猛笑着说。

"哪有，你过来给我们创收我欢迎还来不及呢。你们公司宋总很牛哦。"方琼一边帮王小猛整理资料一边说。

"你知道她?"

"何止是我知道,这个圈子里谁不晓得啊?"

"看来宋总是名声在外了。"

"这么厉害的角色不名声在外才怪呢。"

方琼的语气并不像是在夸张,看来,自己这位领导是个真正的角色。

"好了,一千块,交钱吧帅哥。"方琼把几本做好的技术标交到王小猛手里。

"啊?还要交钱啊?"

"当然了,你领导没跟你说吗?我们收别人一个标两千,只有你们才是一千,要不是你们宋雪丽找了我们老板我才不会这样便宜呢。"

靠,身上就几百块口粮钱了,这可如何是好?妈的,男人就怕兜里没钱,尤其是在女人面前。

王小猛悔恨的同时灵机一动说:"美女,我来得匆忙,包放在公司了,要不下次来再给你吧?"

"这样啊?那好吧,初次见面,今天放你一马。不过你要记得啊,下次来一定把钱带来,否则以后给多少钱都不给你们陪标了。"

"放心,放心。"

到了电梯门口,方琼又开玩笑似的大喊了一句:"帅哥,记得你欠我一千块钱啊。"惹得办公室里好多姑娘小伙都大笑不已。

"这女人,真有意思。"在电梯里,王小猛忍不住笑了。

三天后开标,宋雪丽开车将王小猛和苏倩倩带到离代理公司还有一站路的地方将他们放下,并一再嘱咐他们在 9 点之前一前一后进去,进去之后先装作不认识,看情况再说。交代完之后,宋雪丽就一溜烟地拐进代理公司的大院里。

开标时候,开标人员先要求他们签到,然后一本正经地请各家投标单位查看标书的密封情况,确认无异议之后宣布开始唱标。

唱标之后,当然是宋雪丽是最低价,当场宣布为第一中标人。对开标结果签字确认后,开标人将所有标书收拾起来走了出去,王小猛正准备走的时候,代理公司负责人走了进来,一进门就笑容满面地说:"宋总,恭喜你们又中标了。"

"那还不是托了你这个大帅哥的洪福。"宋雪丽满脸堆笑。这位负责人身材不高,皮肤黝黑,还架了副眼镜在鼻梁上装斯文,笑的时候一口黄牙就参差不齐地挤出来捧场。

"看样子这两位是你手下?"这人指着王小猛跟苏倩倩笑着问宋雪丽。

"怎么? 看到了美女眼睛就转不开了?"宋雪丽表现得宠辱不惊。

"黄牙"尴尬地笑了一声,把目光从苏倩倩的胸脯上移开。

"听说宋总去年拿了二十几万的奖金,你们单位够有钱的呀!""黄牙"知趣地岔开话题。

宋雪丽笑了笑说:"这点钱就多啦? 你看我们这位美女,才二十来岁,半年也拿了十五万,还是税后的。"

"美女,什么时候借点给我装修房子?""黄牙"转脸对着苏倩倩鬼笑道。

没等苏倩倩开口,宋雪丽就迅速接过来说:"借钱多大个鸟事,借人都给。"

宋雪丽脏话脱口而出,苏倩倩则垂着眼,脸色通红。

等宋雪丽转过脸继续跟"黄牙"说话时,苏倩倩笑着看了王小猛一眼,努了努嘴,做了个鬼脸赶紧抽身撤退。

"宋雪丽三句话之内必说脏字!"这是后来苏倩倩告诉王小猛的,为此王小猛还专门拿着笔记本做了一天的跟踪记录。

一阵寒暄和机械的大笑之后,宋雪丽领着王小猛和苏倩倩一路杀回公司,大胜而归。

大概过了半个月的样子,总部又给市场部派来了一名男孩,名字叫扬威。于是,连苏倩倩在内,市场部的业务员就有了三个人。

扬威每天早晨到公司打卡后在办公室只待半小时就出门。所以这复印、打印等杂事仍旧全部落在王小猛的头上。王小猛就像个任劳任怨的保姆一般为他们保障后勤,还常常被财务的人拉壮丁做苦力。有一次,管预算的业务员韩雪儿让他去帮她复印一本工艺资料和一本预算表。

整整一个下午,王小猛就待在复印室里,等他将两本书复印完之后,复印机已经烫得都可以蒸鸡蛋了,与此同时王小猛也大有头晕脑涨,呼吸困难的症状。不过,宋雪丽却毫不怜惜王小猛这位小角色,她甚至连一句"谢谢"都没赏给他。

扬威有时候出去的确是在跑项目,有时候却是在街上看美女。当然,这也是做男人的通病,王小猛以前在北京的王府井大街上同样这么干过。有一次扬威喊王小猛一起出去,王小猛看公司里也没什么事情,就跟他一起进了城。离开公司后,他们就暂时把工作寄放了在了第二天,直接去了一家发廊,洗了头,理了发,然后一起去江边看"风景"。整整一个下午的时间就被他们两个消磨在一个还不算美丽的少妇戴的究竟是 C 罩抑或是 D 罩之辩论上。

当舞台有限的时候,就算发哥来也只能演路人甲,这是当下职场的铁杆子定律。

据韩雪儿介绍,宋雪丽跟苏倩倩是同一时期进的公司,那时候广州分公司还在起步阶段，两个人的能力相当，机会对等，但宋雪丽跟老板的弟弟走得近一点，因此机遇就更青睐她，让她始终走在苏倩倩的前面。

话虽听起来有些暧昧，不过也确实很符合目前职场的现象，这事儿起初王小猛还有些疑惑，毕竟谣言不足信，尤其是这样的绯闻事件。直到有一次，他亲眼所见，才相信了这样的传言并非空穴来风。

那晚，几乎整个分公司的人都在加班做报价标书。预决算部和工程部、设计部的同事都去了食堂吃晚饭，办公室里只有王小猛和宋雪丽两人。王小猛在打印资料，宋雪丽在自己的办公室检查已经完成的那部分技术标。

这时候，老板的弟弟像幽灵一样走进了宋雪丽的办公室。王小猛不经意的一个转头，看见老板弟弟的双手在宋雪丽凹凸有致的身体上恣意游走，嘴巴在宋雪丽的脸上画了一个又一个湿润的圈。随后双双出门，直到深夜才回到办公室，那时候王小猛还正在紧张地装订标书。

王小猛像保姆一样每天忙里忙外，都是些琐事杂事，这样一晃就到了年底。年底安排奖金的时候，宋雪丽拿了36万，除了业务提成之外还有团队奖、突出贡献奖等。而苏倩倩只拿了两万多，王小猛拿了3000元过年费，扬威拿了800过年费。

对别人拿得多，王小猛不是太在意，因为人家是头儿，但让王小猛介意的是他自己拿得太少了。跟王小猛同时进公司工程部的一个丫头片子都拿了7000元，还有一个刚毕业的小姑娘也拿了6000多。那个丫头片子是电大中专毕业，而王小猛是正规院校本科毕业，又算是出道多年的人，况且他平时做的工作不比他们少，唯一的区别是他在市场部而她们在工程部。

中国企业的特点就是奖金分配完全是领导说了算，并不都是按照工作成绩或者工作量来的。所谓的业绩考核都是鬼糊鬼，做给别人看的，或者说,业绩考核仅仅是一种欺上瞒下的形式而已。主管领导不一样,年底的待遇就不一样。

在这件事上王小猛觉得有些委屈,打算去找公司总经理牛胜海谈谈。

去的时候牛总办公室门开着,里面并没有客人。

"你来得正好,我正要找你聊聊呢。"刚一进门,牛总就先王小猛开口道,"你把门带上。"

这个动作让王小猛很清楚牛总找他绝不是为了"闲聊"。

关上门后,牛总示意王小猛坐到他对面的会客椅上。

"哦。这个……年终奖给你发了3000元,你不是很满意吧?"牛总笑得像一个花骨朵,似开未开,有花之意无花之容。

"有一点吧。"王小猛同样也是这样一副花骨朵般的表情。

"你别忽悠我了,我晓得你心里特不满意。"此时,牛总脸上的这朵花算是彻底绽放了。

"呵呵,被您看出来了。"王小猛长叹一口气,继续说,"我尽心尽力工作了7个多月,获得的只是这样一个结果,难免失落。"客气之后,观点总还是要表达出来的,这才是王小猛此行的主要目的,他不能忘记来找牛总的真实使命。

"钱的确是不多,但你要知道,公司对业务员的考核主要是靠业绩,你今年没接到业务……"牛总收起笑容,一本正经地对王小猛说。王小猛听后微笑着,心想:很正常,老板的目的是要做我的思想工作,又不是跟我展现他那魅力无限的笑容。

"我知道。"没等牛总说完王小猛就及时截断他的话头。王小猛的语气十分平静,但力度不缺。尽管王小猛知道自己和牛总是一个站在山脚下,一个站在山顶上,地位明显不同,但他坚信在这个时候在对方眼里,渺小是同样的。

"虽然这几个月我尽心尽力去工作,但说到底,我并没给公司带来一分钱的业务。"当然牛总也很清楚王小猛这平静语气的背后是对结果深深的不满。"因为没给公司带来业务,所以就该接受这个结果。"当然这只是王小猛在心里想的,他并没有继续再说。假设他这么说了的话,就等于明白地告诉牛总他已经想通了,那结果就只能是自己委屈自己了,王小猛才不会这么笨。有盒饭的地方就有剥削,这是王小猛这些年悟出的道理。

王小猛估计牛总接下来就要开始对自己进行安慰了,安慰完之后再接着就应该是激励。这几乎是每一个江湖中正统领导所惯用的套路。因为当老板告诉你退一步海阔天空的时候,你要知道后面肯定就是断崖。除非这位领导使用的是迷踪拳。

对于正统套路,在对方点题的时候首先要适当地表明自己的观点,接着要允许他安慰一两句,这是面子问题,也是以退为进的招数。但绝不能让他把安慰性的话说完,否则你就完全进入了他的程序,只能被他牵着鼻子走,从而让自己与目标越行越远。一般在领导说完几句安慰性的话后,在他语气停顿时要及时断其话头,破坏其程序,让其乱码,同时有理有据地继续强调自己对结果的失望。这样一来,你所要表达的意思在经过这样的举一反三之后就会给对方施加出强大的压力。

当然,激励性的话也不能留给对方,要自己亲自表达出来,以此来表明自己是一个胸怀宽广,目光远大,堪当大任的员工。而且还能让领导觉得他对你的投资在将来是有回报的。

这种谈话最好的结果就是既让领导感受到了你对结果的不满,又让领导觉得你是一个眼光长远、态度正确、对未来认识清晰的员工。最差的结果当然就是自己的目的没达成反而让领导觉得你是一个目光短浅、心胸狭隘的员工,根本不能担当大任。这样的结果也就是常说的"偷鸡不成反蚀一把米"。

还好牛总是一个正统的领导,所用套路基本上也是江湖常见的。

牛总说:"是啊,没有业务说话底气就不足,就像你们市场部,要是业绩上不去,始终在其他部门屁股后面晃荡,那我在总部老板面前也不好意思为兄弟们争取啊。但没业务怕什么?今年没有,明年就一定没有吗?再说谁一入行就能接到项目啊?你现在只是还没找到最好的工作方法罢了。"

"这点我也知道,没有业绩做支撑,再不满意又能怎么样呢?毕竟业务口子是要靠业绩来说话的,并不是看加了多少班,投了多少标,没有业绩对谁都说不过去。"这几句话说完后王小猛开始有点担心说得有点过了,可能会让牛总不快,赶紧又补充了一句,"哪家公司都是这样,否则赏罚不明,员工就不会有工作动力。"

还好,最后一句话让这位江湖头领很满意,他的脸上并没有明显的不快。

"我想,这半年多也不是没有收获,我学到了很多专业知识和工作技巧,这些积累对我明年的工作会有很大的帮助,我相信明年我一定能够做出成绩。"

"小王啊,你说得很对,厚积薄发。一定要对自己有信心,我觉得只要肯学肯干,量变早晚会到质变……"

"牛总,谢谢您的鼓励,年底您这么忙,放假回家要好好休息一下哦。"该表达的都表达完了,王小猛心想,是该到缓和气氛结束谈话的时候了,所以他立马刹车。

这次谈话的效果在几天后就显现了出来。奖金打卡的时候,王小猛的年终奖变成了5000元,也就是说,十分钟的谈话让他赚了2000元。当然,钱只是一方面,对王小猛来说,这是一个积极的信号,说明他在领导的眼中并不是一个可有可无的人,领导总算还愿意考虑他的感受。

对王小猛来说,这就足够了。

当然,打这以后,牛总对王小猛总是特别照顾,经常带他出差,安排一些事情给他做。

王小猛也是显得很听话。

过完年后,一些人走了,又来了一些人。

新面孔多了,王小猛的心里就逐渐滋生出一种老员工的情绪,说话口气开始变得有点老气横秋。偶尔也开始给扬威安排工作,指挥他做点事情。一开始,扬威还能按照他的要求去做那么一点点。后来,扬威对王小猛有了不满情绪,对他的话简直就是充耳不闻。有一次扬威直接对着王小猛说:"你和我是平级,以前帮你做事是看在朋友面子上,希望你以后不要用领导的口气对我说话,也别安排我做事。"

妈的,这小子当面这么说我,让我很下不来台啊!于是王小猛从此怨由心生。

当然,王小猛除了被反抗,也开始学着反抗别人。

不久,又要投一个标,他拿到招标图纸之后觉得投标要求简单,就自己花了一上午将投标文件做好了。谁知道苏倩倩回来后看到王小猛没有经过她的安排就直接做好了标书,就拉着俊脸讽刺说他现在有出息了,长了本事,能耐大了,没经过她的指导就独立地将工作完成。

王小猛联想到扬威对自己的态度,就心生不满,这下可好,现学现卖学起了扬威。跟着就毫不客气地对苏倩倩照搬了扬威和自己说过的话。当然王小猛知道苏倩倩这么说完全是想在他面前树立领导权威,并不是出于责任心。

估计苏倩倩也压根没想到王小猛会这样冲撞她,愣了愣神,接着柳眉倒竖,杏眼圆睁,掷铁饼一般把投标文件扔了出去。这突如其来的举动一下子让王小猛也愣了。他对苏倩倩的剧烈举动颇感意外。更意外的是,这女人又悄无声息地流下两行清泪。

奶奶的,这可如何是好,这可是在公共场合,在办公室众目睽睽之下啊。王小猛心乱如麻,不知所措。

苏倩倩的眼泪让王小猛异常尴尬,于是赶紧小声跟她道歉,说了一连串甜言蜜语。什么"自己是一时糊涂,年少无知,不会说话,不懂做事,有口无心,有心没肺,言语中冒犯了她请她多原谅,工作中无知轻狂请她多海涵"等一箩筐的话。可是无论怎样弥补,他跟苏倩倩之间的裂痕还是由此产生了。从那之后,苏倩倩开始有意识地冷落王小猛,刻意孤立他,还多次在领导面前说他千般不是万般不足。

虽然扬威大部分时间是在外偷懒,但没多久,扬威的确带回来一个项目信息:法国雪龙公司的一款最新跑车的底盘系统项目即将招标。项目的设计方是本市一家比较有名的机构设计公司,老总是姚西湖。姚西湖跟宋雪丽算是圈内相熟之人,因此当扬威向宋雪丽汇报这个情况的时候,宋雪丽就对扬威说了一句话:"这个项目可以养你一年。"随后,宋雪丽就安排苏倩倩带着扬威去拜访了这家设计公司的相关人员。

王小猛到公司的时间比扬威长。虽然这么长时间以来,他的工作量比扬威大,比他辛苦,但有道是"杂事无功"。他作为业务人员,虽然很忙很累但却没有任何业绩,这在任何公司都是致命的。坦白说,当扬威的这个信息反馈到公司的时候,给王小猛的内心带来了巨大的冲击,尤其宋雪丽对扬威说的那句话更是对他有深入骨髓的刺激,为此几次他都梦见扬威捧着大把的票子在自己的眼前炫耀。王小猛虽也想出去跑跑市场，找业务，赚了钱弄个房子住，但杂事做久了，很多事情就自然而然地落到了他的头上，躲也躲不掉，甚至看到事情他自己就想伸出手去把它做完而不是远远避开。

牛总是华欣在广州分公司的一把手，卢正龙是二把手，两位都是老板的亲信。据坊间传言，牛总是老板的远房亲戚，从老板组建这家公司创业伊始便跟着老板纵横江湖闯荡天下。

而卢正龙当年曾为老板坐过一年监狱。老板早年在某国营企业做厂长，后来不知是因为政治原因还是经济原因被迫避祸香港，卢正龙就替老板坐了一年监狱。当老板变成港商重返故里扯大旗创业时，念其忠诚，就将卢正龙形影不离地带在身边，荣辱与共。

牛总和卢正龙在公司里始终是貌合神离，暗中相互较劲。虽说是一个团队，两人却是各忙各的，互不打扰。渐渐地，公司里的明眼人就自然分成牛、卢两派。

基于平衡，出于稳定，老板不久就将华欣广州公司一分为二，卢正龙带着自己的兄弟搬到楼下另起炉灶。市场部也跟着一分为二，苏倩倩跟着卢正龙去了新公司，负责市场部的工作。

虽然业务分了家，但两家公司对外招投标仍用一个资质，一块牌子。

这样，原来的市场部就剩下王小猛和扬威两人在宋雪丽的领导下开展工作。

分开没几天，有一天中午，扬威从外回到公司，一脸愁容地坐在王小猛身边。看他欲言又止六神无主的样子，王小猛就关切地问他出了什么事情。

扬威犹豫了很久才说，他跟踪的那个项目招标文件已经发了出来，但他没有拿到。王小猛问他为什么，是不是公司的资质不够？扬威又犹豫了一会儿才说，招标文件和产品图纸被苏倩倩拿了过去，他们以公司名义去参与投标。

听他这么说，王小猛心情很复杂。一方面，王小猛其实不想看到扬威比自己先有成绩，毕竟在扬威面前他一直自认是老员工，更何况扬威还曾经顶撞过自己，无论于公于私他都不希望扬威比自己强。另一方面，王小猛也不想苏倩倩挖了扬威的墙脚。所以在一定程度上他很矛盾。

"你对这个项目抱有很大的期望吧？"

"你说呢？我辛辛苦苦跑来的信息，受了那么多罪，宋总也说有希望了。"

"既然这样，我有个主意，你看行不行？"王小猛对扬威说。

"你说。"

"我们重新找一家单位，挂靠他们去投这个标，跟苏倩倩他们竞争，但我们不告诉他们我们也参加了投标，这样的话我们就可以得到苏倩倩的报价，无论能不能中标，他们都是白忙，你不但不会有损失，还不会得罪苏倩倩，你说呢？"

"这样可以吗？"扬威一脸迷茫地问王小猛。

"我觉得这是两全其美的方法，关键看你自己，毕竟是你的项目。"王小猛一副事不关己但一切代他考虑的样子。

犹豫了一会儿，扬威还是同意了王小猛的建议。于是他们立刻行动起来，王小猛负责联系挂靠单位，单位联系好之后，他以挂靠单位的名义给招标单位负责人打电话说要去报名参与产品工程投标。

原以为这个事情顺理成章，结果令扬威失望的是对方根本不愿意再增加投标单位，也就是说他们这条路走不下去了。

　　挂了电话后,明显可以看出来扬威对苏倩倩的怨气加重了。而置身在外的王小猛判断,无论苏倩倩还是扬威,他们谁去参加投标都不可能中标。明摆着嘛,对方根本就是找单位陪标比价而已。不过王小猛没有把他的这个判断对扬威说出来,因为他怕扬威知道后承受不起这个打击。不过王小猛从扬威挂完电话起就一直在暗中观察着他的表情,看得出来,扬威此时的怒火已经渐渐地烧了起来。王小猛坚信,这怒火一定是对着苏倩倩去的。

　　以前扬威对自己的微言和尴尬,苏倩倩对他颐指气使及背后动小动作的情景在此时一件件地浮现在王小猛的眼前。瞬间里,王小猛心里一股杀气也随之升了起来。操,老子这次一定要在这火上浇点油,让它熊熊燃烧起来,烧死你两个王八。王小猛想利用这个事情做一点点文章来让他们两位尴尬一下。

　　虽然王小猛觉得自己不是个坏人,也不是背后使坏的人,可这次他做的事情至少连他自己都觉得自己是一个不大善良的人。

　　第二天上午,扬威仍旧像往常一样没有去公司报到。8 点钟,王小猛还在班车上迷迷糊糊地补觉,扬威给他打电话,说自己上午直接去客户那里,完事之后再回公司,让王小猛在领导问起他的时候帮他解释一下。

　　谁知道上班没多久,宋雪丽就端着咖啡走到王小猛那儿,问他扬威去了哪里。王小猛告诉她扬威约了客户,可能中午到公司。宋雪丽轻声哦了一声,接着就在王小猛身边坐下,颇为恼怒地对他说,扬威被牛总开了,让他通知扬威上午到公司去办手续。

　　尽管王小猛以前总觉得是员工炒公司,可自从他被赶出电视台,王跳跳被逼出单位那一刻起,对员工被公司开也渐渐习以为常了。所以,宋雪丽的信息让王小猛真正从内心感到失业的压力又一次在身边徘徊,时时刻刻都有可能发生,当然对于他曾经发誓攒钱买个房子的想法更是只能有头无尾了。

扬威接到王小猛的电话后很快就到了公司。其实王小猛在电话里也没有说是公司辞退他,只是说宋雪丽有事找他。

就在扬威从宋雪丽的办公室神情落寞地走出来时,王小猛依然还装作一副毫不知情的样子,关切地问他宋雪丽找他何事。

"我被公司开了。"扬威说完后笑了一下,不过这个笑显得很机械。以前王小猛听骡子说过小姐的微笑很机械,他幻想不来是什么样子。现在想想,无非就是扬威的这个样子。

看到扬威这样,王小猛一时不知道说什么好,只是在他的肩头轻轻地拍了拍以表节哀顺变。

扬威没有在公司吃午饭,办完手续后就走了。走的时候王小猛一直送他到公交站台。在扬威临上车前,王小猛就像当初告别林苒苒时一样拥了最后一抱,还说了一句很深情的话:"兄弟,在公司我们不一定成为朋友,你离开后我们可能是好朋友。"然后公交车就关门启动了,当然王小猛也不知道扬威去了哪里。

扬威走后,市场部就只剩下王小猛一个人在宋雪丽的领导下工作。坦白说,在宋雪丽手下工作让王小猛精神上的紧张大大胜过肉体上的疲劳,大脑神经时刻绷得紧紧的。宋雪丽的脾气实在太差,脏话粗口不断,稍不如她意就破口大骂。不过接触深了王小猛却发现,不可否认,宋雪丽虽然个人素质和修养有点问题,但能力的确相当出众,她对事情的分析能力、判断能力、公关能力等在王小猛所接触过的人当中无人能及。

扬威走了之后没多久,宋雪丽又招来一个女生。这个女生待了一个星期就走了。因为这一个星期的时间她只是坐在市场部,无所事事。宋雪丽是神龙见首不见尾，三天两头见不着人影。偶尔到了公司也不跟她说句话，更别说安排她去做事。这姑娘忍受不了这样的冷落，于是辞职走人了。

不过没过多久，在华欣公司的第一次机遇出现在了王小猛的面前。

广汽集团下属的一个公司提出改进一款新车的 ABS 系统。而这个公司的总经理史一刚正是王小猛他们集团副总裁沈京兵的好友，通过沈京兵的牵线搭桥，这个项目的设计和生产代工极有可能包给他们公司。

在一个周五的上午，史一刚带着局里和开发公司一大帮头头脑脑到王小猛他们公司进行考察。牛总和宋雪丽还有沈京兵三人一起接待了这个考察团，沈京兵也为此专门从深厦赶到广州。全部考察工作结束后，三人又陪着宾客在公司的定点饭店吃了一顿。

等客人离去，牛总接到沈京兵的电话，说史一刚那里没有问题，唯一有点遗憾的是局里个别领导对分公司的电子控制技术实力和做过的项目不十分满意。当然，这所谓的不满意可能是为以后某些不见天日的操作打伏笔。沈京兵要王小猛他们不可马虎，密切跟踪项目的进展，有案情及时汇报。

过了大概半个月的样子，宋雪丽喊王小猛去她办公室，说这个项目的电子报警系统报价已经发了招标文件，要他去史一刚那里取回来。

从那家公司办公室的外观上可以清晰地看到国营企业的一些痕迹：墙壁上绿漆刷至及腰，这点极像一个公厕的典型标志。木制地板木制楼梯，行走其间，吱吱呀呀一片响声。办公区的墙壁虽然用油漆刷过，但还是有大片脱落的面层，看起来斑驳陈旧。

史一刚正在办公室等着王小猛。

把招标文件交给王小猛的时候史一刚跟他说："回去后告诉你们宋总，你们要充分重视这个方案，这个方案的成败事关以后整个控制系统投标的归属。"

回到公司后，王小猛将招标文件给了宋雪丽，把史一刚交代的话又跟她复述了一遍。正要出门，宋雪丽让王小猛留下来，接着告诉他，这个项目的设计投标由他跟杜子腾配合，无论怎样，务必将设计先拿下。

杜子腾这人王小猛之前见过，年龄跟他相同，先他两年进华欣，一直在搞工程，后来跳槽的。其人五短身材，白白净净，眼小灵动，架一副金丝眼镜，一头自来卷的短发，综合看起来也还算顺眼。杜子腾的口才相当出众，头脑精明、思维敏捷、办事果敢，当然，这些特点一是听苏倩倩口述，二是在和他不多的几次交往过程中观察出来的。

杜子腾在跳槽之前也在市场部干过一段时间，不过连头加尾一共待了三个月时间。在王小猛来广州的前一个礼拜他就辞职走了，而现在他们所用的一些宣传资料就是当初杜子腾所编制出来的。

人其实就是这样，习惯于对比。当别人说杜子腾如何如何优秀的时候王小猛总觉得别人是在间接地说他不优秀。而且，王小猛自己也觉得杜子腾确实也很优秀，自己的能力与之相比有很大差距，于是一种自惭形秽的自卑心理渐渐地滋生于心。

当着王小猛的面，宋雪丽给杜子腾打了一个电话。在电话里，宋雪丽就开着玩笑把杜子腾臭骂了一顿，言语粗俗至极。王小猛听得出来，二人相谈甚欢。挂电话前，宋雪丽要杜子腾立刻赶过来。随后，宋雪丽把王小猛的号码给了杜子腾，要他到公司之后跟王小猛联系。

收线后，宋雪丽对王小猛嘱咐道："杜子腾脑袋瓜子够用，你有时间要跟他好好学学。"

宋雪丽最后交代的这一句话好像针一样刺疼了王小猛的心。

其实杜子腾自己并不会做 ABS 设计，他接到这个项目之后就将图纸和甲方的要求一并发到深厦他的大学同学那里,由他同学来做设计,做完之后再将方案发回广州。

这一天,宋雪丽在电话里十分恼火地把王小猛叫去办公室。进办公室的时候王小猛心里打鼓,不知道做错了什么事情。

在办公桌前刚打算坐下,宋雪丽就一脸怒气地说:"别坐了你,赶紧通知杜子腾,你们马上去史一刚那里参加述标,一大帮人就在等我们公司一家了!也不知道你们是怎么跟踪这个项目的!不知道你们这些人整天都在忙些什么玩意儿!"

王小猛一听到满屋子人在等他们,就慌了。出来之后赶紧给杜子腾去了电话,又添油加醋地描绘了一通,然后拎着包就一路小跑下楼,拦了辆出租车就往市区赶。

王小猛刚到没几分钟,杜子腾也带着设计方案说明书和几张原理图打车到了那家公司楼下。他们俩来不及寒暄就匆匆忙忙地往楼上冲。刚到大门,就看到史一刚拿着电话满脸不快地等在通道里。见他们到了,史一刚把电话收了起来,阴沉着脸嘟囔了一句:"就你们这样,能做什么事情啊?"

看着史一刚的表情,王小猛跟杜子腾面面相觑,不敢多言。

"你们俩跟我进来吧,过会儿好好说。"说完史一刚就转身进门,王小猛跟杜子腾跟着进了会议室。

会议室大概坐了十多个领导,围成一个半圆形,有的在聊天,有的在抽烟,有的在品茶。

史一刚领着王小猛进去之后首先将他们介绍了一下,然后转过脸问王小猛:"你们俩谁来做方案说明。"

"我来吧。"杜子腾接过话。

说完后杜子腾走上台,把图纸在展板上依次摆好,回过头对台下领导说:"很抱歉让诸位领导久等了,现在由我代表华欣集团驻广州公司给各位领导做这个 ABS 改进项目的设计方案汇报。"

　　王小猛坐在后排暗暗观察,他发现形势很不妙,心想看来这次迟到让他们在未交手之前就已经输了三分。

　　从杜子腾站在台上一直到快讲完设计方案,王小猛发现除了史一刚之外好像没几个人在意他们和他们带来的方案。很明显,有的人已经想着中午在哪里吃饭以及吃完饭之后的活动了。

　　杜子腾花了二十多分钟对方案作了大概的介绍之后,眼看着就无话可说,得匆匆收场了,这时候救兵站了出来。史一刚不愧是国营企业的老总,说话的火候和分寸拿捏得十分到位。

　　"就我个人观点而言,这个方案整体做得不错,跟之前的几个方案有区别。"史一刚首先将自己的观点表明了出来。

　　"但我提两点,方案中用的进口传感器,以后的维护成本上会不会很高？可以在保证质量的前提下考虑一下现在国产传感器的技术能不能达到要求？以便降低采购成本。"

　　杜子腾这时开始发挥他的专业优势和出色口才。顺着史一刚的提问他在如何维护国家自主产权利益、今后售后的维护成本、传感控制在整个方案中的分量以及对整个系统在缩短制动反应时间的同时改进制动和操纵的稳定性,实现了更平稳、更迅速的转向控制等几个方面做了简单明了且不容置疑的解说。

　　随后,又有一位评委领导在某个方面提出疑问,杜子腾刚解释完,接着又一位站了出来。这样一来,形势就变了,这位领导问了问题,那位领导自然也不甘落后,跟着就会做同样的表示,于是七嘴八舌,你一言我一语,会场气氛很快活跃起来。

而史一刚这时候就不再提问，偶尔穿插其中说几句话穿针引线、调节节奏而已。

因为有了台上台下的互动，杜子腾也是兴致大增谈兴大发思路大开思维大胆，只见他口沫横飞面若桃花脑门发亮两眼放光引经据典纵论中外，说得评委频频点头赞许。

原本打算只给他们半小时述标的时间，最后一直说了近两个小时，很显然，他们这次的方案说明已经取得了决定性的成功。

中午，杜子腾请王小猛他们在东山广场吃了顿肯德基，算是庆祝。

在各方面的努力还有杜子腾出色的临场发挥下，最后选定了他们的设计方案中标。接下来就是合同谈判部分，没想到这次的合同谈判让原本对王小猛印象不错的史一刚开始反感他，甚至很大程度上影响到了今后的系统投标。

大概一个星期之后，史一刚打电话给王小猛，通知说他们设计方案中标，要公司派人过去谈合同。那时候宋雪丽刚好跟沈副总裁还有牛总他们一起去了香港出差，牛总就安排王小猛去谈合同。临走前王小猛还特意发短信给宋雪丽问她设计费怎么定，宋雪丽看完短信后说让王小猛自己斟酌，看情况定。

王小猛心里没底，不知如何去谈。正踌躇的时候，杜子腾给他来了电话，询问他设计合同的事情，王小猛把史一刚约他第二天去谈合同和宋雪丽跟他说的话对他如实相告。

杜子腾听说公司对设计费没有定调子很是着急，就在电话里说了一句："不管谈多少，反正必须给我 20 万的设计费！"电话挂了没几分钟，杜子腾又打电话告诉王小猛，"兄弟，我觉得我们晚上还是见个面谈下，明天谈判很重要，我们需要商量一下。"

晚上，王小猛和杜子滕在中山路的西提岛咖啡见了面。

寒暄完毕，切入正题，杜子腾再一次重复了自己的要求，就是他的设计费20万不能少。

"要是对方只愿意给我们10万呢?"王小猛问。

"那你们公司垫10万。"杜子腾笑嘻嘻地回答。

"那要是30万呢?"王小猛盯着他。

"所以，这是我今晚跟你谈的第一个问题。"杜子腾收敛笑容。

"什么问题?"

"我跟你说句交心话，20万，这是我的底线，我告诉你是因为把你当做我的兄弟，但你不要把我的底线告诉你们公司。如果一切顺利，多出来的钱我们分，我指的是我们俩你懂吗? 首先跟你们公司把多出来的钱争取过来，你我兄弟之间二一添作五。"杜子腾用一种很替王小猛考虑的神情对他说。

杜子腾说完这句话后，他和王小猛的谈话在这个时候沉默了一会儿。

"行了兄弟，先不谈这个，我们商量下怎么跟史一刚去谈价格。"坦白说，王小猛更想从杜子腾这里能得到一点关于谈判的方法和技巧，至于分赃，他还没想那么多，而且他觉得不可能谈那么多。史一刚又没脑痴，就一个ABS项目还是改进设计，给他们那么多设计费? 就算不是他自己的钱，他敢顶风作案擅自乱花? 不过回头又想了一下，他觉得天上也有可能会掉个馅饼砸脑袋上。所以，王小猛对杜子腾的话没有任何正面表态，既没说行也没说不行。

"那好，我们分析一下从哪几个方面谈。"说完杜子腾就从包里拿出笔和本子。

　　两个人就这样一直讨论了近三个小时，想象着第二天谈判时可能出现的唇枪舌剑。

　　商业谈判好比是侠客比武，对方出招我接招，我出招对方拆招。要想攻擂成功，必须把一招一式全部考虑了进来并做对应部署。

　　杜子腾将这次可能的比武招式记录了整整三页纸，然后撕下来笑呵呵地递给王小猛对他说："三页纸，几十万，望你老人家要回去仔细领悟为善！"

　　就在王小猛虔诚地坐在杜子腾对面的时候，电话响了，王小猛接起来一看，是牛总打来的。

　　牛总在电话里告诉王小猛，要他把手中的项目交给杜子腾去办，让王小猛赶紧连夜去深厦总部。说调回"内部咨询部"有新的安排。

　　这突如其来的安排，王小猛显然有些难以接受，本来接手的这个项目已经快要有个结果了啊！

　　怎么每到最关键的时候就会这样？这到底是怎么回事儿啊？

　　他越想越憋屈！

　　王小猛以前总以为，小鸟飞不过沧海是因为它没有飞过沧海的勇气，到今天他才明白，原来根本不是小鸟没勇气，而是沧海的那头没有了等待。自己念了十几年书，最后发现还是幼儿园比较好混！他多想有一天醒来睁开眼，就算自己坐在小学教室的课桌椅上，老师掷来的粉笔头正好打在额头上也好。可这一切他每次都只是在睡梦中才敢想。妈妈用了20多年让他从一个婴儿变成男人，而现实却只用了两年时间就让他变成了白痴！

第九章
寻找合租房

他没办法否认自己是男人，而且一般来说抚摸美女的乳房真是一种享受，所以王小猛打意识里就没有想过要离开。

就这样，王小猛再次从广州辗转又到了深厦。

走出深厦火车站，王小猛的第一任务是要给自己找房，而且还要找合租的，因为合租的便宜。虽然单位公寓的宿舍上次来广州前还保留着，但王小猛这次不愿意去住，因为毕竟上次是从那伤心地出来的，在没有混个人样前他不好意思再进去。再说了，通过上次的事情，王小猛现在也终于知道有个自己的窝是多么重要的事情了，所以这次他是下决心要租个房的。

走过车站广场，穿过熙熙攘攘的人群，王小猛扛着个大箱子走进了火车站附近的网吧，他计划在网上找房子。

交钱开机，王小猛一气呵成。坐在电脑前手里握着鼠标，网页不停地翻转，可是一直没有他满意的地方。

就在王小猛失望得快要透顶的时候，忽然被一条合租请求吸引："女，23 岁，自由职业，愿找老实本分的房客合租，男女不限，中介免谈！电话：1507356 × × × ×。"

这条合租信息简单明快,而且又是个年轻的女性,这对午夜时分依然流浪在街头的王小猛无疑是一种致命的吸引,他马上就拿出手机拨了那个电话。电话很快接通,竟然是移动小秘书,王小猛郁闷得差点骂娘!

王小猛最终还是忍了。他想,算了吧! 现在自己最需要的是忍耐,就当是一次实践吧。接着寻找其他信息,24 点 05 分,对,是 24 点 05 分,林苒苒就是在两年前的这个时候单方面宣布退出他们的婚姻战场。王小猛当然记得这个时间,因为这个时间改变了他的生活,他怎么会忘记?

"喂,您好,是您打电话吗?"一个女孩的声音。

"哦,是我,您好,我想租房。"

"哦,不好意思刚才手机没电了,我刚换的电池。呵呵,真快啊,我下午刚发的,现在就有回应了。"

"是啊,网络就是快啊!"

"我这边就两间房啊,一间我和我朋友,是和我女朋友住,另外一间我准备出租,一个月 1200 元你接受得了吗?"

"1200 元啊!"

"怎么,嫌贵啊,那算了吧。"

不知道哪来的劲,王小猛忙说:"不不不,我租,我租! 什么时候看房?"

"哦,呵呵,一会儿吧,你来苏荷找我,知道在哪儿吗?"

"不知道,不好意思。"

"没事,在东城区杜家胡同。来了,电我。"

"好,我一会儿过去!"

王小猛其实不知道杜家胡同在哪儿,只是含糊地答应。他走出网吧,拉着他那个大箱子,一边走一边问。他不想打车,毕竟打车也得几十元啊,少说也能买一块地板砖。他索性一边走一边打听。还好,不是特别远,但是他手里的那个大箱子真是重死了,到了那里他才知道,苏荷原来是酒吧。孤陋寡闻了,王小猛在心里笑自己。

苏荷在杜家胡同的对面,王小猛踉踉跄跄地走了进去。别人都用异样的眼光看他,因为半夜里带着个拉杆箱去酒吧的,也许王小猛是第一个。

"必须存包!"保安指着王小猛恶狠狠地说。

真是可恶,不让进。可是王小猛已经是上眼皮搭着下眼皮了。

"笑话,我是找人啊!"他试图在反抗。

"找人也不行。"

没办法,王小猛只好听话了。

在存包小姐惊讶的目光下存了箱子,王小猛拿过存包牌走进喧闹的酒吧。

真是灯红酒绿啊,已经是晚上12点多了,可是还有很多人。一般深厦的酒吧十一二点以后才真正有人啊,这就是这个城市的特色!

进去后,王小猛找到一个不是很吵闹的地方给那个女孩打电话,可是打通了就是没有人接听。王小猛很着急,一遍一遍地打,还是没有人接。

"真他妈服了,刚才怎么说还有个小秘书,现在却不接电话,什么毛病啊?"尽管他有点郁闷,不过还是一遍一遍地打。王小猛这人干事情就是比较执著,总喜欢一条道走到底再转弯,再有就是他还不想睡马路。王小猛一遍又一遍地打,自己的手机都发烫了,可就是死活没人接。

王小猛无奈之下只好走出酒吧,这回他没有拿箱子,因为它太沉了。

站在马路边上,王小猛开始怀疑起自己的智商,真的有病,带这么多东西干吗?郁闷!因为他不怎么喜欢酒吧的氛围,所以出来透透气。不过他的手一直摆弄着电话,因为怕那女孩打过来自己没有接到。

一直到快一点的时候还是没有,王小猛这下真是绝望了。

"不是忽悠我吧?"看着对面十字路口闪烁的红绿灯,王小猛郁闷得实在受不了了,他决定走进酒吧取回箱子一走了之。可当他进入酒吧的时候,一首熟悉的音乐吸引了他,那是迈克尔·杰克逊的《黑与白》,他的音乐陪伴了王小猛整整一个时代! 不光是这首音乐,更重要的是舞台上有个人正在模仿着迈克尔,边跳边唱。天啊,如果不是早知道迈克尔已经死了,也许王小猛还真以为是他呢!

一曲终了,台上人摘下帽子,竟然是个短发女孩。所有的灯光都打在她的身上,欢呼声,鼓掌声此起彼伏。这个女孩真的好美,虽然是短发,但更衬托出她的美。她大约一米六五的个头,白嫩柔美的脸蛋和那两个甜甜的小酒窝,这一切瞬间让王小猛的睡意全无。

紧接着那女孩又唱了一首女孩的歌,至于歌名是什么王小猛早就记不得了,只记得她那独有的美。王小猛已经被她那特有的美而陶醉,忘记取箱子的事儿了!

等王小猛清醒过来的时候,那个女孩已经下台,换了穿着比基尼的妖艳舞娘开始跳富有激情的街舞。对此王小猛并不感兴趣。因为多少他还把自己当做半个文人书生。

王小猛取了箱子,默默地走出了苏荷。

谁知他刚从酒吧门口出来,电话就响了。王小猛紧张地接听了电话,是个女孩。听到小秘书变小美女的声音,王小猛激动得差点把电话掉在地上,至于为什么这么紧张,就连王小猛自己也一直没想明白!

"不好意思,不好意思,刚才我在演出,没有听见电话! 实在不好意思!"

王小猛愣了一下,连忙说:"没关系,没关系,我在苏荷门口了。"

"哦,你在门口的公交车站等我吧,我马上过来了,我戴蓝色的帽子,你呢?"

"哦,我白色T恤,拉个大箱子,呵呵。"

"我看见你了。你等一会儿吧。"

果然是一会儿,一阵凉风拂过的空当那女孩就已经站在了王小猛面前。

上帝真会开玩笑,还果真是那个唱迈克尔歌曲的女孩,她穿着简单的西服套装戴蓝色的小礼帽,没了妖艳,却多了几分纯朴的美。

"对了,你叫什么名字?"

"我叫王小猛。你呢?"

"叫我'迈克'吧,因为我喜欢迈克尔,又有些男性化,所以大家就都叫我'迈克'。哈哈,有意思吧!"

"呵呵。这样啊。还真是有点意思!"王小猛和女孩说着打了辆车直接去了女孩租房子的地方。

一路上他们没有说话,女孩坐在前排一直看着窗外,王小猛则默默地看着她的背影。

王小猛一路上一直没想明白,很多男的想变性,是为了追求美成为美女,可这位美女让自己男性化究竟是为了什么呢?

到了目的地后,王小猛主动付了车钱,他心想:毕竟自己是男人,就算再穷也不能让女孩付账。

王小猛随着女孩一口气爬上六楼,到后面几层的时候他已经气喘吁吁了。虽然女孩中途有几次主动提出要帮他提箱子,但是他没让。王小猛不想累着她,真的不想,他觉得体力活是男人应该干的。他想的只是希望多看她一眼。嘿嘿,色心难改啊!

这是个单身公寓,是两房一厅的小房子,不过所谓的"厅"真的受之有愧啊,与其说是"厅"还不如说是个过道!可是王小猛想起以前自己在北京五里店住的房子也不大,就能放一张床而已,他清楚记得当初因为和林苒苒动作大了还让他从床上掉下去了好几次!

就在王小猛触景生情的时候,女孩把包放在床头上说:"先交一个月房租吧,然后交我 500 元押金,怎么样,一共 1700 元!"

"哦。"王小猛被拉回了现实。

"我和我朋友住那个大的,呵呵,我们是两个人嘛。另外我收费很合理啊,你还犹豫是吗?怎么不说话啊?"

王小猛心里咯噔了一下,最后还是笑着说:"好好好,合理,合理,我给你钱。"

于是把全身的积蓄掏出来数了 1700 元给女孩,其实他每数一张都似乎在刮自己的一张皮。

女孩接过钱,顺手从包里拿出笔说要给王小猛打个收条,可左找右找就是找不到纸,最后还是在王小猛的建议下撕了片卫生纸写了个收条和押金条。"我先冲澡了,明天要早起。"女孩说完就进了厕所。

"好,我收拾一下也睡了。"

其实王小猛真有些莫名其妙,自己怎么这么快就给了她钱?怎么又这么快就入住了?她连自己的身份证都不看,万一自己是在逃犯呢?唉,真是女孩子啊,阅历毕竟不行……

王小猛纠缠着这些已经不是问题的问题傻傻地坐着,他已经没有任何心情去收拾那个箱子了。坐在狭小的过道里,手里胡乱拨弄着电视频道,听着卫生间潺潺的水声,脑子里全是那个女孩舞动的身影,尽管是模糊的,但这种模糊印象使他的某个部位变得很激动,而且还似乎在不停地挣扎。

虽说这个夜晚有点悸动,可王小猛总算是安顿下来了。

　　第二天上班就直接到了"内部咨询部"。

　　王小猛心想:为了便于和新同事相处,工作的第一天一定要表现好一些,所以他把牛总给他从网上传来的资料仔仔细细看了个透。中午和办公室同事一起去吃午饭,下午和另外一个业务员去了解了一下部门情况,这就是王小猛进入新部门第一天的工作。内部咨询部和信息部是隔壁,可是他一直没有看见叶珊。她在忙什么啊?中午吃饭也没有看见她,王小猛是想她,想再次看见貌美如花的她。

　　呵呵,也许这就是自己当初接到通知后毫不犹豫回来上班的目的吧。女人!真正有品位的女人,王小猛想……

　　下班的时候,王小猛迷迷糊糊地走出公司,还不时往叶珊的办公室的方向看,可看见的却是紧闭的门。这时突然有人拍了他一下,王小猛回头一看,是"钞票男"。他色迷迷地看看叶珊办公室的方向,转过头来对王小猛说:"兄弟,有想法了吧?"

　　"什么啊?哪跟哪啊?"

　　"你小子别装,都是男人,再者有人上次已经跟我说了您的劣行啦,不过哥哥还是告诉你打消这个念头吧。这个女人是不能惹的!"

　　"哦?"

　　"你小子真的是的。走,请你吃饭,然后跟你聊聊,就算给你接风了。"没等王小猛说话就拉着他向停车场走去。

　　"钞票男"居然搞了个丰田的凯美瑞。王小猛是羡慕,但他不喜欢日本车,更是抵制日货的积极分子。

　　王小猛可能真的病了,他冷冷地说:"日本车啊!烂球货。"

　　"是啊,怎么?""钞票男"用怪异的眼光看了王小猛半天,然后傻笑着

163

说,"傻小子,你还抵制日货啊?"

"是不喜欢!"

"得了吧,你别病了,告诉你,在深厦你可别瞎犯病,日本人日本货到处都是。哈哈,上车。"

"钞票男"一边走一边说:"来这边就应该接受这边的文化,别那么爱国! 这些企业很多都是日本鬼子家的。改天再请你吃早茶,今天先将就下。"他说着指了指对面的一家茶餐厅。

这天,他们都没有喝酒,王小猛更不抽烟,不过"钞票男"这家伙成了个十足的烟鬼,不到十分钟就抽了三根烟。

他们边吃饭边聊,聊了很多,但是话题没有离开女人,当然最后还是绕到叶珊的身上。

原来"钞票男"和叶珊是同时来到这家公司的,可叶珊升得比他快。"因为什么? 除了美貌、胸大还能有什么呢? 这个女人很受老板喜欢,可就是老板娘管得严。自从这个女人来了后老板娘三天两头来公司,所以她没有发展成二奶却成了老板娘的干妹妹,你说厉害。""钞票男"有点激动,接着说,"自从她来到公司以后,几乎全公司的男人都想把她弄到手,弄上床,可是没有一个得逞的,其中自然也包括部长!"

没有喝酒自然也不是酒话了,可这信息是值得信任的吗? 王小猛很矛盾。但是通过"钞票男"这么一说,王小猛还真有把她再次弄上床的冲动。

王小猛和"钞票男"聊得很投机,当然男人之间聊女人没有不投机的。

还好"钞票男"晚上有约,要不估计真是没完没了了。他只要是女人约,场场必应。因为深厦是夜生活丰富的地方,晚饭只是一部分,12点后才是活动开始,所以"钞票男"在12点刚过就先走了。

吃完饭,王小猛一个人走在路上,突然想起来自己没有钥匙,就赶紧给迈克打电话："喂,迈克,我是王小猛,你在哪儿呢?"

"我和女朋友逛街呢。你晚点去苏荷找我吧。"说完就挂了电话。

"这个女孩真有意思。"王小猛想起女孩强调的那句"女朋友"。

王小猛忽然想起来以前叶珊说过自己有一个朋友是销售红酒给酒吧的啊!

"苏荷不就是潜在的客户吗?真是的,我都忘了,正好可以借此机会和她再次联系上。对,就这主意,让迈克帮忙。"王小猛突然有了门路。

不知道在街上遛了多长时间,王小猛估计差不多了就坐公交车去苏荷。

这次很容易就找到了迈克,王小猛马上把自己的想法告诉她,女孩看着王小猛哈哈大笑说:"你真会做生意啊,都找我头上了。没关系,就冲你租我的房子,我帮你了。"

如同做梦一般,王小猛拿到了一张意外的订单,不过迈克真不是吹的,虽然只有十箱酒,但是说明她在苏荷的话语权!

她笑着说:"怎么样,我帮了你,你也得帮我。"

"没问题,愿意效劳。"

"好,你去陪我朋友,一会儿我就要演出了,她没有人陪,呵呵。"

"好的。"

然后她就把王小猛带到她朋友的面前,这一次王小猛可是真的惊呆了,王小猛压根没有想到会在这个地方见到比迈克更美的美女!

迈克说这是她的朋友,是跟她一起住的朋友,是女朋友。当然这句话已经强调了多次了,王小猛当然明白她一直强调的意义。

不过自己既然会和两个大美女合租一套房子,桃花运注定就该来了。这样的两个美女,无论最后自己被哪个消费了都值啊。王小猛想到这里大脑又开始胡思乱想了,当然随之身体的某个部位就又开始激动了。

回到出租屋的这一夜,王小猛彻底失眠了,混乱的头脑,混杂的思绪,使他无法入睡,他不知道如何使自己进入睡眠状态。他在想女人,短短的几天连见两个美女,他真的不知道是梦还是现实。也许是太久没有和女人在一起,内心出现了各种想法,甚至幻想。

王小猛看着窗外,直到太阳升起。他不想再睡,轻轻地来到卫生间,洗漱完毕,然后轻轻地离开。他不想吵醒那两个女孩。

王小猛来到公司,才7点,但是他没有食欲,竟然在公司楼下待到上班。

进入公司迎接他的是"钞票男"张大的嘴和目瞪口呆的表情,王小猛苦笑了一下没有说话。他却马上反应过来说:"你小子昨天干什么了,成熊猫眼了。"

"呵呵,我失眠了。"

"你……你失眠了,哈哈,想女人想疯了吧。赶紧再洗洗脸,精神精神,一会儿你们还要开会呢。"

是啊!王小猛的确应该清醒一下了,他点点头就直奔洗手间,以前是无论何时何地,天崩地裂都能吃得饱睡得香的主,从来没有失眠的纪录,可是就在昨天他失眠了,的确因为女人,"钞票男"没有说错。

王小猛洗完脸就参加例会,一直到结束,终于看见叶珊出现。然后就跟着叶珊进了她的办公室。王小猛没有糊涂,恰恰相反他很精神,因为他看见了自己想见的女人。

通过"钞票男"得知,叶珊在王小猛走后第三天就升成了信息部部长。

叶珊很快就发现王小猛跟了进来:"找我有事?"

她似乎一夜之间就失去了以前的温柔,变得高傲与盛气凌人。不过王小猛喜欢,他喜欢这种高高在上的女人。对于王小猛来说,这样更有吸引力和征服感,是他最喜欢的猎取对象。

　　王小猛连忙说:"我昨天谈了个红酒订单,你上次不是说过你有个朋友找你帮忙吗? 所以想问问您什么意见,顺便学学红酒销售的流程。"

　　"哦? 你谈了订单了,不错。不过这是上班时间,你不应该谈私人的事情,就这一次,下次不要问我这么笨的问题了。"

　　于是她真的给王小猛讲解了红酒销售的全部流程,而且是一上午,王小猛真是受宠若惊啊!

　　更让王小猛想不到的是她最后说:"为了你更好了解这些东西,下午和我去见见那个朋友吧! 会开车吗?"

　　"会!"还好王小猛毕业那年就拿了驾照。

　　"好,你开车。"

　　王小猛兴奋地离开叶珊的办公室,换回的却是"钞票男"异样的眼光。不过王小猛没有理他,做起自己的事来。

　　当王小猛和叶珊一起离开办公室,上了她那辆红色奥迪的时候收到"钞票男"的短信:你小子明天向我交代!

　　王小猛只回了"呵呵"两个字。

　　王小猛和叶珊来到深南大道上的一座高档写字楼,就在招商银行大厦旁边。原来不是去见什么红酒销售的朋友,而是去见一个采购的客户。更糟的是这人是个不要脸的老色鬼,自从他们与他谈话开始,他的眼神就没有离开过叶珊的胸部。

　　最后那人邀请他们吃午饭,当然是签好订单的前提下。

　　席间那老色男不时地给叶珊敬酒,还有意无意地碰碰叶珊的手和胸,王小猛肺都要气炸了。

叶珊开始还客气地回应着，最后真的不行了，王小猛就把酒拦了过去，老家伙虽有些不太愿意但是没有办法。吃完饭他还说去 KTV，结果被王小猛拒绝了，当时老色鬼简直就想吃了他。

王小猛开车送叶珊回家，她新买的房在南山区。在车上她没有说话，一直闭目养神，看来是喝多了。王小猛不时偷眼去看她，她的脸红扑扑的，更增添了几分美艳。王小猛突然有点忍不住想吻她。可最后还是忍住了，其一是因为在车上危险，其二是她估计早已为别人妇。

进了叶珊家的小区，王小猛停好车想陪她上去，叶珊摆摆手说："不用了，你开车回去吧，明天来接我。记住以后我们出去你不能喝酒，我们俩必须有一个人要保持清醒！"

说完她就往楼栋走，但是一个踉跄差点摔倒，王小猛连忙扶住了她。王小猛左手扶住她的左肩，右手却不小心扶住了她的右乳。

不过王小猛这次向天发誓，虽然这东西是他梦寐以求的，而且是那么富有弹性，可是他绝对不是故意的，只是一时情急，为了救她于踉跄之间。

"还是我送你上去吧。"王小猛说。

王小猛看叶珊点点头没有说话，索性就这样扶着她走。虽然左手换了个能用力的位置与姿势，但是他的右手始终没有离开她的右乳，这次他承认是故意的。因为他没办法否认自己是男人，意识里就没有想过要离开。

叶珊住 10 楼，王小猛送她到门口。也许是酒的作用，他居然低下头吻上了她的唇，她的唇是那么的性感，那么让他兴奋。

可是仅几秒钟，叶珊就奋力地推开了他，王小猛这个时候没有丝毫的防备，硬生生倒在了地上。

"你们男人没有一个好东西！"

叶珊推开王小猛,拿出钥匙开了房门,进去后重重地把门摔上。王小猛在地上愣愣地坐了很长时间,最后才站起来,迷迷糊糊地开车回家。这回他更乱了,一路上脑子全都是空白。

　　回到楼下把车停好,摸了摸身上的口袋发现迈克还没有给他钥匙,而且他还没有买床上用品。王小猛想不明白究竟这是怎么了? 脑子里就像被掏空了一样。

　　于是他碰运气地敲了敲房门,幸运的是门开了,开门的是那位王小猛之前在酒吧见过的美女。王小猛吓了一跳,他看见她只穿了件粉色吊带丝绸睡裙。王小猛跟着她进屋,愣愣地看着她。

　　那女的脸一红说:"你喝酒了,是吗?"

　　"哦……哦……对,今天和客户吃饭,喝了一点。你没去苏荷?"

　　"没有,我累了,以前天天陪她,现在不想去了,在家看电视挺好。你去洗个澡吧,看来你喝了不少!"

　　王小猛没有多想,就去洗手间冲凉,因为他不能多想,他怕自己把持不住。

第十章
寄给父亲的忏悔信

王小猛和每一个80后一样，刚离开校园时也怀揣着一个捂得滚烫的梦。可是在踏出那扇门之后才发觉那个灿烂的梦想被现实给无情地冻僵了。

爸：

您好！

昨天您问我存了多少钱，我说存了有8000多。您有点不高兴，说工作都几年了，3200元一个月，怎么也得存上10万了吧？

我没敢出声。爸，我是真的不敢说，其实我现在卡里只有500元不到，上月欠的100元水电费过几天肯定就要交了，桌上只有几袋方便面，唯一拿得出台面的估计就是我之前买的一台电脑。爸，您肯定又要骂我乱花钱，可您也知道，我从小就喜欢写文章，这电脑是我为了方便写文章实在忍不住才花钱买的。

爸，我对不住您，我不该撒谎。上次妈在电话里问我多少钱一月，我随口就说了个3200元，其实我的工资只有1500元，而且早就不在中央电视台了，是在一家公司打杂。后来妈妈告诉我，说您觉得我3200元的工资还是低了点，您搞建筑一天都有一百多了，我是个本科生而且还经常上电视起码应该拿五六千。爸，我真对不住您，让您失望了，我会努力的。

前段时间您总问我过年回家不，还说回来一定要把苒苒带着。我一直说不知道，得看看，春节加班的话就不回来了。其实，爸，公司春节根本就不加班，我是实在不敢回来。我算了一笔账，年底拿到工资，交了房租，春运回家的车费就要400多元，到时候我估计连帮妈妈买件毛衣的钱都没有。爸，儿子没脸回呀！

妈妈悄悄给我打电话，说您现在是越老越小气，在家里天天埋怨我不给您打电话。我和妈撒谎说您的手机有问题，老是打不通。前些日子您突然用手机给我打来电话，说花300元换了个新手机，不会打不通了。爸，对不起，儿子骗您了，儿子根本就没给您打电话，不是不想你，也不是儿子没孝心，而是儿子实在怕您问工资，怕您问存款。爸，家里下雪了吧，您可要多穿点，北京这边也冷起来了，儿子真的很想回家，很想一家人围在火炉周围有说有笑。

上个月您打电话说隔壁那比我还小一岁的狗子春节就要结婚了，在村里盖起了新房。我握着电话不知道该如何回答，只能呵呵傻笑，您让我找时间把结婚的事情也要考虑一下，我说好的，还说过段时间工作不忙就给家里打点钱。听到这话您很开心，说家里也不缺钱，让我别乱花，好好存起来就行。爸，其实我一直在骗您，女朋友早没了，上次电视上您看到的那第二天后就分手了。还有那钱，我到现在也没寄，不是儿子不想，而是儿子实在没有钱。爸，真对不住，工作了几年也没法给你买盒像样的好烟。

爸，写这么多，我也不敢给您看，发在网上您也看不到，但儿子真的不是有意要说谎。

要过年了，真希望今年年底能在您面前圆上这些谎话，能在您面前理直气壮地说:爸,我明天就打钱回家……

儿子:小猛

洗完澡出来,为了分散注意力,王小猛在 QQ 空间翻出这封信又看了一遍。

对他来说,每次读完这封信就有一种莫名的动力。

这封信是在他当初离开北京的时候写的。看这封信之前,王小猛依然还怀揣着仅剩的那点理想,像当初离开小月河时抱着不灭的理想要努力地留在北京一样。可是在看完这封信的时候,他哭了。

在这段时间里,王小猛已经先后辗转了三个城市,换了三个岗位。到年终别人都准备回家过年的时候,他还身无分文地漂泊在他乡。

其实王小猛和每一个 80 后一样,刚离开校园时也怀揣着一个捂得滚烫的梦。可是在踏出那扇门之后才发觉那个灿烂的梦想被现实无情地粉碎了。苦读十年寒窗,背井离乡在外打拼多年,工作换了一个又一个,可最后同样沦为了"蚁族"。虽然他也曾努力奋斗,可每次到最后依然发现自己与大城市的繁华格格不入。曾经躺在小月河的床上,王小猛望着天花板不止一次地想过:是否该退而求其次,带上不多的资本,回县城也当一把贵族? 可最后还是自我否定了。

王小猛相信在大城市里会更好,有很多自己这样的蚁族,没家没底,没关系,没钱,没有好工作。但很多所谓的蚁族,都是事先空降到一个城市,落地再爬,爬着爬着就长大了。不过像他这样一步一步从一个城市又爬进另一个城市的,不知道是不是也很多呢? 索性就当自己是一个特例吧!

王小猛出生在大西北一个农民家庭,有一个姐姐。27 年前,在大西北农村一个乍暖还寒的日子里,王小猛安全地从妈妈的肚子里爬了出来。自打爬出妈妈的肚子那天起,王小猛就开始了他艰难而漫长的生命活动。

王小猛出生的时候，家里虽有三四亩地，可都是靠天吃饭。所以他们家人吃的土豆比面多，家里炒菜连盐都比别人家放得少。不过这丝毫没有影响二老把他带回人间的决心。

王小猛的猛是遗传的，他的猛也是终身制的！当27年前他老妈彪悍而撕心裂肺地号叫着在后院生下他的时候，也就注定了他这种猛性的诞生！

20世纪80年代末期，王小猛和姐姐先后进了学堂。那个年代，在他们那村里能完完整整念完九年义务教育的孩子很是稀缺，而他们家两个孩子居然一个念完了大学一个读完了中专。这功劳一大半都要归他的老爸，王小猛老爸对他姐弟俩的教育可是从小就开始的，至今他们家房门背后都还留有他老爸当时写上去教他们认读的粉笔字。爸爸身体不好，三十多岁了才开始学犁田干活，庄稼种得一直没有别人好，但却坚定不移地供王小猛姐弟俩上学。念中小学的那些年，每年的三月和九月都是王小猛和姐姐最恐慌的时候，因为他们俩逐年看涨的学费经常都临近开学还没有着落。但爸爸妈妈每一回都是想尽千方百计，要么卖掉刚长出架子的猪，要么卖掉本就不够吃的粮食，要么厚着脸皮低声下气一家一家借，总会在报名截止的那一天把学费给他们凑齐。因为姐弟俩总是考前三名，不能像其他家孩子一样十三四岁就外出打工。所以他们家过年经常都没有肉吃，母亲炒的菜永远是端上桌子后一会儿就凉了，究其原因就是油太少了不保温。但因为能读书，所以他们的心一直是暖的。

王小猛初中毕业没考上师范，选择了高中，家里不可能供得起两个将来都要念大学的人，于是他姐姐牺牲了那年全镇第一、六科平均分超过95分成绩上了师范。590分的中考成绩那可是足够两个人念镇上的高中，比496分的师范录取线多了差不多100分，但她只能选择师范，她甚至没有和父母以及老师商量,虽然明知商量后也是这个结果。王小猛后来想,这就是命。虽然她永远不可能拥有一个真正的全日制大学文凭,却给了父母一个跳出"农"门的满意答案。那年头,师范包分配,她将成为他们村里第一个跳出"农"门的孩子,而这正好成就了王小猛考取北京科技大学机械设计制造及其自动化专业的梦想。

2002 年的夏天,当来自首都的大学录取通知书 EMS 到了大西北的一个小县城里时,从县到乡,再从乡到村,村长亲自敲着锣,把通知书从村口一路送到王小猛的家门口。他们村,之前没有出过一个大学生,到王小猛也才是破天荒开了第一个先例。依他们村的习俗,只有每年的正月十五才会敲锣打鼓。

要开学进京了,父亲和王小猛打了一包衣服,坐在拉砖的拖拉机上,摇晃了三个小时才来到了县城。他们没有坐在驾驶室里,只是坐在砖头上,随着拖拉机一颠一颠地上下起伏,扑腾颠簸,王小猛屁股上被砖头割了几条印子。从县城辗转来到火车站,站台上,父亲只说了六个字:好好学习,孩子。

50 元的半价火车票,就把王小猛从大西北鸟不拉屎的小县城载到了偌大的北京城。

王小猛考上大学,在村里人的眼中是理所当然的事情——王小猛不仅懂事而且学习成绩一直很好。母亲上了十几年学,这在重男轻女的农村是很少见的。她经常对王小猛说,砸锅卖铁也要供孩子读书,所以王小猛早就下了要把书读好的决心。

王小猛的父亲更是对读书看得非常重要,他的目标就是把王小猛送进衙门里当差。有一次王小猛不小心把家里的墨水瓶给打破了,结果挨了一顿狠揍。这就是王小猛老爸尊重知识的最直接表现。初三的时候,有一次他老爸指着一辆拖拉机试探着对王小猛说："儿子啊,以后就你开车,我拉砖,咱爷儿俩这样多好,嘿嘿!"可是,王小猛那时候就觉得,应该要走出去,到北京。所以他没陪着父亲笑,只是在心里默默地念了句:"老爸,这个恐怕真不可以!"

小时候的王小猛特贪玩淘气,成绩有时也不好,直到他遇到三年级的语文老师王老师。他和别的老师不同,总是鼓励学生抢答,这样反应最快的王小猛即使坐在后排,也可以得到老师的关注。而且他因为经常都能答对被表扬,所以自信心也渐渐地建立起来。后来有次考试少了张考卷,最后一排的王小猛刚好没分到,这时老师就把成绩最差的那个同学的考卷拿来给王小猛,而那位同学,只能徒手去抄题目。这个故事王小猛在大学时曾先后重复讲给很多个小师妹听过,每一次讲时脸上还带着那时被宠爱的得意神情。

五年级之前,村里没有通电,逐渐喜欢上学习的王小猛就点着煤油灯看书,不一会儿整个屋都被煤油灯的烟笼罩着,虽然很呛人,但他却不觉得难受。高三时学习很紧张,父母很早就上炕休息了,王小猛从没有觉得困过,无论多晚休息,第二天一早起床,就又精神十足。在懂事之后,一直都想着要考出去,这个理想王小猛坚持了十几年。

就这样,在煤油灯的烟雾中,王小猛走向了通往大学的路,最终拿到了来自首都的大学录取通知书。

有时回顾自己的这些年,王小猛也会懊恼,因为在周边同龄人都成家立业的时候,他依然无房无产,无妻无子,真觉得愧对父母。但他迷恋爬向高处的那种收获,就像离开北京前迷恋那里的夜色,半夜爬上山头观望城市霓虹的那种美丽一样,迷恋一次又一次在路上的感觉。

望着电脑,王小猛思绪如潮涌,他心想:当年如果毕业后回到县城找个差事安顿下来,现在怕也已经生儿育女了吧?但这些年,他似乎不后悔,即使是这样一次又一次地从头开始,即使偶尔也会因为生活窘迫而觉得低人一等。他坚信一个道理,蚂蚁永远比别人爬得累,爬得慢,但他相信,只要努力爬,一直爬,有一天,蚂蚁总会爬上大象的头顶。更有一天,蚂蚁会迈着短短的步伐超过兔子,成为新的长跑冠军。

回忆再次把王小猛的思绪拉回到几年前。

2006年7月,也就是开完毕业典礼的当天下午,他在学校大门口拦了辆出租车,把一箱书一箱衣服搬上去,来到了小月河的集体公寓。来到这里,只是因为离学校很近。一个起步价,就远离了他四年的大学生活,开始了步入社会的第一站。

早上6点半,站在离小月河还有一百米的天桥上,就可以看见远处的西山在稀薄的空气中,迎着阳光,显示出清晰的轮廓,依稀有紫气飘来。

走下天桥,迎着路标走过去,只见一条蜿蜒的小河,这就是小月河了。等到冬天天气干燥的时候,里面并没有水,只有干枯的河床,星星点点地落了些黄叶,还有垃圾袋。

一群群的年轻人从小月河弯弯的河堤两侧往外面走,大部分脸上带着些许稚气,牛仔裤,小挎包,隐约还看得见在校生的影子。

住的屋子是早就看好的,六个人的包间,每人半年1000块,就可以在这个不到20平方米的地方寻得一个睡觉的铺位。三张上下铺占据了屋子大部分的空间,还有两张桌子,可以放些日常的书籍和电脑。行李都被堆在靠墙的一角,剩下的就斜躺在下铺的空地上,需要从箱子里拿东西的时候就直接拖出来。这些,都还是大学宿舍的光景。

不过,这里晚上不熄灯,一起合住的也不是同班同学,还多了很多蟑螂。

在王小猛刚搬进去住下的第一个晚上,就听见有人砰砰砰砰地敲门。打开门一看是对面屋的一个女生,她一个人住害怕,因为老看见蟑螂在眼前爬来爬去。刚好自己寝室里还有个空着的床位,王小猛就大方地让这个女生在自己旁边的床上"留宿"了一个晚上,那女的也丝毫没有顾忌里面住着的五个大男人,一觉睡到大天亮,中间连厕所都没上。

王小猛后来之所以发奋要走出小月河,完全是因为在那里接触的人有时让他很不舒服。

很多住在小月河的人,要不没有工作要不赚钱很少,整天窝在房间里面打游戏。在王小猛看来,尽管有钱没有钱不能作为评判人生的标准,但是有了钱起码生活会有点品质吧。

就在王小猛的第一份工作每月工资涨到 2000 元的时候,他心想自己也算"有钱人"了,不能继续住在小月河了,于是就和林苒苒找了南平庄的房子搬出去。

王小猛在中央电视台实习是第六份工作,这之前的时光就一直徘徊在上岗和失业之间,不停地辞工作不停地找工作,如果换作是别人估计早就忙乱不堪了,可王小猛就是王小猛,他从小就有发泄压力的独家秘方——走生命。

用王小猛自己的话说:"人遇到挫折的时候,就应该把情绪发泄到一样东西上去,如果没有东西可发泄就走路,这样就会好了!"那些日子,王小猛上午面试,中午回到小月河继续准备材料,因为应聘的职位都要在规定的时间内上传自己针对不同专业的简历和作品。如果提交的作品一直都没有思路,他就会先放下,打球,出一身汗,洗澡,然后再继续。一般来说,这个轮回完成后之前被困的问题就都能解决了!

当然,高兴的时候,王小猛也会打篮球。周末约上大歪,骡子等人,光阴就挥洒在小月河附近农大的篮球场上。

毕业之前，他和大歪一起做过学校勤工俭学的工作，每天一大早就要冲到女生楼下蒙头捡那些红红绿绿的东西，冬天还好，夏天蚊子苍蝇嗡嗡个不停，那真叫一个难受。每月五百元不到的工资，从早干到晚，加班也没有加班费。平时忙点就算了，还老是"出差"，每次都是他押车，坐着后勤集团那破破烂烂的三轮车，一直把那些红红绿绿的东西倒到垃圾中转站才算完事。每次回来都累得要在宿舍里躺一天，就这样干了三年零三个月。后来因为要写毕业论文，他才辞去了这份为女人服务的高尚工作。林苒苒也就是在那个时候认识的。

那时候不觉得，现在他才知道，在学校的生活原来是这么美好，一旦真正走出校园，接触社会，才知道生活的艰难。

大学四年，王小猛除了在学校勤工俭学外，几乎做过所有能做的兼职：大一发传单，一天 40 元；大二大三的时候做过家教；节假日的时候做促销。目的只有一个，他想家里少给点钱，自己多挣些。

一天，从下午 2 点一直到第二天凌晨 3 点，终于干完了，匆匆扒了点早就叫好的外卖，他便睡去，一直到黄昏再次降临的时候才醒来。

小月河的周末，总在上午 9 点以后才从睡梦中苏醒，辛苦了一周后都想利用难得的休假，睡个懒觉，但在大学时就习惯了早起的王小猛会有负罪感。

那时候，周末除了打球、干私活，王小猛还要抽出时间来陪林苒苒。

他们刚认识的时候，林苒苒说她不爱逛街，谁知恋爱之后她就只爱逛街，一整天都不觉得累。

林苒苒承认自己现实，曾说："如果你今天买了房，我今天就嫁给你！"王小猛心里咯噔了一下："七八十岁的老头，也有房，你直接嫁了算了！"

"那太老了，不合适。"林苒苒没有听出他话里的怒气，还有些娇嗔地回应着。

王小猛心想，以后就算有了钱也不会为结婚而买房子，资金买了房子，就是死的，没法再用来做别的。有了一定的资金，最好还是开自己的传媒公司，这样可以钱生钱，干一番事业。

那年的情人节，他们原来打算去欢乐谷，600元两个人，无奈害怕人多就没去，于是两个人吃了顿兰州拉面，看了场电影。

想到这里，王小猛的思绪又回到了大学，回到了那个和他同学了四年的女人林苒苒那里。他的脸色有些黯淡，连咳嗽的声音也不那么明朗了。在感情上，每个人心中都有最柔软的那一面。

那时，他们没有钱去看电影去旅游，每天最开心的时光就是晚上下了自习，在操场上一圈一圈地慢慢走，月光照着他们，听他们说悄悄话。他们都爱集邮；他打篮球的时候，她就给他加油。

大二时，她陪他过生日。没有饕餮的大餐，没有蛋糕上的烛火，而是在大地上留下了一串足迹——他们自己安排了"高校一日游"。从北科大开始，到北航，到清华，到北大，再到人大，从学院路到中关村大街，他们走过了中国年轻人最向往的高校群落。他们在每一个校园里驻足停留，欣赏各式不同风格的建筑，辨认夏末秋初时斑斓的草木。想到这里，王小猛似乎感觉也许在此刻，手心上还留存着那时牵手的温度。

可是等到毕业的时候，一切现实的问题都堆在眼前，找什么工作，在哪里工作，以后的打算？任何一个可能的分歧，都会让曾经亲密无间的情侣分道扬镳。谁知道这些都扛过来了，可最后就因为一套房子，林苒苒在一夜之间离他而去。

曾经单纯美好的日子，回不去了。

记得高中时,王小猛看了一本书,名字叫《谁动了我的奶酪》,他害怕不知不觉中自己也变得一无所有,就立即草拟了一张人生的计划表,催促自己不断努力。

在白纸上,那天晚上,他趴在煤油灯下写了长长的一串:上大学——考研——工作两三年——出国继续学习——回国工作——从政——然后退居二线开自己的公司……现在他再回想起来,真是一份宏大的计划,虽然不切实际,却有挥之不去的激情。

现在再想想那时的计划,王小猛一脸严肃,显然已经觉得遥遥无期了。经历了现实的考验后,王小猛发现他这个宏伟的人生蓝图除了上大学外,其他的几乎已经难以兑现了,现在近期的目标是年底之前弄点回家的路费。

当初一心想着买房,可现在看来,每月的工资顶多买块卫生间的瓷砖,可惜,人家还不单卖。

想到这里他突然有点伤感,于是竟然连隔壁住着美女的事儿都忘了。

思绪就这样天马行空了一晚上,这会儿他有点困了,于是脱衣服准备睡觉。可就在王小猛一只手拉掉裤子另一只手去褪内裤的空当里,牛总打来电话,他要王小猛天亮后马上去趟北京处理一件棘手的事情。

此时此刻,先不说处理的事情是否棘手,单就在这会儿接到这个电话,就已经是人生的一大悲剧了。挂掉电话的半分钟内,王小猛的大脑出现了短暂性缺氧。

按照牛总暗示的话音,看来这次事情关系他今后的发展。

当然在王小猛的世界里,去或者不去是没有选择的,就算不关系自己的发展,既然是领导安排的事情,只要还跟人家混着一天的饭吃,就没有说不的理由。

　　现在,王小猛也终于明白从广州来深厦那天牛总说的话:"回总部的'内部咨询部',有安排。"难道这就是安排? 那也不可能那时候就知道今天要死人啊?

　　此刻的王小猛就像一只趴在玻璃上的苍蝇,明明看见前途一片光明,可就是找不到出路。

第十一章
住进单间

整个晚上坐在酒店窗前，看着窗外的闪烁流离灯光，王小猛心想：为什么这么大个城市，这么多房子，就偏偏没有属于自己的一套呢？

人在异常郁闷过后，荷尔蒙会急剧增加的非医学定律在王小猛身上居然特别适用。

在深厦去北京的飞机上，王小猛是一路思绪沸腾，有点疑惑，有点恐惧，但是更多的是一种兴奋。

连王小猛自己也不知道兴奋的是什么，可能是人的一种探求未知事物的欲望和好奇心吧。在那种心态下，这次他作为"内部咨询部"代表，不，准确地说，应该是总部派给他的第一次绝密任务：牛总告诉他要他潜回北京拿回自杀的周云帆工作用的笔记本电脑。

至于周云帆为什么自杀，牛总为什么要他拿回这个笔记本电脑，王小猛并不关心，他所关心的只是能不能顺利完成这个任务。这让他想起了大概在他9岁时第一次失眠的事情。那天他奶奶给他一个任务：让他第二天在跟着刚结婚的叔叔第一次到新婶子家吃饭时，偷一个酒盅子回来。他们那里的风俗是，顺利偷回这个酒盅子就表示婶子真正算是他家的人了。在那个年龄，这样的任务就相当于去热带丛林冒险了。

但是，王小猛却没想到，表面上看似简单的一件事情，却远远比偷那个酒盅子的难度大了很多，当然这也给他带来了一些意想不到的收获。

那天的黄历上说，不宜出行。可偏偏就是这天，王小猛再次回京，而且是替公司执行一项重要的任务。

为了赶时间，牛总还特批让他坐飞机。这对从小只坐过牛车、拖拉机、摩托车和绿皮火车的王小猛来说，实在有点刘姥姥进贾府的味道。不过王小猛适应新事物的能力还是蛮强的，所以听到这个批准后并没有太晕，基本上在三十秒内就相信是真的了。

飞机降落在首都机场，北京下着蒙蒙细雨。

因为牛总安排人事先订好了酒店，所以王小猛出了机场就赶去了中杭在北京的办事处。

从机场去公司的路上，王小猛反而没有了刚才的那种兴奋和恐惧，确切地说是什么感觉都没有了。因为他在此之前，想得太多太乱，反而忽略了本质的现象，现在才想到这些和一些关键性的事情都是有联系的。比如为什么牛总告诉自己要"潜"回北京去，把电脑拿回来！可见这里面还有一种结果就是"滚"回深厦，拿不到电脑！牛总安排他来北京把一个刚刚自杀的员工的笔记本带回去。这件事情怎么想都有点不对劲，怎么说呢，如果按照正常的思路，至少应该先打电话和相关部门沟通沟通，发个邮件，把事情定下来，或者来北京也该知道找谁，可牛总没有告诉他任何信息，只是告诉他，这件事情发生了，他得去处理。

王小猛忽然间明白为什么之前的谈话那么简单了，因为，现在这才是真正的"谈话"，也许这件事情，才真正决定他是不是能真正走进牛总的圈子。

这样想，王小猛反而轻松了很多，心里也平静了。因为他感觉，再多的疑惑，再多的奇怪，再多的恐惧，都没有用，他新加入了一个有点背景的职场组织，而且还从一个销售员做了独立执行任务的内部咨询师，他得保住这份工作，不能让到手的升职机会跑掉。

中午11点多的时候，出租车停到了办事处写字楼门口。

走下出租车，王小猛带上自己的行李，到写字楼下一个精致的小垃圾箱附近站着抽了根烟，静了静，深呼了一口气，心中大概有了一个计划，就走进了中杭北京办事处的写字楼。

为了让大家更好地理解此刻的情况，王小猛先大概介绍了一下自己来之前的职务，说是检查网络信息系统的，故意隐去了当时接到任务时牛总描述的情况。大家也都介绍认识了一下，到现在他才知道原来北京办事处主要是一个全球售后服务中心，也就是售后的技术服务站，其实办事处的所谓销售人员都属于这个部门的售后服务。那天面试他的李总，也属于技术服务站的售后维护。技术服务部大概分为两个部分，一个部分是支持大客户的，和销售一起跑大客户，或者帮大客户做项目，这样的人很多都是级别很高的技术工程师，现在的李总就是这样的职位。有一些人其实就是话务员，这些人唯一不同的是，他们主要就是通过邮件、电话，帮助客户解决些简单技术问题，其实就是技术的售后服务，说白了是非常没有技术含量的职位，但是由于中杭的产品很多，所以这样的员工有好几百人。

这个部门的员工在中杭几乎是级别最低的，主要是从北京的一些学校招的应届毕业生。而他们内部，更是把这个部门称为"人才坟墓"。之所以这么说是因为很多优秀的大学本科毕业生，走向社会后，也许开始几年很苦，但是底子好，肯吃苦，慢慢肯定能混上来。而中杭在北京的这个技术服务部不同，它以自己在全球的名声和相对于别的公司绝对高的薪水，把最优秀的毕业生招来，做技术的售后服务，几年下来，极个别的能升到经理位置，大多数人，也就熟悉自己经常见面的几种产品，关于什么编程、控制、设计，估计全部都忘了。而中杭这些大公司加薪是很慢的，几年下来，薪水也没有什么优势了。这个时候想离开吧，发现除了自己服务的那个特定的产品，别的什么都不了解，大学那么好的基础，没有上升高度，也不想再到小地方重新开始混，就像温水煮青蛙，煮死了，人废了，也就继续在这待着吧。所以，这个部门的跳槽率很低，公司就这样用很低的成本留住了人。

但是为什么北京这些名牌大学的学生还都拼命地愿意来中杭的这个部门，抢这个部门的职位呢？是他们没有长期的职业规划呢，还是看重开始的薪水呢，还是中杭的名声太好呢，王小猛不得而知，但是有几个关于办事处的细节让他从中得到了启发，开始一直令他百思不得其解，不过到最后都被他一一攻破了。

刚到的时候王小猛发现很多员工都是半夜 1 点到 3 点来上班，开始他以为都是任务多加班。一直到后来才知道，因为这个部门接收全球的求助邮件，员工帮别人回答问题，解决问题，就是业绩。一般考核最终业绩就是依据帮助客户解决问题数量的多少。大家之所以选择在半夜上班，是因为这个时间上班的人少，自己可以先看一下国外客户都问了些什么新的问题，先把简单的问题回答了，等大多数人 8 点到 9 点来上班的时候，剩下的就都是很难的问题了。

还有就是中杭有个最大的福利——给员工提供免费的饮料。在中杭驻外的几个办事处，一般一天的任何时间都能看到免费饮料，而北京办事处一般过了上午 10 点，就几乎没有了。经过王小猛长达半个月的总结和取证，才发现主要是因为很多年轻的工程师晚上加班，或者晚上下班了不回家，在公司打游戏喝掉的。而且不光是他们，还有别人。因为这些人身边一般都有个美女女朋友,一脸崇拜地看着身边的男友玩游戏,原因是他在有名的中杭集团啊!

不过为了弄清楚这个办事处为什么搞了实习岗王小猛可是下了一番工夫,后来通过前台才了解到,其实真正的原因是这个地方很久以前有个很爱显摆的总经理,特别喜欢招实习生,慢慢地,招实习生也就是这个办事处的一个传统了。

通过这些细节,王小猛算是充分了解了办事处的情况。这也就不难理解当初为什么来面试的时候看着一大堆人坐在办公室斗地主了。办事处招聘大都是些年轻的工程师,管理方式更像一个学校。老一点的人,因为看透了情况,也怨恨这个地方耽误了自己的青春,一般都混,拿着中杭的名头出去招摇撞骗,没有什么真本事。

自杀的周云帆王小猛之前见过,就是第一次面试他的"画皮"美女,对那天的见面王小猛至今都记忆犹新。面试那会儿她还是秘书,后来升成了这个部门的一个经理,手下带着大概上十个工程师。他们小组支持的是汽车安全件产品,所以,当时王小猛认为她的工作范围应该和自己现在的这个内部咨询部门不一样,应该只是做简单的技术售后的支持工作。

后来王小猛发现,很多事情,看起来越是简单的,水反而越深。

那些流得很急水花四溅的小溪,可能根本淹不死人。而看上去风平浪静得像镜子面似的一个小潭,可能深得根本摸不到底。

王小猛更没有想到的是原本他以为简简单单的办事处,竟然有如此多的故事。

王小猛在内部的系统里面查了两个人的办公室位置号,就锁上电脑屏幕,走出会议室。

王小猛查的这两个人，一个就是周云帆，另一个，叫李胜，也就是当初和他握手的那个李总。

　　周云帆的办公室在 10 楼的 1001，而李胜现在搬到了 12 楼。

　　王小猛现在就在 10 楼，他没有去问前台，直接在楼层里转着找周云帆的办公室。

　　和王小猛想象的几乎一样，大家还是照常办公，办公室也没有什么异常。眼前的门牌号是按照顺序排列的，1001，1002，1003，他越走越慢，如果没错的话，就应该在前面那一排靠着楼边带窗户的办公室里面。

　　王小猛越走越近，在这个楼层的应该算是东南方向的边角上，有两间紧挨着的办公室，都是用玻璃隔开的，但是这边的办公室不一样，外面都贴上了一层半透明毛玻璃似的纸。

　　其中一间是周云帆的，门锁着，但是门牌上清楚地写着"经理办公室"，另一间，也就是 1003 却没有门牌。难道是空的？

　　王小猛想着就走过去，拉了一下周云帆办公室的门，门被锁上了。他犹豫了一秒钟，还是透过旁边的玻璃上没有处理成毛玻璃的一条空隙往里看了一眼。

　　王小猛犹豫的那一秒钟，是担心自杀后的周云帆是不是还躺在她的办公室里。但是理智告诉他不可能。

　　果然，这是一个普通的办公室，和别的办公室没有任何区别。一台台式电脑放在办公桌上，桌子上还整齐地放着一些文具，看不出来有什么特别。但是，王小猛感觉有人收拾过她的房间，因为看上去太整齐了，不像是正常下班以后办公室的样子。

　　整个办公室给人的感觉有点奇怪，但是王小猛也看不出来哪里特殊，也许是心理作用吧！

当然,墙壁上,地毯上,也丝毫没有电影中那种夸张的血迹,非常整洁。

王小猛大概看了半分钟时间,忽然下意识地觉得有人在盯着他,回头看了看,却没有人。

王小猛松了口气,走到离周云帆办公室最近的一个开放区的工位,看了看挂在工位隔板上的名字,然后就和那个正在埋头工作的小伙子打招呼。

"你好,是朱大昌吗?"王小猛问。

"嗯,怎么了?"小伙子抬起头来,看上去有点嫌王小猛打断了他的工作。

"哦,不好意思,周经理还没有来上班吗?"王小猛指了一下周云帆的办公室。

"哦,还没有吧。"小伙子又低头开始工作。

"你和她是一个团队的吗?"王小猛又问。

"不是。"这次,小伙子头都没抬。

王小猛有点不太高兴,级别这么低的一个工程师竟然这么不懂礼貌。这个人看起来就是一个典型的不善于人际交往的工程师,不过也让王小猛确定了一件事,就是他还不知道周云帆自杀的事情,而他离周云帆的办公室这样近,都还不知道,有可能公司的大多数人都不知道,看来他们的保密工作还是做得很好的。

"您是?"这时王小猛身后传来一个声音。

王小猛回过头,从周云帆办公室相邻的那个办公室,出来一个人,一个40岁左右的男人。

王小猛看了一眼那个男人以后就没法忘记他,这是一张非常苍白的脸,说一般的苍白是不准确的,具体有多苍白呢,大概就和电影里面的吸血鬼的角色差不多,但却没有吸血鬼那种白白尖尖的牙,而是黄黄的吸烟很多的那种人的牙齿。

他大概只有一米六多点,长得瘦瘦小小的,一张方方的脸瘦得有棱有角,甚至能看到脸上的肌肉。梳得油光的头发不长,却很整齐。穿的是印着中杭 Logo 的 T 恤衫,搭一条深蓝色牛仔裤,棕色休闲鞋。

他油光的黑色头发,更加衬托出脸色的苍白。而他的眼睛,射出来的目光看着有点空荡,仿佛没有灵气似的。

那一刻,王小猛觉得这个人是个狠角色,很不好对付,具体为什么他自己也不知道,就是一种直觉,或者说是这个人给他的第一印象。

"我叫王小猛,找一下周云帆。你们一个团队?"王小猛手指着周云帆的办公室。

"哦,呵呵,是啊,进我办公室谈吧。"

还没等王小猛表态,那人就转身走进自己的那间办公室。在他一笑的同时,王小猛发现他眼神的那种流波,给人一种心机很深的感觉。

这一刻王小猛感觉很奇怪,因为他的举动有种不容置疑,他应该知道周云帆自杀的消息,也好像很肯定王小猛会去他的办公室谈似的。和自己没有利益关系的事情,大家一般都很少去插手,或者根本就不管,事不关己,高高挂起,是这种企业的通用定律。

这个人很反常,反常就是妖,妖总会有问题。

所以在那人回过头先走进办公室的那几秒钟,王小猛也暗自用自己的经验打量这个人:穿得像个工程师,却不是,工程师不是这样的气质,也很少有这样的年龄。这个年龄在这个办事处应该是很高的级别了,如果不是工程师,就应该是商业领域的老板级人物了!

北京办事处的老板级人物王小猛上次见过两个,这么有特点的一个他却不认识。

而这个人显然和周云帆有关系,所以,他是谁?

王小猛边想边走了进去,进去后才发现这应该不是一个人的办公室,而是个空置的办公室或者小型会议室,因为除了一张桌子、几张椅子、桌子上一部电话,以及一台笔记本电脑外,什么都没有。

王小猛走了进去,却没有坐下。王小猛想速战速决,因为他现在根本不知道这件事情到底有多复杂,水多深,在这种时候,他不想和这样一个角色纠缠,他只想把笔记本找到带回总部交差。

那人看了看椅子,愣了下,随即又笑了笑说:"坐啊!"

王小猛摆摆手,没说话,又看了看表,装出一副很忙没有时间的样子。

那人又笑了笑也没有坐,和王小猛隔着一张桌子对着站着。

"请问您找周云帆?"那人看着王小猛问。

"你们一个团队的吗?"王小猛反问了回去,这个时候王小猛最想知道的就是这个人是谁。

"哦,算是了。她最近有私事不在公司,有什么事和我说就好了。"他还是笑着说。

"哦,没问题,您邮件地址是?"王小猛掏出手机,装作很忙要走,而又要查询记录的样子。

邮件地址一般就是中杭内部的员工标志了,而他们内部的系统,可以用手机接入,知道一个人的邮件地址就可以知道这个人的职位、上下级关系、部门组织等所有的信息。

"呵呵,有很重要的事情还得发邮件吗? 我邮件是 ZC—zhbj @ 126. com",他还是笑着说,"您找周云帆什么事情问我都可以的。您是哪个部门的啊?"

"我从天津出差路过,总部让我检查信息传递系统,正好想找周云帆问一个项目上的事情,那回头再说吧,有问题我给您发邮件吧。"王小猛故意打了个掩护,说着就朝门口走去。

"OK。"

王小猛快速走向这层楼的门口,而这个人的笑,和他说的"她最近有私事不在公司",都给王小猛带来种种冷意。此人绝对不简单,幸好及时地脱身了。王小猛敢肯定,他知道周云帆的事情,而且说不定和这件事情有关系!

王小猛走进电梯去12楼,找另外一个他要找的人,这个时候,王小猛再次打开手机看刚才记录的那个人的邮件地址,连入系统,查询了一下这个人的信息。

郑成,高级外贸商务扩展经理,他的业务是直接汇报给北京办事处,全球技术服务中心总经理。级别算非常高了,他,为什么会有刚才的一幕呢?他目的何在?

电梯叮的一声,王小猛到了12楼。他先放下这个人,去找另外一个人。

刚才说了,这个人就是那个李总,或者说李胜!

几乎每个公司都会有这样一些人,他们朋友众多,消息灵通,而且特别八卦。他们希望也喜欢和公司同事聚会,参加各种各样的活动。公司有什么上层变动,政策上的变化,什么单子怎么丢的内幕,老板私生活的花边,一般这些人都是先知道的,而且传播得不亦乐乎。这样的人以你倾听他们的八卦为乐,以获取别人的八卦消息为乐,而且他们还有一些固定的朋友,定期地交换八卦,相互信任,于是成为公司内部的消息传播网。

如果有一个政治斗争在公司有了结果,那么肯定会在三小时之内传遍整个公司,而这些人就是那些传播的点。

在公司里面认识一些这样的人是很不错的,至少你会消息灵通一些,不至于大家都知道了,就你一个人傻乎乎地不知道。而这样的人也是混得不错的。有种说法是,你在公司混得好坏的一个标准就是你知道消息的快慢。

李胜虽然是所谓的办事处一总,但他就是一个这样的人!

王小猛除了接受过他的面试外,还在深厦总部工作的时候和他一起打过几次篮球,也就熟识了。他也是全球技术支持中心的一个经理,属于高级工程师级别,而他还有个习惯就是在博客上写很多文章,用着中杭的名声,在网上还算小有名气。而且李胜唯一不同的就是他不像有些 OL(办公室女人)那么无聊,毕竟他是总,所以他的八卦是有价值的,甚至可以算是一些商业情报了。

王小猛希望从他嘴中,知道这个事件的一些情况。

李胜在 12 楼的 1201 室。王小猛顺着牌号找了过去,李胜就站在他自己办公室门口和另外一个人说话,王小猛走过去时他正好背对着他,和他说话的那个人面对着王小猛,好像是他手下一个工程师正在听他的训骂。

王小猛停下来等他,李胜没有看到王小猛,而他对面的那个工程师看了王小猛一眼,好像很不好意思在别人面前被批评似的,特意有点扭捏。这时李胜回过头来看到了王小猛。

"小王!你怎么跑到北京来了,哈哈,也不提前告诉我啊!"李胜很爽快地笑着,大声说,显得很有激情和能量。

"呵呵,哪敢惊动李总您啊,"王小猛也笑着开玩笑说,"我就是来出差的,顺便看看你,要不你们先谈?"王小猛又看了眼旁边的那个工程师。

"哦,你先回去做事情吧。"李胜对身边的那个小工程师说了一声,那个工程师就走了。

"怎么,找我有事啊,是打听什么还是真的来看我?牛总说你有个项目上的事情要来,和我说过,但没想到这么快。"李胜看着王小猛说。

他们算比较熟,至少面子上比较熟悉,所以他和王小猛说话也随便。

"呵呵,中午一起吃饭吧,我请客。"王小猛说着,顺便看了下表,已经11点50分左右了。

"嗯,好啊,但是你请客就不用了,毕竟我是东道主。你说哪里吧,要不你先过去,我还有点小事,处理完马上去找你,怎么样?"李胜看起来很平静,没觉得高兴但是答应得很爽快。

"行,那就旁边素菜馆?"王小猛说。

"好,没问题,我10分钟后到。"李胜很痛快地说。

"那好,我先去了。"

王小猛直接去了对面的餐厅,找了一个安静的位置。他趁机抽了根烟整理一下思路,大概5分钟以后,李胜就出现了。

"你点吧,随便,反正我出差,呵呵。"王小猛笑着说。他们出差会有一笔数额不小的餐费报销,所以一般出差的人都喜欢到哪个地方就请当地的朋友吃饭。

"呵呵,那我就不客气了,不过这个地方都是素餐,虽然很多菜味做得和肉一样,但是吃饱了下午四五点也饿啊,得多点几个菜。"李胜笑着说。

点好菜,王小猛看着他,他也看着王小猛,都没有说话。

"怎么啦小王,我知道你有事,是打听什么事情还是有什么八卦要和我交换啊?不然你这总部级别人物,别的事不找我吧?"李胜开玩笑似地说。可王小猛觉得他说话的样子像美国电影里面监狱里那种总是可以买到东西的人。

"周云帆最近有事不在公司,你知道是因为什么事吗?"王小猛还是笑着说。

这次,李胜没有笑!

他很明显地愣了一下。

所以,王小猛判断出:他,知道!

"你怎么问这个,怎么了?"李胜不再笑了,表情还有一丝紧张。

"我听说她自杀了,你知道吗? 你这种消息最灵通的人,不会连这么大的事情都不知道吧?"王小猛反而放松下来,压低声音,好像真和他交换消息情报似的。

"我哪有什么消息灵通,都是他们瞎说,不过说实话这个我也知道一些。"果然,一般的人都受不了别人挑战他自己最自信的东西。

"哥们儿,这事水深吗?"王小猛把声音压得很低。

"还真不太清楚呢。"李胜笑了笑,有点不自然。

"哦,没啥能透露透露的吗?"王小猛说。

"我觉得也许是私事吧,或者是抑郁症。"李胜闪烁其词。

这个时候,第一个菜"红烧肥肠"上来了,这是店里的特色菜,用豆腐做的肥肠可以以假乱真了。李胜好像一个溺水的人抓住了救命的稻草似的,开始吃菜,边吃边说:"和你不客气啊,我可真饿坏了。"

王小猛没有动筷,觉得有点奇怪,王小猛在深厦总部的这段时间,李胜经常会出差过去,和他也算挺熟的了,特别是说到这种内部信息的时候,他都是很兴奋的,而今天却像一个女孩子似的躲躲闪闪的,那种不自然的表情,根本不像他这种成熟有城府的人会有的。

只有一种可能,这个事情不简单,或者和他有关系。

他明显不想说,王小猛有点失望。失望是因为王小猛的计划是先从李胜这儿打听点什么东西,而李胜的不想说,以及他遇到的那个吸血鬼男人,让他对今天下午收拾好周云帆的东西并带回笔记本电脑这样的任务感到挺迷惘的。

王小猛也随意地夹了两口菜,思索着。

李胜好像觉得有点冷场,接着说:"这次来北京是为什么呢?我没听说你们最近有什么活动在北京啊,开会吗?"显然他根本不知道王小猛就要高升了,也不知道他就是专程来调查这个事情的。

"我已经不在华欣市场部了,我调回总部了。"王小猛说。

"哇,高升了!去哪个部门了啊?"李胜好像没有从刚才的不自然中走出来,仍在刻意地掩饰着什么。这种掩饰太明显了,让他的话听上去很假,假到有种看话剧的感觉。

"内部咨询部。"

没想到,王小猛这一句说出来,他直接愣住了,鼓着腮帮子,满嘴的菜,眼睛瞪得大大的。

王小猛看到他这样的表情,也很吃惊,这也让他更加确定,除了叶珊,这是王小猛遇到的部门以外第二个知道这个神秘部门存在的人。

李胜在王小猛面前愣了足有 5 秒钟,然后可能感觉到自己的失态,掏出烟来递给王小猛一根,帮他点上,自己也点上一根。他在掏烟的时候掏了几次都没有把那包烟从口袋里面掏出来,而且,好像忘记了嘴里的那口菜,鼓着腮帮子大半天。

李胜点上烟,深深地抽了一口,没有说话,从王小猛说完了那个"内部咨询部"以后他们都没说话。王小猛反而轻松了下来,虽然他不知道自己为什么这样,虽然他有很多疑惑,但是却没有那么紧张了。

不做亏心事,不怕鬼敲门。

就这样,李胜在抽烟,王小猛开始吃饭。

"你是来调查周云帆的事情的?"李胜忽然说,王小猛觉得中间他们大概有三分钟都没有说话了,很冷场。他说这句话的时候,感觉言语里面没有警惕,反而有种期盼,虽然没有笑着说,但是比那个吸血鬼男人笑着说的感觉舒服多了。

"算是。"王小猛没多说一个字。

"是牛总安排你来的?你替周云帆的位子吗?"李胜接着问。

"没有,我哪有那么高级别。"王小猛还是没有多说。

又是大概一分钟的冷场,王小猛尽情地享受这顿饭,品尝着用豆制品弄成的各种精致的肉食海鲜。王小猛忽然想起之前南平庄的那个大酒店。

"小王,这个事情我们也许能合作,只要你相信我。"李胜忽然说。

这时王小猛正在研究那个用豆腐做的精致的小蜗牛,听他这么一说赶紧抬头看着他的眼睛,好像这话不是从他嘴里面说出来的似的。

很明显,他知道王小猛这个部门是做什么的。但是他这么主动,是想从王小猛这里得到什么?或者是他想揭发一些内幕,把火引到别人身上?王小猛估计是这样的情形。所以他最后说:"如果你相信我。"

"你先说说你知道什么吧。"王小猛还是笑着看着李胜,同时用筷子指了指菜,李胜摆了摆手,狠狠地抽了一口烟。

"要不晚上到我家,我们详细地谈谈?"

"我可能晚上就要回深厦了。"王小猛说。

"哦?这么快,你调查完了?"李胜有点惊讶。

"我们不是可以合作吗?"王小猛笑着问李胜。

"这样,晚上到我家谈谈,我让你嫂子做几个菜,好吗?"李胜似乎有点恳求了。

王小猛没有说话,看着他,笑了笑。

"你知道我这个部门啊?"

"嗯,知道。"他笑了笑,仿佛放松了一下。王小猛也没有接着问。

"对了,我今天上午找你之前,在周云帆的办公室外遇到一个人,叫郑成,你认识吗?"王小猛说。

"嗯,知道的。"李胜有点惊讶地看着王小猛。

"他今天在周云帆房间旁边的会议室和我聊了聊,你知道他为什么在那儿吗?"王小猛接着问。

"你们聊什么了?"李胜看起来又绷起了刚刚放松的神经。

"没什么,就几句话,我没理他。这人什么背景?"

"他是这边总经理的头号心腹!我猜是总经理让他过去,看谁去找周云帆,回头向自己汇报一下。"

不得不说,李胜这种喜欢传播打听八卦或者商业情报的人,在公司政治上绝对敏锐。他这样说王小猛也觉得合情合理。越到高层越是政治斗争激烈,自杀不是什么小事,对公司影响很大,派自己的心腹盯着,以防政敌,或者封锁一下消息,都是可能的。不过王小猛在那一时刻,还是觉得里面有更多的猫腻。

"小王,水很深,晚上到我家聊聊如何?"李胜接着说。

"好吧,早点吧,我晚上还想赶回去。"王小猛说。

"好!"

王小猛在中杭的这些日子里,公司里面有不少朋友,打球认识的,出去游玩认识的,在楼下抽烟认识的,但是王小猛一直刻意地不怎么和朋友有多少业务的往来,因为一旦内部有业务往来,总是牵扯利益,一旦牵扯利益,朋友也就很快变味了。而王小猛现在觉得,他到这个部门来以后,可能，以后在公司里的朋友会越来越少。

王小猛不知道晚上李胜会告诉自己什么，但是他需要去知道。

他继续吃东西，而李胜却没有吃饭，只是抽烟。

"吃饭啊？不合你胃口？"王小猛明知故问，第一个菜他还吃得很香。

"饱了，小王。"李胜很勉强地笑笑。

王小猛没再说什么，吃了一会儿就叫结账了。

结账后，李胜没有和王小猛一块儿回办公室，说要去趟银行。王小猛知道他是怕别人看到他们一块吃饭，于是回到了开始放电脑的那个小会议室。

打开电脑，随意地上网看了看新闻，也顺便思索着晚上的谈话。

按照王小猛的计划，想先从李胜那边打听打听情况，再走官方场面上正规处理的路子，免得一不小心影响了谁的政治利益。李胜约王小猛晚上到他家去谈明显打乱了他开始的计划。王小猛知道他是担心饭馆不安全，怕王小猛用录音设备录下他说的话，到他家去谈他肯定有所准备。既然这样，晚上也肯定能从他那得到一些有点料的情况。

但是，接下来王小猛还应该先从官方场面上着手去调查一下吗？

王小猛想了想，准备继续执行。

毕竟，王小猛现在不能相信李胜，他需要看看情况再作出自己的判断。

王小猛通过电脑进入了公司的内部系统，找到了郑成的联系方式。王小猛犹豫了几分钟，还是用会议室的电话打了他的手机。

响了三声，那边还是那个带着笑意的男人的声音，虽然是在笑着，但是听上去却像是从坟墓中传来的。

"您好，哪位啊？"

"你好，是郑工吗？"王小猛问。

"是我,您是?"那边还是笑着。

"我小王。上午的时候在周云帆的办公室门口不是碰到你了吗,你说有事找你,还记得吗?"王小猛也笑着,用那种在市场部时很官方的语气说着,但是却重点强调了一下"周云帆"这个词。

"哦,呵呵,您有什么事情吗?"那边还是笑着,语气没有一点变化。

"呵呵,我想问一下周云帆自杀的事情,从流程上走,是找你吧?因为你在她的隔壁。"王小猛很平静地问,语言上非常平静,仿佛说的就是一台电脑坏了而已。

那边有三秒没有说话。

"您现在在哪儿?我们面谈?"电话那边这次没有笑。

"我在……我去找你吧,你还是在那个办公室吗?"王小猛问。

"我办公室在 12 楼的 1203 室。"那边说。

"一会儿见。"王小猛没等那边说话,就挂了电话。

挂了电话王小猛没有立刻去那个办公室,而是继续上网乱看,这个时候已经是下午 2 点左右。

王小猛知道,他要给郑成留点时间。让他打听自己是哪个部门的,也让他有所准备。他不想打他个措手不及。

这些日子以来中杭内部斗争的经验让他知道,场面上的话和暗箱操作的事情,总是相辅相成的,今天晚上去李胜那儿,王小猛得到的肯定是暗箱操作的一些信息,要想分析他的话能不能相信,这个时候最好能拿到一些场面上的话。

在职场中交流,很多时候就像你知道了一只股票的一些小道消息,然后你需要怎么办?你肯定会去那只股票的公司官方网页上看一些官方的声明,这样对比一下你才知道你得到的消息是否靠谱,而不是继续打听小

199

道消息。

所以,王小猛下午需要得到官方的信息,越官方越好。和郑成在办公室见面,肯定是官方的谈话,所以,王小猛需要给他时间,让他准备,或者让他有时间向他的老板,北京分公司的总经理去汇报!

大概 15 分钟以后,王小猛来到 12 楼郑成的办公室!

他敲敲门,里面传来那声半笑不笑的"请进"。

王小猛开门进去,郑成双手抱在胸前,倚在办公桌前面,脸上一点表情都没有。

他身后,办公桌后面的老板椅上,坐着一个人,一个法国男人. 这人相当魁梧,虽然坐着,还是能看出来身高肯定在一米八以上。那张脸,王小猛再熟悉不过了,多次在各种各样的公司大会、内部邮件和新闻媒体,甚至于访谈节目中看到。

他就是中杭特聘法国顾问,中杭公司全球技术服务中心总经理,业内响当当的人物——Ray!

王小猛有点惊讶,因为他没想到在这里会见到 Ray,郑成肯定是在这 15 分钟里请出了他的老板 Ray 来压阵。

"小王,来坐。这是我们老总!"郑成指着那位男人笑着说。

王小猛客气地摆了摆手,站在郑成前面大概两步远。这样,他和郑成站在办公桌前面,Ray 则大大咧咧地坐在办公桌后面。

"你是内部咨询部的吧,帮助牛总做事? 有什么事情我们这边能帮忙的?"郑成直截了当地说。

王小猛看了一眼 Ray,Ray 根本没有看他们两个,微微地低着头。

那时候,王小猛忽然想到一句话,中层干部一般都是整天昂着头,觉得自己是个人物。而一旦做到了高层,反而都是微微低着头,因为他们更懂得妥协和进退。

王小猛斟酌了一下，说："周云帆自杀的具体情况我还不知道，但是这件事情处理不好会对我们公司形象造成不好的影响，而且公司内部的氛围也需要引导引导。"

"这些 Ray 和我都有想到，我们已经通知了公司 PR（公共关系部门）和 HR（人力资源部门）的相关负责人了，他们都会处理的。"郑成说。

他说得很慢，很客气，有种传话的感觉，却让王小猛感觉到他在这个场合说话的得体。

"嗯，还有一个事情就是内部信息机密，这个是我这边负责的，我需要查清周云帆使用的公司资产，以防有泄密的情况。"王小猛也平静地说。

郑成转身看了一眼 Ray，Ray 的眼神一直停在自己玩弄着的手机上，好像没有听他们说话，此时却忽然开口："没问题，我们这边会配合的，大家都是做工作啦。现在是法律部的一个同事在负责，郑成会帮你引见。电脑你办了手续后就可以带走。"Ray 看了看王小猛，又看了看郑成，笑着说。

"谢谢老板了。"王小猛笑着微微向 Ray 点了点头。

"周云帆是个好人，不过现在来说我们还是应该尽快控制一下公司的言论，想一个宣传的统一口径。"郑成插口道。

"嗯，不过这个不是我的工作需要，如果有什么需要帮忙的我尽力。"王小猛这个时候并不怎么关心他们怎么对外宣布。

周云帆的自杀也许永远是个谜，又或者根本就是明摆的事儿，可这些对王小猛来说并没有太大的意义。重要的是她的笔记本王小猛终于可以带走了，只要 Ray 放话了，他就放心了，回去就可以给牛总交差了。

这一夜，王小猛回到酒店，终于想起来自己住上了北京的单间。

以前，每天蜗居在小月河，梦着的就是有一天能在北京住个单间。今天,他实现了,尽管只有一夜,但要知道这是在北京,在最繁华的西单大街上。

靠在酒店的床上,王小猛又开始琢磨起了房子。

当身边所有的人住着套房占着别墅,都在炒房子,囤积地皮的时候,王小猛奢求的只是住个单间,哪怕是租来的也好。整个晚上坐在酒店窗前,看着窗外闪烁流离的灯光,王小猛一直在想:为什么这么大个城市,这么多房子,就偏偏没有属于自己的一套呢?

第十二章
董事会办公室主任

　　在当了董事会办公室主任后，王小猛越发觉得这样活着实在是一种悲哀，可现实的黑夜漫漫中，哪里能有什么更有意思的事情在等着自己呢？

　　成功处理完周云帆的事情后，王小猛顺理成章地升职成为华欣股份控股子公司北方公司的董事会办公室主任。

　　这其实是牛总一开始就已经安排好了的事情，此前所有的来回调遣，其实都是在制造栽培他的机会，包括在广州分公司的那次奖金分配和谈话。

　　回到深厦的第三天，王小猛一直睡到中午起床，到楼下胖阿姨家买烟的时候才想起自己昨晚梦见了"老上司"宋雪丽，他感觉到这是一个兆头，一个不好的兆头。

　　按照以往工作的往来关系，王小猛应该在升职后跟自己这个"老上司"通个电话的。因为她也回了北方公司，而且今后可能和自己还有合作的可能。可这些天，他老是无来由地想"封闭"自己。顶不住正午紫外线毒射的王小猛，紧着脚步回到自己的宿舍，破例地点燃了一根烟，思绪纠结在上次牛总出国前陪他们喝酒的一连串事中……

牛总已挨 60 岁的边儿,自从前段时间旅行回来后,他精力大不如前,当然大部分时间常住在"老根据地"广州市。这次他专门飞来深厦,为的仍是那个历史遗留问题,处理北方公司和东方联合公司的债权债务事宜。

牛总是一个人低调地到达深厦的,在金都大酒店安顿下来后,才用很少人知道的那个手机号通知了王小猛。

打他和王小猛因为"奖金分配"的事儿谈话那天起,王小猛其实就有感于那种"知遇之恩",对牛总的招呼,都是很听的,仿佛有那种"打断骨头连着筋"的朴素情感在里头。碰到其他几位不大听招呼的时候,牛总就常私下里自嘲:"真是有钱能使鬼推磨,手里无米鸡不来。"但也无可奈何。

牛总到达深厦的次日上午 12 点,王小猛打了辆的士如约来到金都大酒店的大堂。一眼望去,就发现牛总正站在电梯附近和公司有业务来往的一姓孙的老板寒暄着,牛总还是那样烟不离手。看样子,孙老板也是刚刚赶过来的。王小猛赶紧过去,嘴里叫着:"牛总,孙老板,好!"可他心里思忖着好久没见面了,于是很自然地把右手早早地就伸了出去。

和牛总握手的时候,王小猛很明显地感觉到这位老领导有些激动。他知道,这是牛总找到后继人后心里折射出的喜悦。

"牛总,今天中午您还约别人了没?"王小猛看大家客气得差不多了,就抢着说。

"哦,还有小宋,就是当初和你一起的宋总监,她已经在路上了。刚才她还在电话里跟我说什么又堵车……"牛总的话中稍带着一丝不快。

不料他的话音刚落,就听到宋雪丽在十几米外扬来的声音:"牛总,真不好意思,刚在华强路又堵了老半天。"

"说小宋,小宋到,"牛总此刻似乎没有半点介意,爽朗地笑着说,"人齐了,大家都饿了吧,咱们边吃边谈。"牛总说着说着话里就露出了早年做过十几年局办公室主任的痕迹。

一行四人,在上楼梯的途中很自然地形成了合乎各自身份的次序,尾随着身材曼妙的迎宾小姐,进了这间站在窗前就可以领略到海边风景的包房。最后进门的王小猛立刻感觉到缕缕凉风渗来,里面还夹杂着宋雪丽惯用的香奈儿味道。

王小猛随手带上门转身的时候,正瞅见牛总和孙老板在推让着都不肯坐主位,于是他顺嘴"圆场"说:"还是孙老板坐吧,今天您是客啊……"

本来拗不过牛总的盛情,再加上王小猛这一推风逐浪的掺和,孙老板只好勉强在主位落座了。牛总和宋雪丽一左一右面对面地坐定在孙老板的旁边。

牛总从他刚撂在左手边的烟盒里掏出一根,坐在下手的王小猛赶紧半站起来,捡起桌上的火机凑过去帮着点燃。这时坐在对面的宋雪丽惯性反弹般地挥了几下右手,说:"牛总,您还是少抽点吧!看,孙总从来不抽烟,越活越年轻啦。"

"哪里,哪里,也老啰。还是小宋好,还像十七八的小姑娘似的,你用了什么永葆青春的妙方,告诉老哥一下,哈哈!"孙老板凑趣道。要是论年龄其实他当宋雪丽的爷爷都有过之而无不及。

趁大家互相聊侃的时候,王小猛和刚进来的领班低声地交代着菜单。

"孙总,你看喝点白的怎么样?"牛总问孙老板。

"好,那就来瓶剑南春,高度的。小宋今天开车了,要不给她单点现榨果汁。"孙老板转身对宋雪丽说:"小宋,你看老上司多体贴你啊,哈哈。"

一看到服务员往三个大口杯里倒酒的架势,王小猛就知道今天又得"舍命陪领导"了,悲哀之情油然而生。

开席酒,按老规矩,是请客的牛总提议的。其实,身在大西北的王小猛很不赞成南方的这种喝酒法子，肚子空空的，就先要"咕咚……咕咚"灌上几大口。无奈，君要臣死，臣不得不死，就当为国捐躯了。

王小猛知道，其实这类酒宴图的就是个气氛，正经话仿佛都是"轻描淡写"点到为止，局外人听来就像打哑谜一样。再加上，他们都习惯了用含蓄语，说半截话，这样才好与他们的身份相符。比如，刚才牛总说："建华，老邱那边你还得加把劲啊，关键时刻可不能掉链子。"指的就是牛总上次托孙老板联系的处理债权的事，外人就是听到了，也是一头雾水。再比如，牛总有一搭没一搭地和宋雪丽说的那些，过滤提炼后的意思就是：过去你所有的成就都是我关照的，虽然我不在位了，但你以后还是要听我的话。

一个多小时的酒宴下来，王小猛除了偶尔插句热场话，基本上没什么话语权。大部分时间都看见他在做服务员的工作。

这些年，王小猛最佩服的就是牛总谋定后动，举重若轻的风度。

牛总看看话说得差不多了，气氛也出来了，就举杯和大家喝了个团圆酒。王小猛趁大家吃主食"蟹皮蛋卷"的空当，出去到前台签了单，打折后是580元。还好，没有突破他的1000元签字额度。

大家握着手，说了些道别的客套话，就出了包间。牛总执意要送孙老板到酒店门口，然后悄悄地和他咬了几句耳朵。王小猛出门后第一时间就和迎了上来的孙老板的司机小李打了声招呼，然后又殷勤地照顾着妩媚的宋雪丽去开车子。不到几分钟，孙老板和宋雪丽的两辆车就消失在他的视线里。

王小猛送他们离去后就回到酒店。他和牛总很有默契，一前一后上了酒店的电梯，直奔牛总下榻的808号商务套间。

为牛总泡了杯浓茶，又伸手探了探空调的温度，才侧着身子坐在会客厅的次位沙发上。牛总掏出两根软"中华"，抛给王小猛一根。王小猛赶紧站起来接住，弓着腰为他点上火。

"你听说了吗？总部那边最近高层人士调动频繁……"

"知道一点点。"

"集团人事部的曹部长前几天也退了，其实年龄还没到。"

"现在的事越发难弄了，那天看到集团网站的公告里说，王伯已经不是总裁了。"

"新来的是个外国人，从法国调来的，听说这个人还是很有能力的，我们不行了，呵呵……"

烟雾弥漫中，一老一少就这样聊了会儿，王小猛看看时间不早，赶紧起身说："牛总，您也累了，中午休息下，我去转转。"

"是累了，现在不行了，以前像你这个年纪时，从来没有午休这一说。你回来顺便去我办公室把那本曹部长的书带来给我。"牛总略带怀旧地说，"明天上午送来酒店就可以。"

王小猛点头答应，之后匆匆离开。

从酒店出来，王小猛在路边招手拦下一辆的士，直接来到位于海甸岛白沙门的北方公司厂院。这是之前牛总任过一段时间董事长的华欣股份的控股子公司，也就是王小猛刚报到上任的新公司，上次王小猛和牛总一起来过的。一脚踏上大门口的水泥路，王小猛心里就禁不住涌起一股凄凉之气，像一团白云堵在胸口。

"汪汪……汪汪汪……"一片狗叫声传来。留守的保安班班长老陈头在一群大大小小的黄狗黑狗的"簇拥"下，迎了上来。

"老陈，你都快成狗队长了，哈哈。"王小猛开着玩笑和老陈头打招呼，说，"公司名牌的那几个掉了的笔画都保存好了，说不定哪天恢复生产就派上用场了。"天知道，要等到猴年马月，但他要的就是这种安抚民心的效果。

　　和坐在工厂大院里那棵越长越茂盛的榕树下打牌的几位保安打过招呼后，王小猛就上了办公大楼二楼，钻进自己的办公室。为节约用电，两万多平方米的空荡荡的办公大楼，早就把中央空调给掐了。他只好拧开那个临时买的风扇，调到最大档，仿佛要将心中的憋气一起吹走。

　　中午灌了三两多52度的白酒，王小猛还真有些犯困了，歪在小老板椅上就睡着了，手中点燃的烟头悄无声息地溜出了指缝，落在地板上。

　　王小猛酒醒之时已是下午4点多。站起来，活动活动身子，然后拿着一串钥匙，就往三楼的董事长办公室去取书。尽管他酒量不行，但喝酒后从不误事，不像有些人，崇拜什么"能喝半斤喝八两，为的组织来培养"。

　　已一个多月没来，牛总的桌子上，又蒙上了一层薄薄的灰尘。人有时很奇怪，总想有大大的房子或者办公室。牛总早年在广州市当正厅级的局长时，办公室应该已经不小了；可他来任董事长后，办公室连同秘书间休息间总共有三百多平方米，简直比中杭集团一把手的还阔绰。结果，却无福消受，到老了，还在为"债"而费尽心思。

　　午后弧形的苍穹，真像一个巨大的笼子，王小猛这等凡夫俗子就像被圈在里面一样，怎么蹦达也无济于事。什么时候，北方公司这个笼子被彻底砸碎就好了，他就可以直接回总部任职。当然这只是王小猛设想的，其实事实也未必，难道另一个笼子就好些么？

　　在当了董事会办公室主任后，王小猛越发觉得这样活着实在是一种悲哀，可现实的黑夜漫漫中，哪里能有什么更有意思的事情在等着自己呢？怪不得日本男人下班后都要找几个哥们儿再喝壶清酒，因为生怕早回家后老婆大人说自己无能。王小猛心想：这么早回出租屋是不是有点不合适？答案当然是肯定的。深厦日益繁荣的夜生活不就是明证吗？

想到这里,王小猛灵魂出窍地在路边游荡着,突然想起宋雪丽就住在附近,正有事找她商量。再说,宋雪丽泡的茶还真不错,可以用来醒醒酒。

　　真是巧了,王小猛掏出手机,正准备给宋雪丽打电话,她的短信就闪了进来,是约他去她家喝茶的。上午大约怕牛总在他身旁,这会儿怕通电话不方便,所以就发的短信息吧。真是英雄所见略同,看来这个女人和自己还真有那么一点"心有灵犀"。

　　拐过两个十字路口,王小猛来到宋雪丽住的滨江小区门口。

　　在小区门口,正在专心研究彩票规律的物业保安小赵抬了下头看了看他,听说是同事,问了声好,没有要求做登记就直接放行。这两排别墅小区,应该是海甸岛的早期建筑之一,当年还有些名气,如今却显得有些陈旧。不过,看来物业公司的工友们还是很热爱自己岗位的,半人高的灌木丛被修剪得整整齐齐,弯曲的小道上也几乎没有几片落叶。昏黄的路灯,清幽的院落,仿佛在诉说着主人们淡定的心境。

　　门铃声刚歇,宋雪丽就跑着过来开院门了:"怎么这么快,你刚才在哪里?"

　　王小猛从前到后把刚才自己去北方公司的经过说了一遍,只是隐去了睡了一大中午,烟头掉地上的事情。

　　没有了上下级关系束缚,他们两个就像老朋友坐在一起谈天论地,在讨论完牛总将来退位的事情后就又一次回味了一下他们之前在广州分公司市场部的时光,一边回味一边感慨时间过得真快。不过最后宋雪丽总结的是:王小猛是个比自己还有能力的人,理由是,自己耗费了青春陪了六个男人混了一个分公司销售总监,而王小猛只花了很短的时间就当了董事会办公室主任。

王小猛从宋雪丽家出来时,已经是夜幕时分。

来福士的巨大形体被大大小小的广告牌、显示屏有力分割,一部正在热映的电影广告片正在播放,和王小猛一样等红灯的人们抬头看着,并揣测着台词。一个讨饭的老奶奶在人群里穿梭,但看起来收获甚少,她巴巴地看着人们的脸,人们却巴巴地看着红灯和屏幕,或勤奋地发着手机短信。

夜幕降临,各色灯光照耀着的,都是希望你看到的,不希望你看到的不会有灯光,或者这灯光极其不具吸引力,人往往被更有煽动性的灯光吸引了过去。灯光下的是放松或渴望放松的人们,互相努力在营造着快乐的氛围,建筑变成五彩的,树木变成碧绿的,场景变成充满幻想的,姑娘们有趣了很多,空气中碰撞着的话语也放肆了很多,怕生的人们适合在这个时候出动,在一个不起眼的角落欣赏五彩的事物。而事实上谁又不是多多少少有些怕生呢,只不过所处的角落不同罢了。

王小猛这次从北京回到深厦后就约了原来部门的人聚餐,当然以此为借口也通知了叶珊。他们约好晚上在一家泰国餐厅见面。

王小猛正好卡着点进的餐厅,餐厅的空气中弥漫着浓烈的咖喱、辣椒和其他香料混合的怪味。叶珊他们已经先到了,远远地向进门的王小猛招手。

刚进公司的柳惠惠是个有点漂亮有点意思的姑娘,刚毕业,就糊里糊涂地在一家公司做了一年的前台,据她自己说一年了都没搞清楚自己到底是做什么工作的,有一天冷不丁意识到这点,吓了一小跳,决定找个能弄明白干啥的工作,于是就来到了中杭进了信息采编部。这家伙说话一直在糊涂与明白之间,颇具无厘头风格,极其具有搞笑效应,王小猛想她不去学滑稽戏真是浪费了。

"钞票男"的表现依然有礼有节,在大家快乐的时候恰当地烘托气氛,在有点冷场的时候毅然出面暖场，虽然有时也有些突兀，但精神着实可嘉。"小精灵"已经失去了原配男友一段时间，刻意地表现着快乐和适当的失意，但是对王小猛却好像挺感兴趣，把他的心弄得痒痒的。

泰国菜的味道没人喜欢，好在稀罕，换个口味，一边填饱肚子，一边作为一个话题。

"这是什么?"

"辣椒。"

"辣椒有长这样的吗?"

"泰国辣椒!"

"哈哈。"

"为什么菜里面放树叶?"

"那是一种香料。"

"可是不香啊。"王小猛说着咬了两口，接着又吐出来。

"香味都到菜里头了，憨子。"

"你才是憨子!""小精灵"似乎在一直找着机会和王小猛说话。

可王小猛却只能适可而止地保持沉默，因为这个场合的人物关系实在是太特殊了。

从餐厅里走出来，大家一路商量去哪里，经过一番讨论，决定去华乐门歌城。五个人分成两拨，王小猛和"钞票男"走在后面，看着三个充满吸引力的姑娘在前面东张西望，唧唧喳喳。谈话中，王小猛才知道"钞票男"即将要被调到市场部负责一个新开发的高档轿车项目的销售代理的招标工作。

服务员带他们在里面转弯，王小猛踩在灯光倒打上来的玻璃地面上，有些梦幻的感觉,听到或大或小的歌声,最后走进一个中包。

"钞票男"和"小精灵"对唱了一首《纤夫的爱》,"钞票男"的歌喉像驴叫,"小精灵"的嗓子也一般,但很哆,听上去还好,唱完了"小精灵"发了个短信给王小猛:你说,唱歌一点感情都没有,我能答应他吗? 王小猛感觉得到,这个短信是有分量的,所以就看到当没看到处理。

柳惠慧唱起来颇为疯狂,头摆着,像吃了多少摇头丸似的,还跳来跳去的。叶珊看了哈哈直笑,说:"小慧啊! 你唱就唱,别这么搞笑好不好。"王小猛不怀好意地想:怎么像个 K 姐似的。叶珊唱得很少,好像在这种地方挺怕羞。王小猛唱了两首羽泉的歌,一首刘德华的什么男人,故意学刘德华的颤音,不伦不类,听上去像孩子撒娇似的,把大家逗得直乐,但王小猛真的不是成心逗乐,颇为不爽。

"钞票男"突然点了一首张学友的《吻别》,表现依然一般,但忧伤得听了直想掉泪,但又掉不下来,最后又变成搞笑的结果。叶珊把脑袋躲在柳惠慧的身后,偷偷地笑,差点背过气去。王小猛突然想起去年在南平庄和骡子、大歪他们几个唱歌的情形,骡子点的都是此类歌曲,姜育恒、张雨生、王杰,还有张学友,本来大家好好的,被那人两首唱下来,现场一片悲伤,像下了场雪,好半天才缓过来。王小猛后来为了表达对"小精灵"之前短信的回应就发了个短信给她:"钞票男"是不是想抛弃你?

"小精灵"看完短信突然站起来说要去卫生间,但在经过王小猛的时候,把一个手指头狠狠地悄悄指了指他。"小精灵"出门后,王小猛开始想:她去干吗了,笑去了还是反省去了?

后来别人正在欢歌笑语的时候,王小猛就坐在墙角的沙发上打电话。第一个电话是给老朴打的,其实也就是瞎聊聊,当然也扯了两句各自最近的事,双方明白得很,尽管没意义但生活还是要过,人还是要活的,吃饱一天吃不饱也一天,互相给个安慰,多少算做几十年哥们儿情意的鼓励,完了该干吗继续干吗。

后来王小猛干脆跑到外边专门打电话,他一边扯着,一边看对面电视里正在放的片子,是看了好多遍的《美国往事》。快结尾了,那个垃圾车又出现了,他也刚好挂了电话。

王小猛一边往回走一边还在想:结尾这垃圾车到底啥意思,看了这么多遍,网上也去查了好多次,还是搞不明白。但这的确是部好片子。他走进去看见那几个家伙还在唱,就坐下来倒了杯红酒,走到靠窗的位子,一点一点喝完,透过玻璃看见街上熙熙攘攘来来回回的人。风是温柔的。这儿是城郊结合部,夜相对安静一些,不像市区里面,随便多晚,耳朵里总是嗡嗡的,好像高楼大厦们都在抖身子。王小猛突然很享受现在的时光,一个人的时光,为什么到现在没有找女朋友,因为有时候真的很享受一个人静静的夜,王小猛心里说着。

当他们从华乐歌城走出来的时候,王小猛突然觉得这一天过得挺充实的。在灯光的闪烁中他突然明白了一个道理:很多人之间的矛盾其实是因为权位产生的,很多人的不安其实真的就是一种心理在作怪,其实很多事情不是在做着具体的工作,是在安慰人心,就像唱歌,就像和老朴的电话,其实也是在安慰,互相安慰安慰对方,可是为什么不能用唱歌的方式开会呢。"小精灵"说:"哎,你现在这个腔调很像一个哲学家呢。"

听到这话,王小猛又开始想哲学家是不是都是夜猫子呢。

穿过马路,大家告别,因为王小猛和"小精灵"住一个区,所以叫了一部车先走。

出租车的广播里传出幽怨的中年妇女的声音,诉说着生活的不易和婚姻的不幸,主持人"嗯啊哈"地答应着,司机说:"你说她伤心吗,我听她讲

213

得倒蛮开心的。"

"都开心,都开心!"王小猛说。

司机说:"你这话说得有意思有意思,呵呵呵。"

听司机这样说,王小猛心想:是不是自己还真有点哲学家的意思了。

车子停在十字路口等绿灯的时候,王小猛给牛总打了个电话。

酒店的电话没人接,打手机,听声音好像在厕所里。

"牛总,明天我是直接来酒店还是先到公司?"

"直接到公司吧,下午吴副总给我打了个电话,说有个项目要上,我觉得这对你来说是个机会!反正招呼我已经打了,就看吴副总的安排了,不过我想他应该还是会考虑的。"

"谢谢牛总,要不这会儿我来一趟酒店吧!"

"不用了,你跟我还来这套?一点必要都没有!明天我早上就直接回广州了,那本书记得给我邮寄过来就成。好好干,下次到广州来看我就成了。"牛总在电话里笑了笑接着说,"你现在在哪里?"

"我刚和几个朋友出来玩了会儿,正准备回宿舍呢。"

"哦,那好吧,赶紧回家睡觉,下次见面再说!"

"好的。牛总,晚安。"王小猛挂了电话,一路上都在想吴副总会不会听牛总的话呢?

第二天一大早,王小猛赶到公司。

早上的北方公司的例会确定了四件事:一、下半年,市场部的主要任务是保持良好的销售势头,并做好上市新车的客户调查;二、生产部的任务是配合市场部门完成在研样车生产试制,并开始启动新车投产前期的工艺策划工作;三、王小猛负责的董事会办公室除配合在售项目做好市场调研分析工作外,抓紧手头几个项目的追签工作,重点是商业推广项目;四、决定成立对外推广部,对外业务暂由王小猛负责,具体工作由王小猛和副总经理吴大海共同负责。

生产部经理叶知春提出希望对外推广部在工作当中应与具体生产试制人员加强有效沟通,避免猜谜、推脱,王小猛全盘接受。市场部经理朱隆提出因为目前市场形势大有好转,市场回暖速度明显好于预期,但市场部在前段时间辞掉了几个市调人员,现在项目突然多起来,人手不够,一方面需要尽快发布招聘信息,另一方面希望对外推广部门能提供支援,必要的时候能够抽调部分人员参与基础市调工作。王小猛说没问题,其他人也没什么特别的意见。

散会后吴大海把王小猛叫到办公室,说:"小王啊,牛总跟我谈过,你的工作能力比较强,对外推广部你暂时顶着,具体工作我会尽力支持,等部门人员建构完成后,再确定工作定位,但是目前的工作一定要抓紧,市场形势虽然目前不错,但接下去如何,还不是十分明朗。"王小猛听了点了点头,吴大海又接着说,"外地的几个项目一直销售不佳,朱隆压力挺大,现在我又分管推广部,把推广部工作给你,他可能会有想法。不过这我事先也想到了,我会跟他沟通,不让他参与推广部的筹建也是为了他能集中精力把几个项目的销售搞上去,等推广部工作理顺后,公司的管理体系要进行整体的调整,你要抓住这个机会。"王小猛说:"这个我明白。吴总您就放心好了!"

两人正在说,有人敲了一下门,就径直推门而入,是朱隆。

朱隆说:"吴副总,艾美瑞销售总监 Aarlin 刚才来电话,说他们董事长今天下午到,来之前 Aarlin 已经跟他沟通过上次那个项目的事情,基本上没多大问题，让我们下午一定过去，能定就定了。"吴大海听完手在桌子上敲了一下说："好，那你马上过去吧！哦，王小猛你也一起去，本来是个商业项目，以后要打交道，认识一下，另外也可以从推广角度配合一下朱部长的工作，没什么问题吧？"

"好，我这就安排，一起过去吧。"王小猛说着起身离开。

"但是，我不能过去，"朱隆说，"下午集团总部还有个新车开发的提案，我必须参加。"

"哦，对。"吴大海拍了拍秃顶的脑袋说，"那市场部谁去？"

"刘产吧，他之前进来就参与这个项目，和那边打过几次交道。"吴大海自问自答后转身问王小猛："你说呢？"

王小猛说："好！那我和他一起去吧。"

于是十分钟后，王小猛、"钞票男"和司机小周就出发了，上了高架桥，向外环方向而去。

路上"钞票男"给王小猛大致介绍了一下项目的情况，并把上次的提案在电脑里打开，浏览了一遍，王小猛才知道原来这次去的石头寨还是个不一般的地方，历史悠久。

项目的来源，"钞票男"也说了一下，作为石头寨政府重点扶持的汽车代销项目是一个招商引资的指标，政府的用意是通过这个项目的使用改变整个石头寨镇汽车销售各自为营的店面经营方式，形成一个集中的大型市场，方便交易，也可以体现政府的政绩。

"这么好的一个项目为什么要给他们代销，自己卖算了。"小周插话说。

"有内幕？"王小猛看看"钞票男"说。

"钞票男"点点头:"开发商有三个股东,其中一个股东有法国雪龙公司的关系,而这个人据说和总部新来的一位高管有关系,而且具体负责销售招商这一块,想捞一点,于是就找我们。"

王小猛点点头:"是不是有个销售总监,叫 Aar 什么?"

"Aarlin。一个有法国血统的女子,以前在上海做过房产销售,认识那个股东,就被他拉去,负责销售部门,据说是那个股东的亲戚。"

"哦。"王小猛点点头。

11 点半的时候,他们已经在一条乡间公路上颠簸,跟着一辆长途车缓缓前行。王小猛说:"怪不得现在还是个小镇,交通太不方便了。"

"钞票男"说:"这个镇四面环湖,而且环了几圈,出入不便,所以老是停留在小镇的阶段。"

这时 Aarlin 打来电话,问他们到了哪里,是不是中午一起吃饭。

"钞票男"在电话里告诉 Aarlin 说:"大概还有一个小时能到。"然后回头看王小猛,王小猛摇了摇头,"钞票男"赶紧说:"我们自己解决吧,顺便看看市场。王主任没来过,到现场再去看看。"

中午 12 点一刻,车子一转弯,进入了古镇外环的大道,迎面看见路面上空架着一块横匾,写着:奇石王国。好气魄,王小猛说:"先兜一圈吧。"

转了一会儿,果然发现奇石之都的名号不是白叫的,整个镇就像一个超级大的奇石卖场,沿街店面十有八九是奇石门面,各色玉石成堆地靠墙堆着,很有一种富贵的傲气,看店的人并不忙碌,三三两两坐着喝茶聊天,见你进去都爱理不理的,他们做的主要是批发的大生意。衣着倒也普通,但神色安适,用"钞票男"的话说,"至少是千万身家"。

接着,又到项目上去看了看,在镇子的西面,一路之隔,就在老市场对面,沿路已经砌了长约千米的围墙,气势磅礴,北侧约有 20 来栋两三层的房子已经封顶。路边有一个简单的接待中心,里面坐着两个小姑娘,进去简单问了问,其中一个认识"钞票男",随便聊了两句。

接着,他们又看了几个项目,看来销售形势不是一般的好。

吃饭的时候,看见路边停着一辆宝马两人座的敞篷车,三个人议论起来,小周说:"车子就像女人,你不能说不好看的女人不是女人,但不一样就是不一样,我以前开过一款 VOLVO,那感觉,太棒了,就像泡了一个漂亮马子。"

"哈哈,就像夏天里喝了一杯冰冻的雪花啤酒。""钞票男"说。

"差不多,差不多。"

这时 Aarlin 又发来一个短消息,钞票男看了,对王小猛说:"2 点半,开发商办公室见面。"

有种女人不是仅仅漂亮而已,或者说有种女人的漂亮仅仅只是其吸引力的组成部分之一,她对男性的吸引还具有更多的东西在里面。男人见到这种女人通常的感受是对方有着巨大的吸引力,就像旋涡一样,会令人目眩神迷。男人碰到这种女人,是幸运呢还是自认倒霉呢,就要看是一个什么样的男人了。但通常来说,基本上都是属于后者,或者运气好点的,红颜不慎自己薄命了,就成全了一个男人的名声。

Aarlin 走进来的时候,就像一个拥有巨大异性魅力的小太阳,把王小猛雷晕了一小会儿,"钞票男"稍微好点,因为以前见过面,但还是有些害羞。

看见她的时候,王小猛的大脑就在瞬间迷迷糊糊地转了几转,或者说在模糊状态下感觉到了这种女人的强大力量。简单点说,王小猛晕了一下。

男人见了漂亮女人通常都会有这种反应。

这才叫美女，王小猛晕完后脑子里蹦出来这样一句话，然后隐约听见"钞票男"介绍："这位是 Aarlin，市场部销售总监，这是王主任。"

紧接着进来的是董事长黄德仁，大肚子光头，是个香港人，还有负责财务的那个副总。Aarlin 坐在黄德仁的边上，看上去二十五六岁，穿一条粉红的连衣裙，脖子上一条细细的铂金链子，那张脸接近完美，完美到让人不好意思产生邪念。

Aarlin 主持会议，把前期的工作进展和双方的意图说了一下，然后笑着问："王主任应该是专家，代销方案也看过了，有什么高见？"

王小猛笑笑："上午我跟刘经理去看了一下你们的周边环境，这个项目就是造市场，说白了怎么造市场反馈都不会太差，关键如何使利益最大化，就是总价的把握，节点的控制，和销售执行的到位……"

"是，"黄德仁打断他，"这个项目交给我们销售肯定不成问题，一方面我们的操作专业，会尽可能做得漂亮。毕竟这个项目政府也挺重视，是个形象工程，不仅仅考虑利润，还要考虑社会效益，这一点我们在具体操作时会注意，就算少赚一点也无所谓。"

"黄董好心态，对我们合作双方的长远发展来说是大好事。很多商业项目的开发对后期经营的利润占有太多，后期市场操作就成问题，像黄董这样目光长远的还真不多。"王小猛答道。

双方又聊了一会儿，最后 Aarlin 笑眯眯地对王小猛说："代理合同黄董也看过了，基本没什么问题。细节部分，我调整了一下，改动不大，等会儿给你们，没问题的话就签了吧，我们就可以尽快开始运作营销方案了。"

黄德仁把胖手在桌子上拍了拍，说："这方面的事就由 Aarlin 定了，你们商量一下，差不多就行了，快开始操作吧。"然后站起来，"王主任，我还有事，先走了，中午就不留你们吃饭了，你们自便。"黄德仁先走了，Aarlin笑着对王小猛说："反正事情就这么定了，你们快准备签合同吧。"说的时候，得意之情溢于言表。

"钞票男"把合同拷进U盘，三个人就告辞而去，整个碰面时间不过半个小时，一切都是Aarlin早就安排好的，那个负责财务的小股东自始至终没说什么。

三个人不虚此行，合同的事基本搞定，又见识了一个超级大美女，每个人的状态都很好，带着一种亢奋，把身边认识的美女一个个拎出来，重新进行了一番评论，最终认为，看来所谓貌若天仙、沉鱼落雁、闭月羞花也不完全是意淫词汇。

"我以前看范冰冰的照片总以为是造了假的，看来也未必是，说不定范冰冰走下来也是这种感觉。男人一生能跟这种女人交往一番，少活十年我也愿意。"小周叹着气。

"以前在学校读书的时候，看到貂蝉挑拨离间、杨氏祸国，总觉得还是那些男人们太没出息，太窝囊。现在看来，想做个有出息的男人还真他娘的难。""钞票男"回应道。

"英雄难过美人关，还真是的。"小周再次感慨。

"有一句话你听说过没有？""钞票男"转身问王小猛。

"中国那么多话我怎么知道你要说的是什么？"

"男人通过征服世界去征服女人，女人通过征服男人去征服世界。"

"有道理有道理。"小周说。

"其实还有一句话也是这个意思，而且比这个还精辟。"王小猛说。

"什么?"

"螳螂捕蝉,黄雀在后!"

"……哈哈。"三个人一起笑起来。

小周补充道:"其实还可以精确一些,应该是到处寻找美女,Aarlin在后!"

又是一阵笑。

这时候车子已经到了收费站,因为前面排了好长的队,王小猛掏出电话,给吴大海报喜。吴总听了很开心,说在办公室等他们,让他们要趁热打铁,把下一步事情快快处理掉,免得夜长梦多,跟女人打交道,就要紧着上。

王小猛听着吴大海说的那句"和女人打交道就要紧着上"的话突然感觉很经典,于是独自心里乐着。

回到公司的时候正好 5 点钟,朱隆也回来了,正在吴大海办公室说话,于是四个人开了个小会。

首先看了一下合同,基本上没什么问题,只是把一期的销售任务降低了一些,因为考虑到卖得太快,在销售价格上会损失,宁愿慢一点,把价格逐步抬上去,其他也没什么,于是当场修改,用吴大海的电脑发给了 Aarlin,如果 OK,那么明天盖了公章再跑一趟石头寨。

"那么就剩下 Aarlin 的返款问题了。"吴大海抹了抹板寸脑袋,看看朱隆。

朱隆说:"她的条件是合同签订两个点,返一个点给她,当然我也跟她说了,这不可能。"

"挺心黑的,我们一个点还包括一切成本开支呢,不成了给她打工了?"王小猛说。

　　"那么这样吧,跟她说0.5个点,也够仁义了,又不要她缴税,承担什么费用,只要那边支票开过来兑现,这边立马支付,不少她一分,你们说呢?"

　　二人点头:"行,可以,差不多了。"朱隆补充说:"我晚上再跟她通个电话,沟通一下。"

　　"钞票男"回来说 Aarlin 已经看过合同了,没什么问题了,就这样签吧,让朱隆抽空给她回个电话。

　　"好,那就照此行事吧。"吴大海说,又叮嘱王小猛:"项目推广经理的事情也该定了。"

　　"好的,我这两天会确定下来。"王小猛说完,跟朱隆一起走了出来,路上问:"听说那个 Aarlin 和一个法国老头有很不一般的关系?"

　　"靠,为什么每个人回来都对 Aarlin 这么感兴趣?! Aarlin 是我们老总黄建德的姘头,以前 Aarlin 在松江卖别墅,黄建德在她手上成交了一套,就勾搭上了,黄总开发这个项目,就点名叫她去负责代销。"

　　"哦,原来如此,我说怎么上次来我们公司开会的时候对别人不答不理的,跟黄总倒暧昧得很。"

　　一路上,王小猛虽然被他们两个说得云里雾里,但心里还是被 Aarlin 的美深深折服。

第十三章
质量事故

王小猛一直没有放弃过对所有羞辱过自己女人的心理报复，即使在车间跟项目的时候他仍旧天天画着自己的未来房子装修的草图，画着拥有房子的梦想。

在听说 PS 公司要在中国推出 9 款新车型的消息之后，中杭集团第一时间做出希望承接法国 PS 在中国建立第二工厂的回应，同时对工厂具体的建设工程以及选址作出一个决定：希望北方公司前期介入 PS 的新车前期代工。同时，筹划借此合作引进第三号生产平台，这是 PS 集团生产中高档车型的平台。

早年雪龙在中国走过的路一直很曲折，不是很顺畅，跟东风合作的第一款车虽然比较早，但是后来的通用、丰田等都超过了它。在 2004 年，雪龙 205 引进中国以后，该集团重新返回中国，这对 PS 来说是一件很大的事情，预示着这个集团在中国的发展的确有了比较大的变化，到了很关键的时候。

"2006 年成功投放了雪龙 204，2009 年 6 月，雪龙凯旋问世。凯旋和雪龙 205 是在一个平台生产的，不仅是专门为中国市场设计的，是全球首发的一款新车型。总体上他们对中国的汽车经济飞速发展是非常了解的，而且对中国整个经济的发展方向也是非常敏感的,他们知道中国的汽车消费将来会取得很大的进展。三号平台在欧洲是生产雪龙407、雪龙C5、C6……如果三号平台顺利引进,那么PS集团所有的产品平台都全部引进到了中国,这对北方公司来说是机遇和挑战并存的事情,如果这一东风借得好就是一个全新的开始……"

黄建德在股东大会上陈述这些,意味着一件事情:现在,北方公司愿意做这个吃螃蟹的人。

此次样车试制就由北方公司自己主持,三个月完成。已经是工程最后一天,整个车间的空气中飘浮着皮革的香味和各类内饰材料混合的莫名的令人产生昏昏欲睡的味道,现场是一片狼藉,但已经可以看得出整个样车装饰后的奢华与精致。五六个内饰装配工人忙碌着,操纵着各类工具,电锯切割金属的声音令人崩溃。但是吴大海里里外外看看,并没有一点不耐烦的表示,甚至眉头都没有皱一下。他已经习惯了,习惯了这种勤奋的工作方式,他可以在车间里来回地走上一个小时,还可以在电脑前彻夜翻阅各部门的报告和报表。作为北方公司负责项目的老总,他从来就没有放松过自己,何况这是他全面主持的第一个项目。而这个项目已经成为集团今年的重头戏,表现如何可能直接影响华欣公司的上市计划,毕竟作为高端轿车项目的定位,其市场价值可能是其他车子同等规模项目的几倍,而能否在主要城市取得一定的市场占有率,影响是不一样的。

样车一共做了两辆,初步预计费用在300万左右,不可谓手笔不大。最初报预算的时候,很多人质疑必要性,包括销售代理公司也认为一辆样车足够,但吴大海坚持,宁愿多投入一些,效果上来了,这点钱算什么。

作为普通市民家庭出身的吴大海,一直被认为是一个优秀的人。学生时代是个好学生,进入社会是个好公民,在单位就是个好员工,学校毕业到现在几十年下来，就跳了两次槽，整体上还是比较稳当，一步一个脚印，38岁的时候成为北方公司的副总，已经很不容易了，有些人一辈子可能也达不到这个高度。但是他自己并不懈怠，不是说有多大的野心，而是他已经习惯了成功，如果在这个令人羡慕的位置上失败了，他会感到很难过，不是为了失去的东西，是为了失败本身。既然要做，又没有做成，那是一件很难堪的事情，吴大海时常这样告诉自己。

从样车饰配区出来，站在马路边上抽了一根烟，看看表，也才9点钟，吴大海想了想，径直回公司。他觉得王小猛是个不错的小伙子，自己应该好好培养下他，不过年轻人有点压力也好。

回到公司的时候，看到集团传来的文件，证券公司正针对公司上市工作在总部就各项工作进行指导梳理，各项目公司的审查也快开始，提醒做好准备。这一份一份的，就像催命符。

"艾美瑞公司的人来了。"秘书走进来说。

"好，我马上过去。"

会议室已经坐得满当当，艾美瑞公司来了四个人，包括 Aarlin 和副总经理，汇报得非常仔细，每个推广方案和宣传广告都做了详细的解说，针对市场部提出的售后跟踪维修服务站选点的意见，也做了圆满的答复，基本上应该算是十分全面了。副总经理亲自到场，也让吴大海放心了不少，其实他也清楚，这也就是说，已经无可再改了。两个人都是烟枪，烟雾缭绕依然轮回对着喷，投影在银幕上的画面美轮美奂。吴大海的眼前烟雾腾腾，看上去这方案好像别有一番美感，他挺喜欢这个状况，可以观察别人，别人又观察不了他，可是也未必，这些人，谁是省油的灯呢！

会议结束，已经到了吃饭的时间，艾美瑞公司的人行色匆匆说有事赶时间，吴大海便一个人走到公司旁边的小弄堂里，静静地吃了一碗拉面。

"是不是该把样车的造型效果图放进去,样车我们可是花了不少心血啊。"下午的内部会上宋雪丽提议说,自从广州分公司调回北方公司后,平时她都不大插话的,这次斗胆一说,倒获得一致认可。

"样车实物本身就做得不错,而且通过对样车效果图的展示可以突出我们对产品的用心,还可以把整个设计团队,包括造型师介绍资料都放进去。"王小猛环视会场后补充宋雪丽的话,最后把目光落在吴大海身上。

吴大海感到有些愉悦,点点头。虽然加不加不是那么重要,毕竟这东西拿回去估计也没几个人耐心翻完,但这毕竟是两个年青人主动提的方案而且又有可借鉴的地方,既然有好处就不能不认真对待。

这种好心情一直维持到下班,维持到走进名人酒店的包房,和建行行长握上手。现在开始,为了8000万抵押贷款,要绷紧神经。至少要等两个月,等到整车上市,才可以解开资金之枷。酒店的花雕不错,是外面买不到的,菜却很一般。行长也是个豪饮的人,那么现在开始,自己就陪酒吧,并且做好一个"销售员",把项目推销给这个人,但是应该问题不大,对于汽车公司尤其是这样品牌较好的公司来说。吴大海不好酒,但他能喝酒。喝完了酒照样开车回家,只要别碰上警察一般都能安全回到家。

吴大海和行长在推杯换盏灌花雕的时候,王小猛和"钞票男"正抬着一个沉重的东西走进名人酒店的大堂。

本来吴大海也是打算参加北方公司新任老总黄建德的六十大寿的,但下午吴大海就改变了主意,把王小猛叫进办公室说:"我想来想去,还是不去了。"

"为什么?"王小猛问。

"我想我还是跟黄总保持一定距离好,走得太近未必是好事。"

"为什么?"王小猛又问。

"反正首先一点,我们两个有一个跟他保持热络关系,就足够了,其次,我老实跟你说,我对黄总这个人,总有点……怎么说呢,有一定的保留看法。"

"领导,你别忽悠我,到底啥意思? 虽然我没你聪明,但你也不必这么对我吧。"

吴大海摇摇头:"你不知道,刚开始接这个项目的时候,黄总是非常反对的。"

"我说黄总这人太善变,不过他现在是执行董事,我们各方面表现又不差,他们现在也绝对没有可能再挑三拣四,还有什么?"

"不是这个,黄总的善变可能不仅仅表现在对这个项目的态度上。"吴大海一边说一边冲王小猛直点头。

王小猛看他点完头,说完话,琢磨了两秒钟,然后也点了个头,说:"行,不去就不去吧,但你总得有点表示吧,要么递个红包?"

吴大海转身把身后的书架下面的柜子打开,拖出一个不小的造型漂亮的木头盒子,放在桌子上:"我上次去黄山的时候,买了一个砚台。黄总喜欢附庸风雅,就送给他吧。"说着,打开盒子,一个青色的石砚台出现在二人面前。

"整块石头刻的,著名的安徽翕砚,你老家的特产。"

"我老家可不在安徽,我老家在甘肃,远着呢。"王小猛摸摸这玩意儿,看见上面还刻着一颗章,仿佛是"暗香淡远"四个字,旁边的似乎是梅花,"不赖,好东西。"

"拜托了,问到就说我实在有事情,至于什么事情随便你怎么说,回头告诉我一声,咱俩在他面前别说岔了就成。"

"好吧。"王小猛心想,谁叫人家是老总呢,"不过你最好还是自己跟他打个电话。"

现在他们抬着的,就是这个著名的安徽翕砚,共有十来斤吧。"钞票男"说:"现在谁还写毛笔字,还有生产这东西的,奇怪! 竟还有人拿它送人,奇怪!"

"少废话,看着台阶。"

两人走进去的时候,里面坐了差不多一半的人,宋雪丽老远迎过来:"这是什么?"

"文人用的东西,安徽翕砚,吴副总的心意。"

宋雪丽笑眯眯地转身招呼服务员:"来,小伙子,帮忙抬到前面去!"接着对王小猛说:"你们先坐吧,黄总他们马上就来。"一边说一边把两人领到桌子前,对王小猛说,"待会儿多跟黄总喝两杯,刚上任你总得让他这个生日过得开心一点呀,也好以后多照顾你。"

"我知道我知道,你放心,不会让你失望的。论喝酒,我不是黄总的对手,但我会让他高兴的。"

"哈哈哈哈,有宋总你在,黄总不喝酒都会开心的。""钞票男"在一旁打趣说。

宋雪丽也呵呵笑了:"你们自便,我过去招呼去了。哎,对了,吴总什么时候到?"

"吴总说晚上有点急事,到不了,他应该已经跟黄总说过了。"王小猛看着她说。

"哦,那么好吧。艾美瑞公司的人来了,我过去接待一下。"一边跟他们摆手,一边匆匆又迎出去。

"这个姐姐人挺不错的,对黄总蛮忠心的。""钞票男"说。

约略看一下,大概三四十张桌子,坐满的话就是三四百个人,王小猛他们在第三排,第一二排应该是至亲好友,前端一个临时搭的舞台,红色的幕布衬着,挂着几个金字"黄建德先生六十寿诞",内侧摆着十几个花篮,中央放着张桌子,桌子上堆着摆成金字塔状的若干个高脚杯,等着美酒倾满。抬头看天花板,彩绸纵横,红花点点,最后目光落在入口处,一边立着个牌子,写着"贺黄建德先生六十大寿",牌子对过去是一张桌子,桌子后面站着两个漂亮的小姑娘,桌上摆着签到簿,络绎有人签字。王小猛拍拍"钞票男":"忘了签字了,去签到吧。"

"钞票男"站起来,手里夹着半截香烟,一路小跑,穿过来来往往的人,挤到签到桌旁,取笔签名,恰在此时,黄总出现了。

黄总个头不高,但气色很好,边走边跟大家握手,后面跟着二十五六岁的老婆和刚会走路的小儿子:"各位同仁大家好,欢迎大家参加我的生日聚会,我太高兴了……"最后走到几个股东一桌,跟先期来到的一个台湾老头抵头聊天。

王小猛一桌是艾美瑞公司的人,Aarlin 还没有到,宋雪丽走过来敬了两人一杯,压低声音对王小猛说:"你给 Aarlin 打个电话,叫她一定来,今天日子不一样,不要扫了大家的兴。她不来,黄总肯定不舒服。"王小猛点点头,拿起电话拨通 Aarlin 的电话,等了一会儿,没人接,宋雪丽撇了撇嘴。

王小猛说:"你去忙吧,等会儿我接着打,打到接为止。"

宋雪丽说:"一定打哦,拜托拜托,忙归忙,哪怕来坐坐,该怎样怎样,你说是不是? 六十大寿,也不是小事情,就算是给大家面子吧,你看,大家都到了。"说完拍拍王小猛和"钞票男"的肩膀,走了。

王小猛问"钞票男":"上次 Aarlin 结了多少钱?"

"300万,不是跟你说过吗。"

"也太少了点,真不容易。"

"是不容易,不过怎么说呢,今天毕竟还是来了好,否则以后怎么见面。""钞票男"边说边嚼着一块三黄鸡。

过了一会儿,王小猛又拨了一个,通了:"Aarlin,到了吗?"

"到哪里?!"

"黄总六十大寿啊,都到了,就缺你了。"

"不好意思,没空。"

"抽空也要来的,Aarlin,你不来,像话吗,哈哈。"

"怎么不像话,又不是我过大寿。"

"我们都喝了几巡了,几个人老找你喝酒都找不着。你不来,大家都不开心,你说是不是?"

"哼哼。"

"你现在在哪里? 要不我过去接你,就是不知道能不能开车了,哈哈。"

"不敢不敢,不敢劳你大驾。"

王小猛压低声音说:"Aarlin 大姐,面还是要见的,事情还是要做的,你不来怎么行呢,我们到现在一分钱还没拿到呢,还不是得来。"

"我不跟你们比,你们是自己人,我下面这多人等着吃饭呢。"

"好了好了,别说了,一说又上火了,来,一定得来。"宋雪丽走了过来,笑着看王小猛,王小猛示意地点点头,接着说,"马上到啊,宋总又来问我了,你今天不来,我交不了差。"宋雪丽接过电话:"Aarlin,我是宋雪丽,你什么时候到? 黄总刚才找你半天了……你不来王主任都没人跟他喝酒了,来来来,别说了,一定来,不来我去你家接你去,我知道你家在哪里的哦……"王小猛伸手拿过电话:"Aarlin,怎么这么不爽快,来! 我等你,半小时后一定要到啊。好,就这样了。待会见!"宋雪丽拍了拍胸口:"你不知道,我今天打了一下午她的电话。"坐了一会儿,又忙活去了。

王小猛和"钞票男"端了酒去股东一桌,先敬了黄总一杯,再挨个敬了几个股东,那个最大的台湾股东文总说:"小王,现在市场还不错,一定要盯紧啊,听几个国外的朋友说,下半年形势还真挺难说啊。"王小猛笑着说:"各位老板放心,只要别人能卖我们就能卖。"财务总监说:"嗨,有什么,我们也就是随便弄弄,心态平得很,又不指望靠着这个项目怎么样,有个差不多就行了。"其他几个人,包括黄建德也点头称是。

回到自己桌,"钞票男"笑着说:"怎么觉得怪怪的。"王小猛笑笑,心想还真被吴大海言中了。

黄总开始挨桌敬酒,这时候 Aarlin 出现在了门口,"钞票男"哈哈一笑:"Aarlin 来了。"说完便急忙走出去,半搂着她过来,按在椅子上:"喝什么,白的吧,我陪你喝。"Aarlin 还在打电话,用手示意他少倒点。王小猛等她挂了电话,举起杯子跟她面前的杯子碰了一下:"来,美女,先干一个。"说完自己先干了,Aarlin 也干了,低声说:"要不是你,我才不来呢。"王小猛碰碰她肘:"嗨,我的面子怕没那么大吧?"

黄建德过来了,拿起瓶子给几个人满上,说:"非常感谢大家,敬大家一杯。"说完咕咚一下,干了。

王小猛哎哟一声:"黄总,你今天心情好,酒兴也好,来来来,我、Aarlin,也要和你喝一个。""钞票男"急忙给三人满上,一只手拿着 Aarlin 的杯子,一只手拿着黄建德的杯子,递到二人手上。黄建德说:"Aarlin,你来,我比什么都开心,谢谢你!"

Aarlin 说:"别这么说,别这么说,喝酒喝酒。"

喝完,黄建德向众人拱拱手,便去下一桌了。

灯暗了一部分,音乐响起,主持人领唱生日快乐歌,黄建德走上台,抱着小儿子,年轻老婆跟在旁边,还有一个年轻人也上了台。

"那个人是谁?"

"老黄大儿子,前妻生的。"旁边一个人说。

"老黄也算不错了,这辈子没白活了,嘿嘿。"另一个人说。

黄建德开始切蛋糕,服务员帮忙,切了老半天,然后开始分送,灯又亮了。

吃了蛋糕,已经开始有人离场了,Aarlin 跟两人握了手,先走了。

王小猛留意了一下,股东一桌还剩下财务总监一个人,其余几个不知什么时候已经离开了。王小猛吃了几口蛋糕,见黄建德正和大儿子说话,就走到宋雪丽跟前,道了别,宋雪丽送两个人到门口,还说:"回去跟吴总说,今天不来,下次再见可是要罚酒的哦。"

"罚,罚他喝深水炸弹。"

"哈哈哈。"

从酒店出来,王小猛和"钞票男"正打算过马路,突然一辆别克停在他们面前,是 Aarlin。

"Aarlin,还没走?"

"那个,王主任,回去跟吴总说一声,有时间我想找他聊聊。"

"好,一定把话带到。"

"上车吧,我送你们。"

"不用了,您先走吧,您还远着呢。"

"好,那我先走了,有空多沟通啊。"

"好的好的,您有事尽管指示。"

Aarlin 走了。空气有些燥热,王小猛宁愿认为是酒喝多了的原因。

“是不是有事要发生?”

“有可能。”

两人边说边过马路,转弯,去乘地铁。

这时候朱隆来电话了。

“喂! 王主任,我朱隆。”

“嗯。”

“跟您说件事,我们两辆车型不是已经签了代销合同了吗,可现在样车发现出了重大质量事故,PS 公司的专家说是车辆加速踏板存在设计缺陷,他们之前华东市场已经销售的车子全部要召回的……”

这对北方公司来说,无疑是致命的打击。可对王小猛来说,却成了人生的转机。

也许一切就这么奇怪。

为了找到设计问题,王小猛跟着吴大海在车间跟踪项目的技术攻关,因为他以前就是学机械设计的。这段时间里,王小猛做了最苦的活,天天和工人一起擦车床搬零件,甚至还要给师傅端茶倒水,半个月前还是分公司董事会办公室主任的他学了编程,又磨了刀具,还第一次亲手把一个复杂的科研零件加工完成,看到那充实的成果换来包含着汗水的钱,心里很踏实。

自打进了北方公司后,王小猛跟叶珊也有几个月没见了,他开始想她,想她以前的模样,想着跟她在一起,抱在一起,想着她的味道。她的一切都让他想念,但是只能在心里偷偷地想念。

王小猛一直没有放弃对所有羞辱过自己女人的心理报复,就像一直对赚钱抱着殷切的期望,梦想有一天买套房在林苒苒面前炫耀一把一样,即使在车间跟项目的时候他仍旧天天画着自己未来房子装修的草图,抱着拥有房子的梦想。

白天在车间里干活,浑身都是油乎乎的,根本不在意跟什么样的人在一起,也从没告诉别人他是董事会办公室的主任。

时间久了,很多人开始留意王小猛,说他说话有水平,不像一般人,但王小猛一直跟他们说自己连小学都没毕业。因为他不想让他们知道自己的一些事情,他知道那是根本无法跟别人提的事情。

王小猛一个人的时候,或者中午休息的时候,他就会偷偷地拿出自己的笔记本,在上面画着,看着眼前的一些零件,记录尺寸,记录结构和原理。

突然有一天,王小猛发现了一个很致命的制动控制系统的设计漏洞。

当王小猛发现这个漏洞后,他便反复论证。那些天,没有活干的时候他就一个人躲在角落,画了满本子的符号、数字,最后他肯定了自己的推断。

当那个台湾技术总监来到车间的时候,王小猛终于鼓起勇气跑到他面前对他说:"你好,总监,设计有问题!"

总监开始没说话,上下看了看王小猛,然后呵呵笑了。他笑过就跟着一群人往另一边走,他们都没有理会王小猛。

王小猛跑上去继续跟他说:"我说真的,不骗你,两边力不平衡,力传递过程中加速踏板会出现阻滞,而那边的……"王小猛还没说完,他就轻蔑地说了一句:"你还懂点理论力学嘛,但是是野路子。我比你清楚,我是在麻省理工大学机械工程学院拿的博士学位……"他说个不停,但说来说去都是说他的学历,说完后就走开了。

跟在他身边的人也都对王小猛报以轻蔑的表情。

王小猛愣在那里,突然感觉受到打击,但是话说回来,这样的人,他有再多的学历也没用,因为他根本不尊重人。

那次碰壁后,王小猛仍旧在做着他的推论,后来又发现了其他问题。他也有过怀疑,心想是不是自己错了,可是他从小到大,大学里学的所有的理论都顺了一遍,并没有发现漏洞,就比如一加一等于二,二加二等于四,四加四等于八,这些最简单的延续一样。

一个星期后,那天,是法国总部雪龙公司的领导来视察北方公司代工的情况,来的都是一群老外,因为深厦的中杭有名,又是市政府招商引资重点扶持的项目,因此格外受重视。

王小猛拿着本子,认准机会,冲到了人群中,那些老外都被他吓到了,但是当王小猛用他流利的英语说出自己发现的问题时,他们都很惊讶,他们不停地打量他,还有那个设计总监,他也愣了,很多人都在那里唧唧喳喳。

带头的是一个五十多岁的法国人,有着花白的头发,看起来很随和。他看了看王小猛,突然笑了,把王小猛招呼到了身边。

王小猛拿出本子,对他说了自己的论证,他很认真地看了,到最后,他的脸色有些沉重,又有些惊喜,他望了望那个台湾技术总监,又看着王小猛,看了很久,然后用英语说:"年轻人,你是什么学校毕业的?"

王小猛结巴了下说:"北京科技大学!"

他抿着嘴看了看王小猛,然后拍着他的肩膀说:"你为我们公司挽回了尊严,挽回了损失,你也许还不知道,你的这一个发现,带来了多大的价值!"

王小猛有些欣慰,抿嘴点了点头。

王小猛当时根本没想到会有什么,法国人最后对身边的人大声宣布:"工程全部停工!"

一下子,王小猛的事迹在车间爆炸开来了,他们公司上上下下,包括跟他一起干活的人,都知道了。

而第二天,王小猛就被那个外国老总叫到了酒店,他跟他说了一件让他一辈子都不会想到的事情。

他要送王小猛出国留学!

第二天,所有工程试制都停工,但是王小猛依旧按时去车间跟踪试制,清理一些残余废料。他是被"钞票男"带去那个外国老总的宾馆的,那是深厦最好的酒店——喜来登大酒店,五星级标准。

去的路上,"钞票男"开着那辆王小猛最讨厌的日本丰田,不停地笑着摇头说:"哎,你小子可不简单啊,这下子可要出人头地了,他可是法国总部的老总,他要器重你,你将来干个 PS 华南区的老总不成问题啊!"

王小猛一脸茫然,尽管因为这个事,他之前一晚上都很兴奋,很晚才睡,可是他不会想得太遥远,也不会奢望什么。当然他也是有野心的,如果有机会,他还是要买房子、车子。王小猛清楚地知道,没钱是什么滋味,被那个开破夏利的老男人挖了墙脚是什么滋味,因为没钱而失去尊严是什么滋味。

王小猛进入富丽堂皇的酒店的时候,因为他穿的是工作服,身上脏兮兮的,满是尘土,最后"钞票男"跟那人说了半天才让他进。

当他们到达那个总统套房的时候,那个老外对王小猛特别客气,把他请了进去,"钞票男"走后,就剩下王小猛跟他。他让王小猛坐下,给他倒了一杯咖啡。这一刻王小猛感到自己受到了尊重,因此还有些故作成熟稳重地点头,说了声"谢谢"。

他坐下后,看了王小猛一会儿,就说:"猛,我想跟你谈一个事情,不知道你有没有这样的意向? 对了,我叫路易斯,是雪龙公司法国总部的董事。"

王小猛抿了抿嘴，点了点头说："你好，路易斯先生，你说吧！"

路易斯说："是这样的，我们公司一直致力于对于年轻人的培养，你的事情让我很激动，很兴奋，我感觉你是个难得的人才，你虽然没受过正规的工程教育，但是你自学的成就已经让我们很多专业的工程师汗颜，我非常急切地想要资助你去法国留学，我给你提供所有学费和生活费，毕业后，直接进入我们公司！"

对于一般人来说，这是个天大的惊喜，只是对于此刻的王小猛来说，他突然有些茫然。

路易斯见王小猛的表情不自然，于是笑笑说："猛，我想这对于你来说是个难得的机会，也是多少人梦寐以求的，你这么爱好这个事业，我希望你能答应我的请求！"路易斯虽然年过50岁，但是说话特别诚恳，丝毫没把王小猛当成一个孩子。

王小猛笑笑说："路易斯先生，这事情来得太突然，我……"

路易斯点了点头说："是的，我想尽快把你带走，这次我回去，你就能跟我一起去法国，不过，你放心，我会先给你一些赞助费，你别担心你的家人，我们一切都会帮你办妥当的！"

王小猛不想放过这个机会，是的，这次出去也许一切都可以有了，房子、车子，也许还有老婆……这些本来已经感觉渺茫的东西，现在都能变成现实了。王小猛心想：如果家人知道自己是去了法国留学，他们会欣慰的，这对于任何一个年轻人来说都是激动的。

路易斯又看了看王小猛，然后站起来说："这样，猛，我给你两天考虑，希望你能尽快答复我！"

王小猛点了点头，接下来他跟王小猛很随意地聊起来，问了王小猛家里的一些情况，还问了他自学的事儿。他最后不停地赞叹说："中国的孩子,不是我们想的那样,原来是很有才华的!"

晚上回去后,王小猛一刻也没有停止思考,他一再考虑自己到底去不去法国,去不去留学。对于路易斯先生,王小猛很信任。他的眼神,他的诚恳告诉王小猛,这一切都是真实的。

这似乎是一个天大的梦,而这梦就要活生生地实现了。可是他为什么还会有疑虑呢,还要去思考呢?王小猛知道,有个东西始终在他心里,挥之不去,就是那个女人,他似乎什么事情都是为了她而转,他要向她证明,向所有对他有过伤害的人证明,他王小猛失去的,有天一定会拿回来的。

两天后的傍晚,王小猛决定了,他决定跟路易斯先生去法国留学。而他犹豫这么久最后做的一件事就是打了一个电话给她。

王小猛心里很激动,但他并没有马上告诉她自己去法国留学这些事。电话通了,王小猛十分激动,尽管还有被她伤害的余温,但他一点也不恨她,反而对她有着无比的想念。

她很平静地"喂"了声,她的声音跟以前完全不同了,似乎已经失去了那些欢快、神气的东西,只有普通女人的平静。

王小猛听了那一声"喂",紧张得差点放下电话,但最后还是坚持着,在公用电话亭里靠着柱子,轻声地说了句:"你还好吧?"

叶珊听了这个,结巴了下,然后赶紧问王小猛:"小猛,你在哪里,在哪里,告诉我,我一直在找你!"

王小猛听了这句话,很欣慰,他以为她后悔了,于是王小猛对她说:"我很好,你好吗?"

叶珊带着哭腔问王小猛:"你真的过得好吗?你没钱,什么人也不认识,你怎么办,你现在还在深厦吗?"

王小猛说:"嗯,是的,你别担心,你……"

王小猛打电话给叶珊只想问她一个事,如果她愿意跟自己一起离开深厦,去一个没有人的地方生活,他会放弃去法国的。他只想等她一个回答。

她问他:"你在哪儿,你想说什么,我很担心你!"

王小猛鼓起勇气,犹如个孩子,很认真,很傻气地说:"如果现在,我要你跟我离开深厦,去一个谁也不认识我们的地方,你愿意吗? 会跟我走吗?"

她沉默了很久,最后说:"小猛,别说这个好吗? 我很想你!"她似乎很害怕王小猛再接着话说。

王小猛又问了句:"你回答我,你愿意跟我走吗? 放弃你的好生活,跟我去过平静的生活吗?"

又是一阵沉默,许久,她才说:"小猛,很多事情你是无法明白的。我不能那样做。我不是小丫头了,我即使想,现实也不允许了。小猛,你知道吗? 知道吗?"

"我不知道!"王小猛很冷地说,"不要跟我讲道理好吗?"

王小猛很任性,他长出了口气说:"我爱你,真的很爱,我只问你,你会跟我走吗? 去过我们的生活,会吗?"

她这次的回答是:"小猛,我只是担心你,我想照顾你,你忘了我吧,忘了我……"

在风中,在那个傍晚的午后,王小猛挂了电话,然后靠在电话亭里,闭上眼睛,泪水无声地落了下来。

第十四章
埃菲尔铁塔

最后才知道那些女人不是风儿，自己也不是沙，再缠绵也到不了天涯。 于是擦干了泪，明天早上赶着继续过自己的生活，因为爱情不相信眼泪，现实更不相信眼泪。

三天后，王小猛收拾行李动身前往法国，他跟路易斯从深厦坐两个多小时的船到上海，然后从浦东国际机场坐飞机去法国。

在去上海的游轮上，靠窗而坐的王小猛心里翻江倒海，有种无法形容的滋味。游轮慢慢地载着他驶出深厦码头，离开这座他待了快两年的城市。王小猛的头一直靠在朝向深厦的方向没动，这一刻，他突然觉得是那么的舍不得。待在这里的时候，他是那么恨它，可如今他要离开它去另一个国家的时候，他才发现自己原来深深地爱上了这座名叫深厦的城市。也许这一切只因为那个女人，又或者是在这里经历的一些生活。总之他早已经把自己的心留在了这里，可是现在他的身体却要离开了。

看着游轮划过海水泛起的碎浪，王小猛方才从失神中缓过来。路易斯似乎看出了王小猛的忧伤，他对王小猛说："猛，每一个人都会有舍不得的人，舍不得的城市，但是年轻人应该有抱负，世界是相连的，无论走到哪里，我们都从未离开过，自己的祖国，自己的城市！"

听着路易斯不太流利的汉语王小猛本有点忍不住想笑的,可看着他认真的神态,王小猛赶紧点了点头。透过游轮的窗,望着远处浪头起伏的江水,吹着江面上游轮行驶带来的风,回头望去,深厦越来越远,王小猛似乎看到了城里的那个女人,而她却还不知道王小猛已经离开。

两个多小时的旅途中,王小猛就这样沉浸在对深厦的不舍和纠结中。

上飞机的前十几分钟,王小猛终于忍不住要过路易斯的手机拨通了叶珊的号码。她接了,听出是王小猛,她对他说:"小猛,别折磨我了,我对不起你,你告诉我你在哪儿,我去找你!"

听着电话那头叶珊的声音,王小猛压抑着心中的泪水,但在路易斯面前他依然面带微笑,故作高兴地说:"不用了,我走了! 你保重。"

"你去哪儿呢? 你不要回老家,那山区没出路的,姐给你打钱,你选个适合你的城市去发展,好不好?"

听着这话,王小猛压了压心中的悲痛,终于平静地说了声:"我去法国了!"

叶珊愣住了,但是马上说:"小猛,真的吗? 你怎么要去法国? 干什么去啊?"

王小猛苦笑了下说:"以后再说吧,我要上飞机了,再见!"

叶珊在这一刻终于哭喊了出来:"小猛,我,我……"她都无法哭出来了。她最后说了句,"别恨我好吗? 以后……"

"嗯,我要上飞机了,再见……"叶珊还没说完王小猛就打断了她的话并迅速地挂了电话,那声"再见"似乎在空中久久地回旋。路易斯回头看王小猛的时候,王小猛早已满脸泪水。过了安检,一步步踏向登机口,在跨进机舱的那一刻,王小猛才想起自己已经坐上了飞机。在飞机上,王小猛的头有点晕,有些不适应,他不知道是为什么,他感觉心里始终有东西往上涌动。

空姐走到他身边说:"先生,您不舒服吗?"

王小猛摇了摇头,闭上眼睛。再见了,深厦!再见了,中国!

一切都是陌生的,对于法国,对于巴黎,对于这个在地球另一面的国家。王小猛最早的时候听说的法国,是家乡的人们说起的。那些山区的老人总会说,法国踩在我们的脚下,我们天天踩着他们呢,蓝眼睛黄头发的法国人想跟中国斗,没门。现在王小猛回想起这些总觉得跟做梦一样。如果不从山区走出来,也许接受的还是他们那些老爷爷老太太多少年前的教育。

可现在的王小猛是崭新的,是他们那个山区走出来的一个年轻的国际化生命,他怎么也想不到今天会到法国巴黎,这个梦幻之城去。

王小猛不知道对自己来说巴黎究竟是天堂还是地狱,表面上看似即将飞往天堂,衣食无忧,可以上最好的大学,什么钱都不要自己花,可是谁知道这趟命运之车最终是开往地狱还是天堂呢?

开心的时候,别过分欢笑,也许,下面就是眼泪,悲痛的时候也不要过度忧伤,也许下一站就是天堂。就像崔健在一次演唱会上对着台下观众说的:"我问你们好不好的时候,你们不要说好,因为那会让我嫉妒;也别说不好,因为那样我会看不起你们。"说完这句话他再问观众的时候,结果观众异口同声地说:"还凑合!"是的,生活永远没我们想象的那么美好,也没有我们想象的那么糟糕。

飞机上,王小猛始终晕晕的,望着窗外,白云在飞机下面,梦幻般的感觉。王小猛在飞机上还在想着叶珊,始终没有放下的,是她的样子。她的名字始终会在他的大脑里出现。

王小猛问自己,难道真的要告别她了,还是原本就没认识过呢? 梦里云里雾里,分不清梦境与现实,爱情就是如此,性也是如此,除了肉体,他们的灵魂真的进入过彼此吗? 当王小猛告别叶珊的时候,他发现自己什么都没带走,一点她的东西都没有,十分惋惜,十分不甘心,十分后悔,伴着的还有心痛。

　　飞机缓缓降落在戴高乐国际机场。下了飞机后,一股清新的风吹来,路易斯和来接机的两个助手走在王小猛的旁边,他们的身材一般高大。王小猛这个比他们瘦小的中国男人拎了最小的行李,跟在路易斯旁边。从机场出来的时候,路易斯转身在王小猛的耳边轻声地说:"猛,这就是法国! 感觉如何?"看着眼前的这个城市,王小猛心里有些许的茫然,这并不是自己心里描绘的法国。他对着路易斯笑了笑,说了声:"好。"然后拉着行李箱出关。听到耳边陌生的语种,他依然有些恍惚。

　　时逢早9点上班高峰,在地铁站里遇法国上班女郎无数。无论胖瘦,年长年少,相貌标致或平凡,大多喷香水化淡妆,颈系薄围巾或很有设计感的长项链,戴简单的耳环手镯戒指,穿修身中性外套,肩挎款式简洁的大手袋,脚穿高跟鞋,候车时或捧本书,或耳朵上塞着MP3。待转第三次车时,站在一群黑衣女生旁边,王小猛开始为自己穿的白色棉T恤和因旅途奔波疲惫的脸局促不安。事实证明,他是那个早上3条地铁线乘客中唯一穿白色衣服和精神委靡的。

　　王小猛记得自己以前在书上看过,法国女人的优雅与众不同,举手投足透露出的优雅气质不仅仅来自她们得体的装扮,更来自她们与生俱来的优越感和这个以浪漫优雅著称的国度。

　　法国! 是的,自己已经来到了传说中的法国。王小猛左看看右看看,跟中国并无多大差别,只是更远处的一些高楼,让他像落入了一个陷阱。

出了地铁，有专车等着来接。在回去的路上，满大街的跑车，满大街的高楼，王小猛从小方向感就不强，现在只能随着他们，具体去哪里他也不知道，只能等待他们的安排。

车子开在繁华的巴黎街道上，到处都是肤色各异的人，他们神情忙碌，举止迅速，走在两边的街道上。各色的名店，有名的商业机构伫立在街道的两边，这一切似乎都在提醒着王小猛，他已经来到了一个可以改变他命运的国度。

路易斯让自己的司机，把车子先开回他的家里，并叮嘱助手把王小猛安排到他家里住，等办好了入学手续再送王小猛回学校。

王小猛听不懂法语，所以在路易斯和助手交谈的时候他只是茫然地望着车窗外发呆。车子所过之处，建筑的风格与书上、电视上看到的基本一致，这些风格跟中国明显不同，有着自己的特色，那是商业繁华直接带来的建筑特色。

路易斯在王小猛的旁边问他："猛，你不舒服吗？巴黎的楼很高，会让人感到沉闷，深厦是平的，会比较舒服，不过你慢慢就会适应了！"路易斯对王小猛很好，这种友好，是一个长者对晚辈的好。王小猛认为，人跟人相处是要靠缘分的，所以自己和路易斯的认识和交往完全是缘分安排来的，因为每个人都会遇到他一生中的贵人，这不奇怪，很容易理解。

看着路易斯关切的眼神，王小猛微笑着点了点头。突然有辆跟叶珊一模一样的红色奥迪开过，王小猛的脑海又全是那个女人。他不知道怎么了，始终摆脱不了她，他离开一个城市，到达一个陌生的地方，就会突然特别想她。

车子穿过闹市区往郊区开去，路易斯先生的家在这里，郊区大多有着一些别墅，很别致，木头结构，四周绿化很漂亮，整齐的草坪，盛开的蔷薇花,还有一些高大的灌木,郁郁葱葱,风景美丽如画,让人感觉似乎进入了宁静的童话森林。

路易斯先生用英语为王小猛讲解,并不停地跟王小猛说他家会让王小猛找到自己家的感觉。

大约二十几分钟后,车子最终在一栋十分庞大的别墅前停了下来。

他们下了车,助手负责拿行李,王小猛跟在路易斯的身后。

客厅装饰得十分温馨,王小猛突然像个孩子似的不停左右观看。路易斯夫人突然对楼上说了句:"Aarlin,快看看,你的中国朋友来了!"

在这个叫 Aarlin 的女孩瞬间出现在王小猛视野里的时候,王小猛不敢接受这个事实。他根本无法相信这个女人会在这里出现,而且眼前的她和以前相比除了成熟之外,更多了说不出的柔媚细腻,说不出的空灵轻逸,那眉宇间的深情,更叫人添了一种说不出的情思。

Aarlin 茫然地望着王小猛,王小猛在整个人僵化了长达三分钟后机械地对她回以微笑。

王小猛来之前也知道,Aarlin 在一个月前是来了法国,可他万万没有想到她会出现在路易斯先生的家里,他对这一幕感到不解的同时又睹伊人思佳人,叶珊,这个名字,以及她的模样再一次映入王小猛的脑海。

等王小猛从回忆中慢慢醒过来的时候,路易斯夫人告诉他:"猛,你是不是不知道 Aarlin 是我和路易斯的女儿。其实,我们想把她许配给你。你能接受她吗?"

王小猛看着 Aarlin 思量了半晌又转身对路易斯夫人说:"对不起,我有女朋友。"王小猛突然想起来,"钞票男"说过 Aarlin 和黄建德有不一般关系的事儿,心里有些疑惑。

路易斯夫人笑了笑说:"我知道你有过女朋友,没关系,你们在这里相聚就是好的开端,过去的就让过去吧! 我希望你们能够结婚。"

这一刻,王小猛没有说话,他的心里有着无法表述的滋味,他不知道是自己欠别人的太多还是别人欠自己的太多。王小猛更不会想到一个月后,他会跟 Aarlin 再次相遇,而且是在他乡异国,还有举手得来的金钱,财富,美女,以及那做梦都没想过的法国别墅。

但是在这一切面前,他似乎又难以作出选择。

在路易斯为王小猛办理了一切入学手续后,王小猛顺利进入了巴黎大学汽车工程系正式开始攻读硕士学位。巴黎大学可以说是一所在国际上享有盛誉的综合大学,1180 年法皇路易七世正式授予其"大学"称号,与意大利的博洛尼亚大学并称世界最古老的大学,又被誉为"欧洲大学之母"。现在王小猛能够进入这样的大学,他当然很兴奋。

在开学之前的好一段时间里,王小猛一直住在路易斯家里,路易斯给王小猛单独准备了一个房间,他的夫人对王小猛都很友好,只是 Aarlin,她的情绪一直很低落,这次见到王小猛之后似乎完全换了一个人。她不仅不怎么和王小猛说话,自己也很少说话。王小猛似乎感觉到 Aarlin 在为自己的到来不开心,他听到她有次跟她的母亲说:"如果王小猛不愿意就让他离开这里,我不要这样用利益换来的婚姻!"

当然这些王小猛都忍耐了,因为他知道自己这样犹犹豫豫是在伤害她,所以只能默默地忍受,等待开学的日子。这些日子,路易斯夫妇把王小猛几乎当成自己的孩子看待,这让王小猛不忍再去提起 Aarlin。开学后,王小猛就住在学校,有时候一个星期回路易斯家里一次,而且每次去也就吃个晚饭,有的时候是两个星期去一次。

王小猛这样,其一是不想去麻烦路易斯一家,更重要的是不想因为自己给 Aarlin 带去不愉快。王小猛觉得,一个人,孤独地走在校园里,看本

书,或者写点小文章,都是很幸福的。当然他还有去想那个在中国的女人叶珊。

异国孩子在一起到处都是文化的碰撞,有一个韩国留学生就因为一个日本学生说了些对韩国不友好的话,在宿舍的楼里打了起来。那次以后他们都尽量不去谈政治,再加上王小猛去了异地他乡后本来就不大爱说话,那些同学也对他敬而远之。

王小猛在汽车工程系学习了一段时间后,路易斯有一次找他长谈,他告诉王小猛说他们公司在中国的发展局势有些不一般,一些高层因为财政问题接连下马,他让王小猛多去听商学院的一些课。王小猛知道巴黎大学商学院在法国很有名的,所以也很乐意去听那些关于商业营销和经济管理的课程。其实从那时开始,路易斯就已经培养王小猛做雪龙公司大陆区的骨干接班人了。这之前王小猛从没想过,他会对商务感兴趣,可是自从听了一些工商管理的课程后,他就深深爱上了。在巴黎大学的两年,王小猛基本上是游走在汽车设计与商业管理学习之间的。

王小猛在没来法国前,对法国还是有些憧憬的,可是法国除了让他感到新鲜,街上到处是优雅标致的女人之外,在他的世界里,他仍旧无比孤独。当然为了排解这种孤独感,王小猛似乎把所有的精力都用在了学习上,这样倒也很充实。

日子就这样在孤独和充实中过着,王小猛似乎又开始忘记了叶珊。而王小猛之所以不去联系她,只有一个原因,他感觉自己离开了她,是种背叛,而她当初在深厦无缘无故抛弃自己也是让他一直无法理解的伤。

王小猛想等自己真的有出息的时候,去联系她,甚至去把她带走,他这段时间心中一直重复着发哥的那句话:“失去的,我一定会拿回来!”这句话他当初在北京那座荒山上时说了几次都那么别扭,但现在他每天都记在心里,念在嘴上,而且朗朗上口。

夏天到了,骑着单车走在校园里的是永远参加不完社团活动的青春活力的女孩子,路上来往不断的永远是搂搂抱抱的情侣,然而王小猛一直形单影只。

日子平静地过着,法国的生活,也许王小猛永远也融入不了,于是索性做一个过客,他在心里想,自己总是要离开的,回到中国,不,更准确地说是回到深厦。说来奇怪,有时候,男人的抱负很小,很小,也许就因为一个人,一个他爱的女人而已。